寮日課表

AIZAWAGAKUEN

お庭番デイズ

逢沢学園女子寮日記

下

有沢佳映

講談社

		【休日】
起床	6：30	
清掃・洗面	6：35～7：10	
朝食	7：15～7：40	8：00～9：00
登校完了	8：05	
昼食		12：00～13：00
入浴	17：30～	
夕食	18：00～	
門限	19：30	
学習時間	（学習室）20：00～22：00	自主学習
点呼	22：30	
消灯	23：00（以降、学習の際は電気スタンド使用）	

※毎週月曜　全体集会22：05～（集会室）

お庭番デイズ

逢沢学園女子寮日記

下

装画／Yunosuke

装丁／岡本歌織（next door design）

お庭番デイズ

～逢沢学園女子寮日記～（下）

女子寮

1F

【居室6・管理室・寮監居室・談話室①・トイレ洗面洗濯室・面会室】

部屋	学年(組)	名前	呼び名	etc
101	1年5組	戸田《とだ》 明日海《あすみ》	アス	お調子者の太鼓持ち
	1年2組	藤枝《ふじえだ》 侑名《ゆきな》	侑名《ゆきな》	美少女だけど中身は小学生男子・成績良い
	1年7組	宮本《みやもと》 恭緒《たかお》	恭緒《たかお》	ボーイッシュだけどおとなしい
102	3年	田中《たなか》 唯香《ゆいか》	ユイユイ	三バカ・いつも楽しそう
	3年	早野《はやの》 栞《しおり》	しおりん	三バカ・いつも楽しそう・舞妓になりたい
	3年	小谷《こたに》 まなつ	マナティ	三バカ・いつも楽しそう・潜水士になりたい
103	4年6組	紺野《こんの》 衿子《れいこ》	紺《こん》ちゃん	しっかり者のイケメン王子・女子に人気
	4年2組	北浦《きたうら》 沙羅《さら》	イライザ	不機嫌姫・天然縦ロール・じつはやさしい
104	5年	若旅《わかたび》 睦生《むつき》	睦《むつ》	腐女子・男子寮寮長の若旅公基は兄
	5年	成井《なるい》 るな	ナル	ナルシスト・アイドルマニア
105	5年	望月《もちづき》 つぐみ	モッチー	夜行性・昼間はだいたい寝てる
	5年	谷沢《たにざわ》 実加《みか》	ミカチュウ	バイト魔・宝田商店とパン屋でバイト中
106	6年	浅川《あさかわ》 乃亜《のあ》	乃亜《のあ》	記録者・寮日誌をつけてる
	6年	森《もり》 可菜美《かなみ》	かなみん	小柄・童顔・座敷童みたい

2F

【居室8・トイレ・洗面所・洗濯室】

部屋	学年(組)	名前	呼び名	etc
201	1年7組	大内《おおうち》 杏奈《あんな》	杏奈《あんな》	気が強い・融通の利かない優等生・珠理と仲が悪い
	1年6組	中西《なかにし》 珠理《じゅり》	珠理《じゅり》	気が強い・毒舌・杏奈と仲が悪い
	1年3組	鰐淵《わにぶち》 美貴《みき》	ブッチ	太め・小心者・やさしい
202	2年	中野《なかの》 彩香《あやか》	ケミカル	偏食・栄養剤マニア
	2年	内野《うちの》 若菜《わかな》	うちのん	さっぱりした性格の空気読める人
	2年4組	小倉《おぐら》 実優《みゆう》	実優《みゆう》	わりと真面目な優等生
203	3年6組	木下《きのした》 彩良《さら》	ララ	双子の姉・映画製作に夢中
	3年	木下《きのした》 彩希《さき》	キキ	双子の妹・映画製作に夢中
204	4年5組	小谷《こたに》 水蓮《すいれん》	水蓮《すいれん》	寮で一番の常識人・次期寮長候補
	4年6組	広沢《ひろさわ》 楓《かえで》	楓《かえで》	

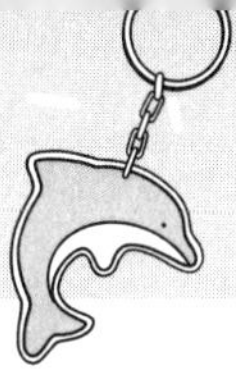

2F

部屋	学年(組)	名前	呼び名	etc
205	4年4組	竹内《たけうち》 萌奈《もな》	モナたん	お笑い芸人志望、相方は3年の374
	4年2組	村井《むらい》 倫香《のりか》	オフ子	一言多い失言クイーン
206	5年	上野《うえの》 盟子《めいこ》	盟子《めいこ》	副寮長・クールビューティー
	5年	帯津《おびつ》 未希《みき》	オビちゃん	留学中
207	5年			
	5年			
208	6年			
	6年			

3F

【居室8・トイレ・居室8・副寮監居室・トイレ洗面所・洗濯室】

部屋	学年(組)	名前	呼び名	etc
301	1年1組	田丸《たまる》 深雪《みゆき》	田丸《たまる》	大人っぽい人格者
	1年4組	向井《むかい》 翼《つばさ》	翼《つばさ》	人と目を合わさない・成績は一部優秀
	1年8組	中西《なかにし》 真央《まお》	真央《まお》	元気で明るい・子どもっぽい
302	2年	沢井《さわい》 穂乃花《ほのか》	穂乃花《ほのか》	安定した常識人
	2年	後藤《ごとう》 小久良《さくら》	小久良《さくら》	作家志望
	2年	米田《よねだ》 捺希《なつき》	ヨネ	しっかり者・ミカチュウ先輩を尊敬してる
303	3年	黒崎《くろさき》 由多加《ゆたか》	由多《ゆた》	アイドル好き・ノリと性格がいい
	3年	島津《しまづ》 星未《ほしみ》	星未《ほしみ》	レク神
	3年			
304	4年3組	池田《いけだ》 葵《あおい》	トラベラー	別名 時の旅人、タイムトラベラー・完璧な昭和ルック
	4年1組	高橋《たかはし》 このか	このか	
305	5年			
	5年			
306	5年	日野《ひの》 まさな	まさな	霊感がある
	5年	レイコ	レイコ先輩	幽霊
307	6年			
	6年			
308	6年			
	6年			

4 F

【居室7・集会室（兼 談話室②）・トイレ・洗面所・洗濯室・物置部屋】

部屋	学年（組）	名前	呼び名	etc
401	1年2組	和田《わだ》 桜《さくら》	ワダサク	元ヤン・義理人情に篤い・成績はわりと優秀
	1年8組	高山《たかやま》 涼花《りょうか》	涼花	おとなしい・小学校時代いじめられていた
	1年6組	山内《やまうち》 未来《みらい》	ミライさん	身長173cm・やせてる・おもしろいものが好き
402	3年6組	中田《なかた》 実良《みら》	タミラ	わりと冷めてる・じつはクオーター
	3年	松本《まつもと》 美奈代《みなよ》	374	モナたんのお笑いの相方・ふだんは地味
	3年			
403	4年7組	松井《まつい》 恵那《えな》	恵那	いい人・寮で一番の美脚の持ち主 ☆家庭科部
	4年3組	浮田《うきた》 奈緒《なお》	ウキ	真面目な勉強家
404	5年	三宅《みやけ》 理予《りよ》		彼氏と別れたって噂
	5年			
405	5年	都築《つづき》 芳野《よしの》	芳野	寮長・みんなが尊敬するやさしく頼れるリーダー☆美術部
	5年	鳥山《とりやま》 苑実《そのみ》	鳥ちゃん	人を独自の呼び名で呼ぶ
406	6年			
	6年			
407	6年			
	6年			

別 棟

地下 【浴場・シャワー室・公衆電話・自販機・トイレ】

1F 【食堂・調理場】

2F 【学習室2・トイレ】

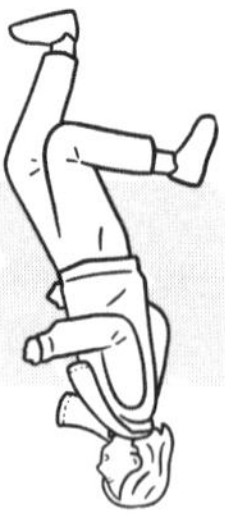

女 子 寮

・寮監先生 63歳

・副寮監先生 24歳

・ミルフィーユ先輩

男子寮

1F　【食堂・学習室・トイレ・洗面所・洗濯室・浴室・寮監個室】

2F　【居室4・学習室・談話室・荷物部屋・トイレ】

部屋	学年（組）	名前	呼び名	etc
201	2年			
	3年			
	5年3組	内田《うちだ》 一史《かずし》	ウッチー	男子寮のなかではマトモな人
	6年			
202	2年			
	3年			
	3年			
	6年			
203	1年2組	数納《すのう》 周《あまね》	数納《すのう》	クールな頭脳派・侑名のことが好き
	2年	三並《みなみ》 暁人《あきと》	ミナミ	とにかく明るくうるさい・一部で人気者
	4年8組	市川《いちかわ》 湊太《そうた》	湊太《そうた》	人見知りでおとなしい
	6年	江口《えぐち》 慧《けい》	江口《えぐち》	
204	1年	森岡《もりおか》 斗真《とうま》	斗真《とうま》	チビ・生意気・文学少年
	2年			
	3年			
	5年	若旅《わかたび》 公基《こうき》	若旅《わかたび》	男子寮寮長・若旅睦生の同学年の兄・シスコン

・能條先生　能條《のうじょう》 圭志郎《けいしろう》　高等部倫理教師・男子寮寮監・シングルファーザー

・コーちゃん　能條《のうじょう》 幸士郎《こうしろう》　4歳・保育園児・能條先生の息子

学校

1年	武藤《むとう》 真琴《まこと》	マコちん	1年5組
	倉田《くらた》 香奈枝《かなえ》	倉田さん	1年5組
2年			
3年	吉沢《よしざわ》 聡美《さとみ》		3年6組
	及川《おいかわ》 利沙《りさ》		3年6組
4年	西村《にしむら》 由利亜《ゆりあ》		4年7組
5年	徳山《とくやま》 宏紀《ひろき》	髪型改造のイケメン	
	乾《いぬい》		5年3組

家族

・恭緒の母　宮本《みやもと》 恭子《きょうこ》

・侑名の兄弟　藤枝《ふじえだ》 嘉月《かづき》・千絢《ちひろ》・諒《りょう》・侑名・陽葵《ひなた》

三章「ババアにインタビュー」

十一月九日（土）

「あーこのブラウスかわいー、もーなんでこんな高いかな！」

ナル先輩《せんぱい》が広げてた雑誌のページに顔をうずめて嘆《なげ》いた。

「本革なんじゃないすか」

イライザ先輩がソファーのひじ掛《か》けに頬杖《ほおづえ》をついたまま、うわの空で適当な返事して、

「ブラウスが革ってありえねえだろ！　そんなおざなりな相づちならいらぬわ！」

ってナル先輩がキレるっていう、めずらしい組み合わせ。

まず、この時間にイライザ先輩が談話室にいるのが超《ちょう》めずらしいし。

今日は土曜日だけど、四・五年生は校外学力テストで六年生は模試だったから、夕食前の寮内《りょうない》は、テストが終わって帰ってきた、ふだんは留守がちのレアな人たちで人口密度が高い。

「やっぱりフルーツロールケーキだな！　ブッシュドノエルも捨てがたいけど、うん、生クリー

ムはチョコより白。ね、イライザ先輩、なんでもいいならロールケーキに投票してください」

さっきから一人で来月の寮のクリスマス会のケーキのアンケートを真剣《しんけん》に考え続けてた侑名《ゆきな》に、勝手なこと言われて用紙を突《つ》きつけられて、イライザ先輩はめんどくさそうな半目になった。

「じゃあ、わたしのぶんも書いて出しといて」

「やった、一票ゲット」

一年生でイライザ先輩と対等にしゃべれるのって、侑名くらいだ。

侑名とイライザ先輩は、美人同士劣等感《れっとうかん》とかないからなのか、わりと仲良い。

ナル先輩があきれた声で言う。

「侑名ー、あんた寮のケーキごときに必死すぎ。クリスマスに大事なのって、ケーキじゃないでしょ。もっとこう、あるでしょほかに。ね、恭緒《たかお》」

急に肩《かた》を抱《だ》かれて、ナル先輩の隣《となり》でテレビを見てた恭緒があいまいに笑った。

そんなこと言われても、今この部屋にクリスマスになんらかのときめく予定がある人はいないと思うんですけど、ナル先輩含《ふく》め。

恭緒が愛想笑《あいそわら》いで、「っていうか、わたしに聞きますか、それ……」って答えかけた時、開けっ放しだったドアから、ミカチュウ先輩がこっちをのぞき込《こ》んだ。

談話室にミカチュウ先輩が来るのも結構めずらしい。

バイト魔《ま》のミカチュウ先輩はいつも働きに行ってるから寮にいる時間自体少ないし、いても談話室で談話なんかしないで自室で寝《ね》てる。

でも、そっか、五年生は学力テストだったから、さすがに今日のバイトはお休みか、って考えついたら、ミカチュウ先輩と目が合った。

「アス、侑名、恭緒。今少し時間ある？」

「え、わたしたちですか？」

「はーい」

「はい、あります」

ミカチュウ先輩に呼ばれて、わたしと侑名と恭緒が口々に返事すると、ミカチュウ先輩は困ったみたいな迷ったみたいな微妙《びみょう》な表情で、談話室に一歩だけ入ってきた。

「じゃあ、ちょっとうちの部屋で話聞いてもらっていいかな」

「えっ、はい、だいじょぶですけど」

わたしたちはうなずき合って腰《こし》を浮《う》かせたけど、ちょっとびっくり。

ナル先輩も不思議そうな顔になって聞く。

「なに、ミカチュウ、お庭番としての三人に用事なわけ？　あんたが？」

「うん、そう」

ミカチュウ先輩の短い答えに、ナル先輩が眉毛《まゆげ》を上げて、イライザ先輩に目をやった。

たぶん、ミカチュウ先輩が人に相談するなんてなにごと？　って意味、だと思う。

イライザ先輩は頬杖のままうたた寝してたけど。


ミカチュウ先輩についていって、一〇五号室のドアを開けると、部屋の中にはミカチュウ先輩の同室のモッチー先輩と一緒《いっしょ》に、芳野《よしの》先輩が座《すわ》ってた。

「土曜にのんびりしてるとこ悪いね、お庭番」

芳野先輩がいつもの笑顔《えがお》で言って、モッチー先輩がのそっと立ち上がって、部屋の隅《すみ》に立てかけてあった長座布団《ながざぶとん》を押《お》しやってくれた。

夜行性のモッチー先輩がこの時間に起きてるとは……そして寝グセがすごいけど、そのまま校外のテストに行ってきたのかな……。モッチー先輩ならありえる。

入寮《にゅうりょう》して半年以上たっても、まだ全部の部屋の中を見たことあるわけじゃないけど、ミカチュウ先輩とモッチー先輩の一〇五号室は、女子寮で一番殺風景だと思う。「素泊《すど》まり」って感じって誰《だれ》かが言ってた。

長座布団にわたしたちが並んで落ち着くと、芳野先輩がミカチュウ先輩とちょっと視線を合わせてから口を開いた。

「三人ともミカチュウのバイト先、知ってるよね。平日のほうの」

「あ、はい、ババアの店」

わたしが言うと、恭緒があわてて訂正《ていせい》した。

「宝田《たからだ》商店ですよね」

宝田商店、通称《つうしょう》「ババアの店」は、学園の正門から徒歩三分くらいのとこにある、文房具《ぶんぼうぐ》やお菓子……だけじゃなくて、日用雑貨？　洗剤《せんざい》とかなんか細々《こまごま》した生活のものが売ってる、今時めずらしい小さいお店。宝田さんっていうババア、じゃなくて、おばあさんが一人でやってる。

あ、言っとくけど、わたしはふだん、おばあさんのことをババアとか呼ばないから。けど、宝田さんはなんていうか……、ババアとしか言えないっていうか、そういうキャラなの。なんか感じが悪いんだよね、接客業なのに。

だからババアの店は、ここから一番近いお店って理由だけで、ちょっと切らしたものがあったら、まあしょうがなく行くけど、っていう、そういうお店。

「そう、宝田さんのお店」

芳野先輩が、わたしのババア呼び失言に、おかしそうに唇《くちびる》を曲げて答えて、ミカチュウ先輩も苦笑いする。

なんでもババアの店はかなり昔から、うちの女子寮の寮生《りょうせい》限定のバイト先らしい。今はミカチュウ先輩が働いてる。

仕事内容は、たぶん、商品の管理とか、掃除《そうじ》とか、色々雑用っぽいこと。

あんな狭《せま》くて混まないお店になんでバイトが必要かっていうと、ババア、じゃなかった、宝田さんの足が不自由だから。

レジの向こうのイスが、宝田さんの定位置で、いつお店の前を通っても、ミカチュウ先輩だけが、コマネズミ？　みたいに働いてるのが見える。

最初の頃《ころ》、ババアが車イスなのに杖《つえ》も持ってんのなんでって思ってたけど、きっと杖はバイトに指図する用なの、こきつかう用！

ミカチュウ先輩は一応自分の雇《やと》い主《ぬし》だからか、「宝田さん」って呼んでるけど、マジですごい人使い荒《あら》いみたいだから、一番ババアって呼んでいいはずなのに、寮でも絶対言わないから、先輩、人間できてるって思う。

さっき談話室でも思ったけどミカチュウ先輩って、ほんと働き者で、寮にいる時間が短いんだよね。わたしらみたいにだらけてるとことか見たことない。

平日は放課後ババアの店で閉店の六時半まで働いて、土日は二駅向こうの、メイドさんみたいなかわいい制服のパン屋さんでバイトしてる。前に先輩たちに「超愛想ないミカチュウがあのフリフリの制服着てどんな顔して働いてんのか見たいわ」とかってからかわれてるのに居合わせたことがあるけど、ミカチュウ先輩は制服とかどうでもいいしって、ファストフードより時給良かったから選んだだけだって、無表情で答えてた。

ショートカットですっきりした一重（一部で魅惑《みわく》の三白眼《さんぱくがん》とか呼ばれてる）、背が高くてやせてるミカチュウ先輩は、メイドさんより執事《しつじ》の格好のほうが似合うと思うけど、先輩、ふだんから服にまったく興味がなさそうだしな。あと人間関係にも興味がないんだと思う。土日のバイトは同世代のバイト仲間が面倒《めんどう》とも言ってたもん。カラオケ行こうとか、メイクすればいいのにとか言われるのがちょっとイヤみたい。わたしには信じられないけど、平日ババアと一対一のほうが気楽なのかな？　バイトはお金を稼《かせ》ぐだけのもので、友達作りとか人間的成長とかそーいうのを求めてないからっていうのが、ミカチュウ先輩のスタイル。

わたしだったら断然、バイトするなら青春パン屋のほうがいい！

逢沢《あいざわ》学園では、高等部はバイトは禁止されてない。

寮でもほかにバイトしてる人は何人かいるし、恭緒も四年生になったらバイトしなきゃって言ってる。

わたしはでも、寮に入ってる間はバイトしたくないかなー。

だって夕食やお風呂《ふろ》や学習時間で精一杯《せいいっぱい》なのに、そのほかにバイトとかするの、忙《いそが》しそうすぎる。

レジとか、かわいい制服には憧《あこが》れるけど。

わたしが理想の制服を考えて、ポワーンとなりかけた時、芳野先輩がちょっと表情を引きしめて、口を開いた。

「ミカチュウが最近、宝田商店でバイト中に気になったことがあるんだって」

そう言われて、わたしたち三人にそろって見られたミカチュウ先輩は、いつもと同じ低いテンションでつぶやいた。

「何回か、商品がなくなってる」

「えええ！」

わたしは裏返った声を出して長座布団の上で膝立《ひざだ》ちした。

隣で恭緒が、

「それって万引き？」

って驚《おどろ》きすぎてめずらしくタメ口になって、侑名は黙《だま》ったままだけど目を大きくしてみせた。

でもでも、あんな店で万引き？

あと、

「えっ、やだ、それってもしかして犯人、うちの学園の生徒ってことですか？」

わたしが真っ先に心配になったことを聞くと、先輩たちは顔を見合わせた。

ミカチュウ先輩が静かに言う。

「それはまだわかんない」

「えー、でもやだなー万引きかーよりによってあんな狭い店で？」

納得《なっとく》いかないわたしが一人でブツブツ言うと、ミカチュウ先輩がため息をついて口を開いた。

「最初は盗《ぬす》まれてるとか考えなかったんだよね。バイトに行って、売り場整理してたら、文房具が何種類か妙《みょう》に減ってて、あれやけに売れたなめずらしいとか思ったけど、どうも数が合わなくて」

モッチー先輩が隣で聞きながら、ちょっとだけ顔をしかめたけど、ミカチュウ先輩は、ほとんど表情を変えずに続ける。

「業者さんから納品された時、チェックしたのわたしでさ、わたしがミスしたと思われたらやだから、数が合わないって報告したの、宝田さんに」

「ババア、激怒《げきど》じゃないですか？　そんなん言ったら」

わたしが思わず口をはさむと、ミカチュウ先輩は肩をすくめた。

「それが全然責められなくて、『ああ、そうかい』みたいな反応で拍子抜《ひょうしぬ》け。そんなことが何回かあって。何回目かの時、なにげなく、わたしが出勤するまでのお客さんの人数とか聞いてみたら、ほら、あの店基本お客さん数える程度じゃん、近所のお年寄りが多いし、で、その日は、昼間はうちの学園の生徒しか来店してないっていうから、なにこれって……」

「えーマジすかそれ！」

わたしの動揺《どうよう》に、芳野先輩が、

「あ、まだ絶対に学園の生徒があやしいって話ではないからね。ミカチュウから今まで聞いた話では、なくなる商品や曜日にもいろんなパターンがあったっていうから」

ってフォローして、ミカチュウ先輩も座りなおして付け足す。

「うん、ごめん、話し方が悪かった。わたしの勘違《かんちが》いもあるかもしれないし、そこは決めつけないで」

「だけど、それもう窃盗《せっとう》じゃないですか！　お庭番じゃなくて警察沙汰《ざた》ですから！」

わたしがあせって言うと、恭緒も不安そうな顔で、

「防犯カメラとかつけたほうがいいんじゃないですか？」

って言って先輩たちの顔を見回した。

モッチー先輩が指でわっかを作って、それに答える。

「だよね、ババアお金あるもん」

「ひょえーマジですか？」

こんな時でも噂話《うわさばなし》には条件反射で食いつく、わたし。

「店はあんなボロいけど、だいぶ貯《た》めこんでるらしいよ。駐車場収入《ちゅうしゃじょう》で」

モッチー先輩がひそめた声で言うと、ミカチュウ先輩があきれた顔になる。

「つうか、なんであんたがそんな話知ってんの」

「わたしはいろいろな事情に通じているんだよ。いつも部屋でスヤスヤと眠《ねむ》っていると見せかけて、じつは幽体離脱《ゆうたいりだつ》で昼夜人々の隠《かく》された生活を探《さぐ》り……」

「きめえな」

最後まで言わせずに吐《は》き捨《す》てたミカチュウ先輩と半目のモッチー先輩を眺《なが》めて、芳野先輩が笑ったから、つられてちょっとウケて、万引き話のショックから立ち直る。

モッチー先輩は超夜型で、ミカチュウ先輩はバイト魔だから、普通《ふつう》の学校の普通の寮だったら生活しづらいと思うけど、奇跡《きせき》の組み合わせでうまく暮らしてる。

二人とも髪《かみ》が短くてわりと背が高くて、外見もなんとなく似てるんだよね。

そして二人とももう、大学は夜間に行くって決めてるのも、おそろい。

「だけど本当にどうして、警察に届けないんですか?」

今まで黙って話を聞いてた侑名が、ミカチュウ先輩をまっすぐ見つめて質問した。

ミカチュウ先輩は少しだけ窓の外に目をやってから、静かに言った。

「どうせ宝田さん、もうすぐ亡《な》くなるじゃん」

ひー！！！

わたしは悲鳴を押し殺《ころ》してムンクのポーズになって、恭緒が硬直《こうちょく》して、侑名は相変わらず、ぼへっと動じてないけど、芳野先輩も苦笑いになる。

めずらしくモッチー先輩が、

「そんなん言いなさんな」

って、たしなめたけど、ミカチュウ先輩は唇を曲げてみせてから、それでも普通の声で続けた。

「警察とか介入《かいにゅう》させて、人生の最後に、キャリアに泥塗《どろぬ》るようなことしたくない」

「あ、そーいう意味ですか。よかったーあせったー」

わたしが思わず両手でほっぺたを挟《はさ》んだまま言うと、恭緒がおそるおそる聞く。

「宝田さんって、何歳《なんさい》なんですか？」

「八十七」

「すご！」

わたしが声を上げると、ミカチュウ先輩はため息をついてつぶやいた。

「でしょ、歳《とし》から言ったら、もう晩年だよ」

「もし百十何歳《なんさい》まで生きるとしたら、まだ晩年じゃないっしょ。イケるイケる」

モッチー先輩が強引《ごういん》な説を出してきて、ミカチュウ先輩が切り捨てる。

「そんな長生きできんの、あんたくらいだよ」

「は？　言っとくけど寝る子は育つって迷信《めいしん》だよ。わたしはどっちかっていうと美人薄命《はくめい》」

「あんたもう寝てていいから。そのまま朝まで起きてくんな」

ミカチュウ先輩はそう言いながら二段ベッドからわざわざ枕《まくら》を取ってきて、モッチー先輩の顔面に押しつけた。

なんかやっぱ一〇五、ユルくおもしろいな……。

にしても、八十七歳とか、結構未知の数字。

会社の定年ってふつう六十歳とかでしょ。

それより二十年以上オーバーして働いてるって、そう考えるとババア、頑張《がんば》るな。

抱きしめた枕にアゴをのせたポーズが似合いすぎるモッチー先輩が、今度は芳野先輩に話しかける。

「でも芳野、ほんと、あの人がそんな卑劣《ひれつ》な犯行を見逃《みのが》してるのがわけわかんなくない？　あのババア、そんなキャラじゃないっしょ」

振《ふ》られた芳野先輩が首をかしげて、ミカチュウ先輩にやさしい声で聞く。

「まあね。足が不自由だっていっても、気持ちは人一倍しっかりしてる人だよね？」

そう言われたミカチュウ先輩は一瞬《いっしゅん》、また唇を曲げた。

「……じつは最近目の調子も良くないんだよ。あと耳も」

そうなんだ。

わたしたちは顔を見合わせた。

なんとなく妖怪《ようかい》みたいに思ってたけど、ババアだって人間なんだから、まあ、弱ってくるよね。

「あそこのバイトの採用条件で、大きい声出せるっていうのがあったんだけど、今考えると、接客のためだけじゃなくて自分が聞こえなくなってきてるからだと思う」

ミカチュウ先輩は続けて言って、一瞬しんみりみたいな空気を出したけど、すぐに膝の上の手をグーにして、顔を上げた。

「そういう衰《おとろ》えにつけこんでさ、万引きってどうなの？　絶対わたしがいない時間狙《ねら》ってやがるし、もしうちの学園の奴《やつ》だったら殺すよ」

ミカチュウ先輩がこんなに感情を出すの初めて見た。

わたしと恭緒はびっくりして顔を見合わせた。

あんま怒《おこ》ったりしない人だと思ってたし。

芳野先輩さえ、ちょっと目を大きくしたから、めったにないことなんだと思う。

みんなの反応に気づいて、ミカチュウ先輩は握《にぎ》りしめた手を開いて太ももでこすってから、おさえた声で言った。

「とにかく、あの店でナメたことするやつマジ許せない」

「それは当たり前だよー」

のん気に相づちを打ったモッチー先輩をちらっと見て、ミカチュウ先輩が低い声で言う。

「ほんとはこんなこと、お庭番に話すべきじゃなかったかもだけど。だって、学校の外のことだし。でも万引きに気づいたら、来週の自分の修学旅行の間、店を留守にするのが心配になってきたんだよね」

ミカチュウ先輩の真剣さに恭緒が無言で身を乗り出して、わたしもなんか言わなきゃって、でもどう言ったらいいかわからなくて、芳野先輩に目で助けを求めた。

芳野先輩が、わたしたちに向いてにっこりした。

「話してくれてよかったよね。宝田さんのお店には寮生もお世話になってるし、なんて言っても、ミカチュウの職場だし、だからこれも寮の問題だよ」

「……ありがと」

ミカチュウ先輩がやっとちょっと笑顔になったから、恭緒が座り直して、わたしや侑名もニコニコしてうなずいてみせた。

そんなにおしゃべりじゃないミカチュウ先輩と、こんなに話したの初めてかも。

今日はめずらしいだらけと初めてだらけだ。

恭緒がおずおず手をあげて聞く。

「とりあえず、わたしたちにできることって、なにかありますか?」

芳野先輩が腕組《うでぐ》みして、目を細めた。

「すぐに考えたほうがいいのは、修学旅行でミカチュウがバイトに行けない期間のことだよね。わたしたち五年生は水曜から土曜、三泊《ぱく》寮を留守にすることになるわけだけど……、放課後、都合のつく寮生に交代でお店を見に行ってもらうのがいいかな?」

半目で枕にアゴをのせてたモッチー先輩が、座卓に手を伸《の》ばしてプリントを取ってくれる。

「明日あたりに玄関《げんかん》のホワイトボードにも貼《は》られると思うけど、見る? 修学旅行の日程表」

「あー、五年の先輩が全員何日もいないなんて、変な感じです」

恭緒が言いながら受け取って、わたしと侑名もプリントをのぞきこみながらうなずく。

ミカチュウ先輩も浮かない顔でプリントの端《はし》っこをつまんだ。

「わたしの旅行中は、店のお手伝いに、宝田さんの姪《めい》っ子《こ》さんが通ってきてくれる予定なんだけど、時間は夕方くらいからになっちゃうんだよね。閉めるのを手伝う感じだって」

「お店に顔出すの、わたしたち行きますよ。アスとわたしは、だいたいの日ヒマだから、ね、アス」

侑名が顔を上げて明るく言った。

「あ、うん、もちろん！」

わたしが条件反射で両手をオッケーの形にして答えると、恭緒が隣でモジモジし始めた。

恭緒って人見知りプラス、前からちょっとババアにビビってるから。

わたしだってババアはちょっと怖《こわ》いけど、しょせんお店の人っていうのがある。

でも恭緒はああいう喋《しゃべ》り方《かた》が強い人がマジ苦手なんだよね。

大丈夫《だいじょうぶ》、無理しないで、あんた部活もあるし、って恭緒に言ってあげようとした時、ミカチュウ先輩が急に体勢を変えて、正座した。

「ありがと、恩に着る」

「そんなそんな、気にしないでください！」

わたしがあわてて手をふると、侑名が妙に落ち着いた声で言った。

「気にしないで修学旅行、楽しんできてください」

モッチー先輩がまだ枕を抱いたまま、

「そうだよー。わたしも本心は旅行なんかより寮で寝てたいけど、せっかく高いお金払《はら》って行くんだから、ま、楽しもうぜ」

って、眠い声で宣言する。

ほんとそうだ。

ほんっとそう！

だって修学旅行だよ！　楽しまないと！

十一月十日（日）

「あ、いた！　ねえねえお庭番、今度の依頼人《いらいにん》、ミカチュウ先輩なんだって？」

談話室に入ってきたヨネ先輩が、わたしたち三人のいるソファーにドーンって座って、テーブルにマグカップを置きながら言った。

「なんで知ってるんですか？」

情報の早さにびっくりしてわたしが聞くと、ヨネ先輩はあっさり答える。

「小久良《さくら》に聞いた」

「さすが小久良先輩、早耳ですね」

まだ昨日の今日の、しかも昼ご飯前だよ！

そういえばヨネ先輩は、小久良先輩と穂乃花《ほのか》先輩と同じ、三〇二号室の人かー。

思い当たって顔を見合わせるわたしたち三人を見て、ヨネ先輩が声を小さくした。

「だけどその話さ、ババアの店で万引きしてるっつーのがさ、もしほんとにうちの学園の生徒だったらサイテーだよね」

「そう、それが一番イヤですよね」

恭緒がつぶやく。

侑名が黙って肩をすくめて、わたしもなんとなくヤな想像して、ぞわって背筋を伸ばしたら、隣のテーブルに座ってる、うちのん先輩と目が合った。

ヨネ先輩が気づいて声をかける。

「あ、うちのんと実優《みゆう》、こっちの話、聞こえちゃった？」

「聞こえてるけど、気にしないでくれ」

いつものちょっとぶっきらぼうな言い方で、うちのん先輩が返して、眺めてたスマホから目を上げた実優先輩もこっちを向いた。

「うん。つうか、ごめんよ、万引きとかたしかに悪。ほんとはお庭番に協力したげたいけど、こっちも今それどころじゃないっていうか」

実優先輩は言いながら、ツインテールの片《かた》っぽの毛先をグルグル指に巻きつけてる。

それって実優先輩が困ってる時のクセ。

うちのん先輩が、げんなりした顔で実優先輩を指さす。

「この人、予定してた地域インタビューの相手がドタキャンになって、今、大急ぎで相手探してんの。日曜だってのに」

地域インタビューって、たしか二年生が授業でやる、商店街の人とかに話を聞きに行く、みたいなやつ。

寮の二年生っていったら、うちのん先輩と実優先輩、と、今いないけど、ケミカル先輩、の二〇二号室でしょ、あとヨネ先輩たちの三〇一、寮にその六人しかいないから、二年生ってなんか、みんな仲良さそう。

「いつまでに探さなきゃなんですか?」

侑名が聞くと、実優先輩は超浮かない声で答える。

「水曜がインタビュー本番」

「明々後日《しあさって》とか、もう無理じゃん」

ヨネ先輩がドライに断定すると、実優先輩がテーブルにつっぷした。

「マジ無理だよ。もうさー、電話で申《もう》し込《こ》みとか、職業についてあんなに下調べしたのとか全部パーだし!」

「どしてドタキャンされたの?　理由は?」

ヨネ先輩の質問に、実優先輩がテーブルに貼りついたまま答えた。

「不倫《ふりん》」

「はあ？」

予想外の単語に、わたしたちの声がそろう。

実優先輩は顔を上げないまま怨念《おんねん》のこもった声でつぶやいた。

「インタビューするはずだった八百屋のおっさんが不倫したんだよ」

「なにそれ？」

ヨネ先輩の声が裏返って、わたしも悪いけど好奇心《こうきしん》が爆発《ばくはつ》する。

「なんでそんなのバレたんですか？　あ、奥《おく》さんにじゃなくて、こっちに、学園に」

「奥さんが一昨日《おととい》、学園に乗《の》り込《こ》んできて直接言ってきた。『夫は中学生に人生を語る価値のある人間ではないので辞退します！』って」

「地獄《じごく》だな」

「地獄だよ！」

ヨネ先輩の感想に、実優先輩が吐き捨ててガバッと起き上がった。

「もーさー、今までの授業でインタビュー相手決めたり申し込んだり、どんだけ大変だったか！　わたしたちの時間と労力を返してほしい！」

まくし立てた実優先輩を憐《あわれ》みの目で眺めて、うちのん先輩が言う。

「ねー、知らない人に電話すんのとかガクブルだったわ、カンペあっても」

二年の中でも、かなりしっかり者の、うちのん先輩でもやっぱ緊張《きんちょう》するんだ、電話かけるの。

恭緒が情けない声で聞く。

「え、インタビューって授業なのに自分たちでアポとるんですか？　先生じゃなくて」

「そ、そっからが勉強だってさ。あんたたちも他人事《ひとごと》じゃないよ、来年やるんだから」

ヨネ先輩がダルく言って、わたしたち三人を見回した。

実優先輩がテーブルに放り出してたスマホを持ち直して、

「そーいうわけで、ごめん今、手一杯《ていっぱい》」

って話題を終了《しゅうりょう》させたけど、ヨネ先輩がまだ話しかける。

「それって実優ばっか探さなきゃなの？」

「わたしだけじゃなくて、大坪《おおつぼ》さんとかも当たってくれてるけど。うちの班もとからみんなやる気ないいんだもん、とくに男子」

「たいていの班はとくにやる気ないけどね」

うちのん先輩がフォローして、まあ、そうだよねって、わたしも思う。

授業でやることで、そんなやる気出す人いたら、そっちのほうがめずらしい。

ヨネ先輩が、急に手を打って明るい声を出した。

「八百屋の不倫騒《さわ》ぎについてインタビューしたら、実優の班、一位になれんじゃん？」

「ヨネはもう、他人事だと思って……」

「それじゃワイドショーじゃん」

実優先輩とうちのん先輩があきれて言うなか、侑名が突然《とつぜん》手をあげた。

「質問！　一位ってなんですか？」

「え、ああ、地域インタビューって、班ごとに作成したのを、最後クラスで発表すんのね。で、クラスごとに一番よくできた作品を投票で選んでー、そのあと全部のクラスの一位を、あの、金曜のお昼の学園放送あるじゃん？　あれで紹介《しょうかい》するんだよね」

ヨネ先輩の説明に、なぜか目をキラーンって光らせた侑名が続けて聞く。

「それって動画なんですか？」

「ううん、画像だけ、今時スライドショーだよ。パワポの使い方の勉強も兼《か》ねてんじゃない？

それにナレーションとインタビューの音声をかぶせんの」

実優先輩が答えて、うちのん先輩がカレンダーを見て付け足す。

「そんな気になるなら、えっと、……再来週の金曜か、に、学園放送で流れるから見られるよ」

「そういえばさ、去年やってた保育園の赤ちゃんクラスの先生のインタビュー、良かったよね」

ヨネ先輩が座り直して言い出して、実優先輩も思い出したようにちょっと笑顔になる。

「あ、あのキキ先輩の班のやつでしょ」

「あー、あれ感動した。さすがキキ先輩」

うちのん先輩も言って、ヨネ先輩が腕組みした。

「あれは選ばれるよ。クラスで一番は当然だし学年でも一番。最後んとことか感動したもん」

「あの時、うちの担任とかちょっと泣いてた」

「マジで？　大野《おおの》先生が？　ウケるー」

先輩たちがわたしたちの知らない一年前の思い出話で盛り上がるなか、めずらしく真面目な顔で何事か考えてた侑名が、立ち上がってカレンダーの前に立ったので、みんなの視線が集中する。

ふりかえった侑名が、先輩たちをじっと見て、質問した。

「それって一位になるの難しいですか？」

先輩たちはポカンとして、恭緒もわたしも、侑名が何を言い出したのか、ついていけないでいると、侑名はいつものCM美少女みたいな笑顔を浮かべて続けて言った。

「感動もののインタビューを作って、クラスで一位になって、学園放送で、あの学園中のモニターで流されるって、良くないですか」

……。

「……え？」

って、実優先輩。

「何が？」

って、ヨネ先輩。

「成績的に？」

って、うちのん先輩が言って、

「インタビューが選ばれるかどうかは、あんまし個人の成績には関係ないだろ」

って、ヨネ先輩がツッコんだ。

わたしもわけわかんなくて、恭緒と顔を見合わせた。

侑名は頭いいし成績もいいけど、いつも評価とか順位とかに興味なさそうだから、こんな急な一位への執着《しゅうちゃく》とか、え、なんなんだ。

ボケッと見上げるばかりの全員に、腕組みをした侑名が歌うみたいに言う。

「全校生徒で見るんですよね」

うちのん先輩が戸惑《とまど》いながらも答えてくれる。

「……うん、全教室、と、食堂とかのモニターでも流すからね。まあ、部室や外でお昼食べてる人は見てないけど、学園放送、わりとコーナーとか工夫《くふう》してて面白《おもしろ》いし、人気あるじゃん？」

「あれ、司会やってる子たちの人気な気もするけどな。ところで、侑名、話が全然見えてこないんだけど？」

ヨネ先輩がツッコんで、

「ほんと、なんの話？」

実優先輩が高速で髪をグルグルしながら聞いて、みんなの視線が侑名に集中する。

侑名はもう一度にこっとしてから、口を開いた。

「感動の実話の主人公のお店で、万引きとかしようと思います？」

……シーン。

？？？

わたしたちはただ、無言で侑名を見上げる。

誰にも伝わってないのを察知した侑名が、ゆーっくり言う。

「ババアの店の話です。店で万引きしてるのが、うちの学園の生徒だかはわからないし、そうじゃないといいですよね。でも今は、犯人が、学内の人、学外の人、その両方、の可能性がある。昨日ミカチュウ先輩の話を聞いた感じで、必要なのは犯人を突きとめることじゃなくて、これ以上万引きされないことじゃないかなと思ったんです」

そこまではなんとか理解。

わたしたちがうんうんうなずくと、侑名は続ける。

「だから手始めにできること、まず学内に向けてのアピールとして、ええと、犯罪抑止《よくし》のアピールとして、地域インタビューって、使えるんじゃないでしょうか」

……。

ヨネ先輩が両手をあげた降参のポーズで言った。

「ごめん、わかんない」

飲みこみの悪いわたしたちを、侑名は仏像みたいな静かな下目使いで見回す。

「すいません、結論を急ぎすぎて、わかりにくかったですね。まず地域インタビューの対象として、宝田商店の店主である宝田さんは最適ではないでしょうか。長く一人で、地域に根差したお店を営んでて。宝田さんを主人公に、感動的なインタビューを作り上げれば、クラスで一位になるのは確実。そして、その感動のインタビューが学園放送で全校に流されれば、それを見た生徒は、それまで学園の最寄《もよ》りの店の、気難しいババアとしか認識《にんしき》してなかった宝田さんに対して、今までとは違《ちが》う感情を抱くでしょう。そこでさっきのわたしの発言を思い出してください」

「お、おう」

ヨネ先輩が反射的に返事して、うちのん先輩に聞く。

「なんだっけ？」

うちのん先輩は返事をせずに目をパチパチした。

侑名が、すごく特別っぽく、声をひそめて言った。

「ババアの人生を知ったあとで、感動の実話の主人公のお店でですよ、誰が万引きとかしようと思います？」

「え」

恭緒がつぶやいて、ヨネ先輩とわたしが少し遅《おく》れて叫《さけ》ぶ。

「えー！」

「ええええ！」

やっとわたしにも話が見えてきた。

っていうか、つながった。

「でもさあ！　侑名！」

わたしが大声を上げて立ち上がった瞬間《しゅんかん》、侑名は実優先輩に向き直って、にっこりする。

「しかも実優先輩は急いで決めなきゃならないインタビュー相手が決まる。一石二鳥です」

言われた実優先輩の指から、巻きついてた髪が、しゅるんとほどけた。

「無理無理無理無理無理！」

「そんなあ、先輩、やってみましょうよ」

こういう時の侑名は、怖いくらい強引。上級生とか関係ない。

「わたしそういう責任重大っぽいの無理。ほんと無理。ぜったい上手《うま》くできない！」

そう言って、実優先輩がまた髪に伸ばした手を、侑名がやさしく、でも素早《すばや》く両手で包みこんでささやく。

「実優先輩。ダメモトですって。一位に選ばれたらもうけものってくらいの」

この子……侑名ってマジ怖い。

これ、人間的魅力《みりょく》をフルで使うってやつだ。侑名はふだん自分の魅力に無頓着《むとんちゃく》だけど、他人に特別に思われてることに気づいてないわけじゃないらしい。だから、平気でこういう態度に出る。

恭緒がわたしを横目で見て、ため息をついた。

追いつめられた目で実優先輩が反撃《はんげき》する。

「わたしに、っていうか、うちの班に感動作とか無理。だいたいババアの人生が感動的かなんてわかんないじゃん！」

まあね。

歳とってるからって、誰でも感動的な人生を送ってきてるかは、わかんないもん。

「たしかに。侑名ー、だってあのババアだよ」

わたしは言って、侑名を見た。

実優先輩の手を両手で握ったまま、侑名は今度はマリア様みたいな表情を浮かべてみせる。

「感動は、作れるものですよ」

自信満々に、侑名が断言した。

「なにそれ、怖い……」

うちのん先輩がつぶやく。

ヨネ先輩が金縛《かなしば》りから解けたみたいな顔でしゃべり出した。

「侑名の思いついたことはわかった。確かに全校に流れるんだから宣伝効果は絶大だよ。だけど、放送でやるのは一位に選ばれた作品だけじゃん。一クラスには六班あるんだよ」

「だから選ばれるように作ればいいんです。百の中から一位になろうっていうんじゃありません。たったの六です。六の中の一」

「あんた言うねえ……」

わたしがあきれて言うと、

「大きく出たよ、ミスオールマイティーが」

うちのん先輩も侑名の一部でのあだ名を持ち出して苦笑いして、実優先輩がまだ抵抗《ていこう》する。

「侑名、そうは言っても、うちら凡人《ぼんじん》だからさあ。そんなうまくいかないって。人を感動させるって、そーとーのことじゃん」

侑名がさらに言いくるめようとするより早く、ヨネ先輩が膝《ひざ》を叩《たた》いて立ち上がった。

「ああ！　ちょっと待った！　うちには小久良がいるじゃん」

！！！

わたしもつられて立ち上がって叫んだ。

「そっか！　小久良先輩！」

「あいつの無駄《むだ》に熱い創作欲！　ここで使わずいつ使うだよ！　よっし！　わたし小久良呼んでくる」

ヨネ先輩は談話室を飛び出して行った。

「ほんとにやるんですか？」

見送った恭緒が困惑《こんわく》した顔で、とりあえず目が合ったっぽい、うちのん先輩に聞く。

うちのん先輩は腕を組んだ。

「考えてみたら、一位も無理な話じゃないかも。だって、地域インタビューだよ。ほとんどの班が、そんなやる気ないもん。まずたいして選ばれたいとも思ってないし」

「えー、うちのんまでそんなこと言うー？」

実優先輩に非難されても、涼《すず》しい顔でうちのん先輩は続ける。

「やる気のない相手に勝つのは案外簡単じゃん？　そういえばさ、わたし小学生の時、超空気読めないタイプだったから、水泳大会の選手決めのタイム計測でみんな選ばれたくないからわざとタラタラ泳いでんのに気づかないで一人で全力で泳ぎ切っちゃって、全然泳ぐの速くないのに選手になったことあったもん」

「うっわ、だっせ」

実優先輩が吐き捨てるけど、わたしはそのシーンをありありと想像してしまって、つぶやいた。

「えー、うちのん先輩、超かわいそう……」

恭緒も気の毒って顔になって、おずおずとフォローする。

「でも、うちのん先輩、今は超空気読めるほうですよね」

「成長したの」

「痛い目見ながら？」

実優先輩が茶化したけど、うちのん先輩は妙に真面目な顔を作って答えた。

「そう、血のにじむような努力さ」

「ウケる」

実優先輩が言って、ちょっと笑顔になった。

「後藤《ごとう》小久良、参上いたしました！」

すでに張り切ってる感アリアリの小久良先輩の第一声に、うちのん先輩がおおげさに拍手《はくしゅ》して出迎《でむか》えて、『無理ですオーラ』の薄《うす》まってきた実優先輩が、わたしたちに目くばせしてきながら声をかける。

「小久良その顔は、もう話聞いた？」

「うんうん、だいたいヨネに説明してもらった。マジでやるの？」

「なんか、そーいう流れ。まだわかんないけど」

実優先輩の返事に、ヨネ先輩とうちのん先輩がニヤニヤする。

小久良先輩がソファーに腰かけながら言う。

「わたしはお庭番に呼ばれて、うれしいけどさー、実優、あんたがこういうの混ざるのめずらしいじゃん」

「だから、まだやるかわからないって言ってるじゃん」

実優先輩は口ではそう言うけど、マジでこれはやるのかも。

やっちゃうのかも。

「もしやるなら、小久良先輩は協力してくれるんですか？」

侑名が聞いたから、わたしと恭緒も一緒に小久良先輩を見つめた。

「協力するに決まってるじゃん！　わたし自分で言っちゃうけど、感想文とかレポートとか超得意！　つうか、これ呼んでくれなかったらマジへこんでた！」

「ですよね……」

小久良先輩の勢いに恭緒がつぶやいて、侑名とわたしも笑っちゃう。

呼んでもらえなくてへこむ小久良先輩、想像できすぎる。

「小久良先輩が協力してくれるなら、楽勝ですよ」

この作戦の陰《かげ》の発案者、侑名がすかさず持ち上げる。

わかりやすく超うれしそうな顔になった小久良先輩が、

「まあ、どっちにしてもインタビューの相手は探さなきゃなんだし期限もせまってるし。ほかにインタビューさせてくれそうな候補いないいんだよね？」

って、明るく早口で言って、

「不倫してるおっさんよりは、性格イマイチでもババアのがいいんじゃん？　インタビュー相手」

「言えてる！」

うちのん先輩とヨネ先輩がたたみかける。

みんなの盛り上がりに実優先輩はため息をついたけど、スマホの画面を見た。

「じゃあ、まず班の女子二人に連絡《れんらく》してみるから待ってて。まあ……たぶんいいって言うよ、とにかく時間ないし」

わたしたちがうなずきかけると、ヨネ先輩が立ち上がって叫んだ。

「ちょっと待って！　連絡待って！　ていうか、突《つ》っ走《ぱし》ってたけど、クラスの子に言う前に、ミカチュウ先輩、と、芳野先輩たちに言わなきゃじゃん、この計画！」

「あ、ですねー」

侑名がのん気に同意したけど、わたしは立ち上がって叫んだ。

「ですよ！　報告大事！　相談大事！　わたしそれで先月、超痛い目見ましたから！」

わたしの大声に、実優先輩は、あわててスマホをテーブルの上に置いて両手をあげた。

「アスー、あんた学習能力あんじゃん」

小久良先輩がニヤニヤした。

ヨネ先輩が立ったまま、腕組みをしてみんなを見回した。

「よし、じゃあ、昼食後にみんなで芳野先輩の部屋行こう！」

わたしたちはいろんなテンションでオッケーを言って、急にお腹《なか》すいてたのを思い出して食堂に行く準備のために部屋に戻《もど》ることにした。

「うまくいくといいよね！」

廊下《ろうか》に出たわたしたち三人に、ヨネ先輩が言った。

「もちろんです」

侑名が言って、わたしも「はいっ！」ってガッツポーズする。

恭緒もにっこりしてみせると、ヨネ先輩もつられて笑って言った。

「……わたしはさ、ババアには正直たいして思い入れないんだけど、ミカチュウ先輩には入学当初お世話になったから」

ヨネ先輩は小さい声で、でも真面目な顔になって続ける。

「いい先輩ぶらない、いい先輩っていうか。ミカチュウ先輩って、あっさりしてるけど、わたしが一年生でいろんなことに不慣れで、どうしよってなってた時、いつもさりげなく助けてくれたんだ」

「超わかります！　ミカチュウ先輩ってそう！」

自分が寮に入った頃のこと思い出して真剣に同意すると、ヨネ先輩が、ふいに頭を回した。

「だから先輩が困ってるなら、助けになりたい」

一〇五号室のほうを向いて、ヨネ先輩は言った。

十一月十一日（月）

盟子《めいこ》先輩の新しい部屋着、素敵《すてき》ー。

アイスブルーっていうの？　薄い水色のガウンみたいな形のカーディガンなんか着てると、盟子先輩は雪とか氷の女王様みたい。

っていうか盟子先輩って、ニットに毛玉のできない体質でマジうらやましい。

体育座りしてるせいで目の前にある、ジャージの膝にできたザビザビをこすりながら、わたしは淡々《たんたん》と司会進行する盟子先輩から目をそらした。

最近だんだん寒くなってきて、夜だし、全体集会に集合した寮のみんなの服装を見回してみても、やっぱいつの間にか厚着で全体的にモコモコ。

「では次に、明後日《あさって》から五年生が修学旅行でいない間の注意事項《じこう》に移ります」

盟子先輩がまっすぐサラサラな髪をけだるく耳にかけながら言った。

三泊四日とはいえ、五年の先輩たちが寮にいないなんて、まだ信じらんないよー。

寮に五年生は十四人もいるし、寮長《りょうちょう》も副寮長もいないなんて！

「留守中の寮長代理は、小谷水蓮《こたにすいれん》さん、副寮長代理は紺野衿子《こんのえりこ》さんにお願いします」

五年生不在について考えてぼんやりしてたわたしは、あわててみんなと一緒に拍手した。

なんの拍手？　ってよくわからないけど、ノリだ。

先週だったか、先輩たちに聞いたんだけど、五年生の修学旅行中に代理をまかされた人が、だいたいそのまま次の寮長・副寮長になるんだって。

つまり、来年、水蓮先輩が寮長に、紺《こん》ちゃん先輩が副寮長になるんだと思う。

うーん、納得の人選ですな。

拍手で顔を上げたついでに、ミカチュウ先輩の後頭部が目に入った。

昨日あの後、芳野先輩やミカチュウ先輩に話しに行って、ババアの店のアピールのためのインタビューやってみよう！　って計画にゴーサインが出てからの、二年の先輩たちのテキパキ感、すごかった。

実優先輩は昨日のうちにクラスの班のメンバーとＬＩＮＥとかで相談して、まあいろいろあったんだろうけど、わりかし素早く、インタビュー相手、ババアでいいよってなって。

班の人がいいって言ってくれたのは、もう新しいインタビュー相手を探す時間がないっていうのが、きっと一番の理由なんだろうけど。背に腹はナントカみたいな。

あと、ミカチュウ先輩は最初渋《しぶ》ったっていうか、渋ってはいないか、「えっ……」みたいな反応だったんだけど、二年の先輩たちの熱意に押されて、ババアになんとかインタビューを受けてくれるよう頼《たの》んでくれるってなった。

で、今日の放課後、めずらしく緊張したオーラでバイトに出かけていったミカチュウ先輩は、その日のうちにババアのオッケーをもらってきた。

展開、超早くない？

っていうか超意外！

っていうか帰ってきたミカチュウ先輩が、一番信じられないって顔してた。

サックサクすぎるでしょ！

先輩たちみんな行動が早くてついていけないよー。

お庭番の出番なんてありませんから。

あ、しかし！

そういえば、すっかり忘れてたけど、この話最初に思いついたのは侑名なんだった。

わたしは、すました顔で隣で体育座りの膝にアゴをのせてる侑名を見つめた。

侑名って、のんびりしてるようでいて、人心をあやつるのがマジ上手い。

ミカチュウ先輩や芳野先輩に話してる時も、すっかり、「わたし発信じゃありません」みたいな顔でニコニコしてたけど。

侑名、その気になれば、なんか組織？……とか団体？を裏だか陰だかで牛耳《ぎゅうじ》ることだってできるんじゃないの？

こいつが野心のない人間でよかったよ。

さっきまで談話室では、二年の先輩たちがふだん楽しみにしてるテレビ番組も見ないで話し合ってた。

ババアへのインタビュー項目《こうもく》を、急いで小久良先輩も一緒に考えるからって。

……二年の先輩たちは、自分たちではいっつも個性がない学年とか言ってるけど、やることはやるっていうか、テキパキしたデキる人が多いんだよね。

今回それが超でてる。

「五年生の修学旅行については以上です。それと今日は、もう一つ、寮長からお話があります」

やばい、またよく聞いてなかった。

わたしはあわてて姿勢を直して前を向いた。

盟子先輩が一歩下がると、後ろで壁《かべ》に寄りかかってにっこりしてた芳野先輩が、かわりに真ん中に立った。

「もう噂を聞いてる人もいると思いますが、みなさんも利用したことがあるだろうし、ミカチュウ、谷沢実加《たにざわみか》さんのバイト先でもある、宝田商店、宝田さんのお店の話です。最近、店内で良くないことをする人がいる、可能性があるんですね。まだ確定じゃないけど、万引きされてるかもしれない」

芳野先輩がそこで言葉を切ると、部屋の中の半分くらいの人が横や後ろを向いて、目くばせしたり顔をしかめあったりして、もう知ってる感を出した。残りの半分くらいが首を伸ばして芳野先輩に注目したり、驚いた顔でキョロキョロしてる。その人たちは、たぶん初耳だったんだろう。

出入り口のほうで並んで座ってる寮監《りょうかん》先生と副寮監先生を見てみたら、表情で、もう話が行ってるのがわかった。まあ、そりゃそうか。

「それで、女子寮として何かできることがあればと、話し合っているところなんですが、みなさんにも協力してもらえたらと思ってます。とりあえず、これからしばらくは、宝田商店を利用したり前を通る時とか、ちょっと気にかけてもらいたいなと。あ、犯人探しとかじゃなくてね、……見守るっていうか。犯罪を未然に防ぐには、やっぱり多くの人の視線が有効ではないかっていうことで」

芳野先輩の提案に、みんながまたザワザワし始めると、寮監先生が厳しい顔で立ち上がった。

「最初に注意しておくけど、もしあやしい人物を見つけても、絶対その場で声をかけたり捕《つか》まえようなんてしないこと」

先生の言葉に、次々に手と声があがる。

「はーい」

「わかってまーす！」

「怖いもんね。追《お》い詰《つ》められた人間の逆ギレとか」

「マジで反撃とかしてきたら殺されるかも。そういう事件よくあるじゃん」

「万引きGメンとかの番組見てると超ヤバいもんね」

ミカチュウ先輩のほうを見たら、まわりに座ってた人たちに何か話しかけられてる。

恭緒が急に無言でわたしに寄りかかって二《に》の腕《うで》同士をくっつけてきてた。

なに？　と思ったけど、ほんとはなんでだか少しわかる。

新しい計画が動き出すのはワクワクするけど、同時に少し怖い。


「せーまっ！」

「なにこの密集。朝かよ」

「冗談《じょうだん》だって恭緒。そんなゴミ箱またいでまで隅に寄らなくていいって」

全体集会が終わって部屋に戻ってから、三人そろってハミガキに行くと、三バカ先輩たちも三人で来てて洗面所は超混み。

先輩たちの声を真に受けて壁に精一杯《せいいっぱい》張り付いた変な体勢でハミガキしてた恭緒を、しおりん先輩がすのこの上に押《お》し戻《もど》したから、わたしが抱きとめて、侑名が歯ブラシをくわえたまま笑った。

流しの前に一列に並んだ三バカ先輩たちの中で、しおりん先輩の髪がいつのまにかダントツ長くなってるのに気づいた。伸ばしてるんだ。それも舞妓《まいこ》準備だと思うと、出ていっちゃう準備なんだと思うと、なんかさみしい。

「しかしあのババアがインタビューの話を即日《そくじつ》受けてくれるとは思わんかった」

マナティ先輩がハミガキとスクワットを両立させながら言ってきて、わたしは口にたまった泡《あわ》をいったん吐き出してから相づちを打った。

「ほんと、こうなったらもう、後戻《あともど》りできないですよー」

いくらインタビュー相手にドタキャンされて困ってるって設定で、先輩たちが綿密な打ち合わせをして臨《のぞ》んだとはいえ、ここまでうまく進んだのって、なかなか奇跡じゃない？

「ミカチュウ先輩ってウソつくの苦手そうなのにね。しかもババア相手にとか」

廊下に頭だけ出して一〇五号室のほうをのぞきながらユイユイ先輩が言って、しおりん先輩が首をかしげる。

「まあ、だけど実優たちがインタビューをドタキャンされて困ってたのはほんとじゃん」

「そう、ウソついてるわけじゃないですよ。言ってないことがあるだけで」

洗面台に寄りかかったまま侑名があんまりケロリと言ったから、やっぱこいつ怖いわって、わたしは恭緒と顔を見合わせたけど、しおりん先輩が明るい声でノる。

「だよね！　だいじょぶ！　ウソはついてないついてない！」

「まあな！　洗いざらいすべてを話さなければいけないという決まりなどないない！」

マナティ先輩もテンション高く同意して、ユイユイ先輩もニーッと笑顔になって、天井《てんじょう》を指さした。

「それにせっかく実優たちが、やる気になってくれたんだし」

「そうそう、上からもオッケー出たんだし、とりあえず二年にまかせときなよ」

「やってソンはないじゃん」

三バカ先輩たちはいつも、軽くて明るい。

「しかしさあ、わたしもババアにインタビューしたかったよ」

ユイユイ先輩が言い出したから、恭緒が質問した。

「ユイユイ先輩の時は、どこ行ったんですか？」

「古本屋さん」

「面白そうじゃないですか」

侑名が言って、わたしたちもうなずくと、ユイユイ先輩は腕組みして首をかしげた。

「うーん、メインで話してくれた人が、いい人だったけど真面目だったわー、超真面目だった」

「授業でやるんだから、そういうものじゃないですか？」

わたしが言うと、マナティ先輩が声を上げる。

「えー、だって、せっかくだったらユーモアとか、あとやっぱ未知との遭遇《そうぐう》のスリルが欲《ほ》しいじゃん」

「えええ……」

恭緒が歯ブラシをくわえたまま小さく否定の声を上げた。

まあ、インタビューどころか、普通に大人と話すだけでも、超緊張しちゃうほうだもんね、恭緒は。

「相変わらず人見知るねー、あんたは。お庭番になって、もう結構いろいろやってんのに」

しおりん先輩が苦笑いで恭緒の肩に手を乗せて言った。

ほんと、わたしたち、頑張ってると思う、お庭番。

先月はテニス部の三年生同士のケンカの仲裁《ちゅうさい》するはめになったし、今月の頭には六年生のトラブルに駆《か》り出《だ》されたりとか、だんだん年上と話すの鍛《きた》えられてきたっつーのに。

ただ、恭緒はテニス部の先輩たちの言い争いがヒートアップした時、とばっちりで突《つ》き飛《と》ばされてフェンスに叩きつけられるっていう、かわいそうな目にあってるんだけどね……。

かわいそうだったけど、あれが和解のきっかけになったのは事実だし、あれからテニス部の派手な先輩たちに手を振られたり挨拶《あいさつ》されるのとか、恭緒が体を張ったおかげだし、なんていうか、ウケる。

お庭番になってから、なんかどんどん顔見知りが増える。知ってる先輩が増えて、いろんな人に名前を知られてくの、ちょっとくすぐったい感じ。

「でも、まあ、グイグイ行く恭緒とか恭緒じゃないし」

「まあね、奥ゆかしいのは、恭緒の魅力の一つだよー」

「そういうの、いいですから……」

さっそく奥ゆかしさを発揮した恭緒が、しおりん先輩の手からやさしく逃《のが》れながらゴニョゴニョ謙遜《けんそん》した。

「わたしは来年のインタビュー、パン屋さんとか行きたいなー」

しばらくだまって歯を磨いてた侑名が口をゆすいで、唇を手の甲《こう》でこすりながら言い出した。学年順位一ケタの秀才《しゅうさい》とは思えないアホっぽい言い方で。

「侑名パン食べたいだけじゃん」

あきれてわたしが言って、

「ていうかそれ、インタビューっていうより職場体験じゃね？」

ってユイユイ先輩がツッコんだ時、

「点呼ー」

廊下の向こうで、乃亜《のあ》先輩の気の抜《ぬ》けた声がした。

パタパタ足音が聞こえて、睦《むつ》先輩が洗面所をのぞきこんだ。

「十時半だよ！　あんたたち、いつまで歯磨いてんの！」

「はーい！」

わたしたちは口々に返事をして、急いでコップや歯ブラシをつかんで、整列するために廊下に走り出た。

十一月十二日（火）

「でもさあ、マジな話、ババアそんなにいいリアクションしないと思うんだよね」

「イイことも言わなそう、お涙《なみだ》ちょうだいっぽいこと」

「ていうかそもそも、インタビュー依頼、受けてくれたのが奇跡じゃね？」

「あーマジわたしもそれ思った」

「ババアいかにもそういうの嫌《きら》いそうじゃん。そういうなんか、テレビでよくやってるような、年寄りの話で感動っぽいやつ」

「あ、じゃあさ、ババアには、わたしたちが作るのはインタビューに基《もと》づくフィクション、創作だって最初から断っとけばよくね？　脚色《きゃくしょく》しますっつって」

「えー、受け入れる？　それ」

「ムリでしょ。だいたい、わたしがそんなんヤだ」

「まあ、小久良のプライドは許さないだろうけど」

「だよねー、それやっちゃったら、マスコミとか批判できなくなるもんね」

「それよ！」

二年生の会話のテンポが速すぎて、ただ口を開けて見学してたわたしが隣を見ると、侑名がハムスターみたいに、みりんせんべいを高速でかじってる。

ただいま談話室では、明日のインタビュー本番に備えて作戦会議中。

下校してきてすぐ集まった二年メンバーは、実優先輩・ヨネ先輩・小久良先輩・ケミカル先輩。

うちのん先輩と穂乃花先輩は部活で欠席だけど、二年生は寮に六人しかいないから、うちの学年と違って集会しやすいなー。

恭緒もちろん部活中だけど、侑名とわたしの放課後自由組が誘《さそ》われて、一応同席してる。

で、学校で今日、小久良先輩が実優先輩のクラスの班と顔合わせしてきたこととか聞いた。

マジで先輩たちの行動のサクサクさ、尊敬。

「ちょっと、ケミカル！　ミカチュウ先輩が過酷《かこく》な労働で得た賃金で買ってくれた貴重な柿《かき》ピーなんだから、もっと噛《か》みしめて食えよ」

袋《ふくろ》の中から柿の種だけをよりわけて会話の間に食べまくってたケミカル先輩に気づいたヨネ先輩が、指さして注意する。

ヨネ先輩、ほんとミカチュウ先輩信者だな。

テーブルの上にある渋めなおやつは、ミカチュウ先輩からの差し入れ。

ケミカル先輩は、袋から手のひらに器用に柿の種だけをザラザラ落として、平気な顔で答えた。

「噛みしめてますう。ふだんの倍咀嚼《そしゃく》してっから許せよ。わたしがピーナッツ食べれないの知ってんじゃん？　ミカチュウ先輩の労働の結晶《けっしょう》の柿の種、マジ超おいしいでーす。あ、おいしいと言えばさ、リアクションには期待できずとも、題材としてはババア、じつは結構おいしいと思わない？　インタビューでは苦労話って鉄板でしょ。ババア、空襲《くうしゅう》で両親が亡くなって超苦労したらしいよ」

「え、戦災孤児《こじ》っていうのなの？」

実優先輩が、びっくりしてる。

わたしももちろん初耳だけど、実優先輩はインタビュー当事者なのに、知らなかったのか。

ケミカル先輩が、当然って調子で胸を張る。

「だってよ！　ババア、わたしらくらいの歳から、学校にも行かないで苦労に苦労を重ね！　頑張ってあのお店やって、妹？だか、弟？を学校に通わせたんだって。自分は小卒で」

知らなかった！

「ババア超努力の人じゃないですか！」

わたしが驚いて言って、侑名を見たけど、なんか普通の顔してる。

「侑名も知ってたの？」

「うん」

「なぜに！」

こいつのムダな知識なんなの……。

「でも、でもでも中学生くらいの歳でお店とか経営できるんですか？」

「昔はできたんじゃない？」

わたしの戸惑いをケミカル先輩がサラッと流して、小久良先輩は立ち上がって腕組みしてウロウロし出した。

「うーん、ねつ造は良くないけど、やっぱ、わたしらの趣旨《しゅし》として、感動は欲しいよね。このあいだ侑名が言ったとおりさ、名も知らぬババアの店の商品は盗めても、感動ストーリーの主人公の店では窃盗を働けないのが普通の人間だよ。……そんな普通の人間の良心につけ込むエピソードを、あのババアからどうにか……」

「それをどう引き出すかとまとめるかが、小久良の腕の見せ所じゃん」

すかさずケミカル先輩がおだてる。

「そうだよ。ババア、素材としてはいいもん持ってるんだからさ。磨けば光る原石感、ハンパねえ」

ヨネ先輩が両手でこぶしを作って言って、実優先輩が高速回転させてたボールペンを持《も》ち替《か》えて小久良先輩を見上げる。

「小久良、もう一回、質問リスト、一緒に考えて」

「うん、明日までにちょっと練り直すか！　よーし、選ばれて放送されて泣かすぞー！」

小久良先輩のやる気が急激に高まったとこで、侑名が首をかしげた。

「ところで小久良先輩、自分の班のインタビューは頑張らなくていいんですか？」

実優先輩もハッとした顔をする。

「あ、そうだよ小久良、あんた、こっちを手伝ってくれちゃって、自分のクラスの班のは選ばれなくていいわけ？」

「それがさー」

小久良先輩は腕組みをほどいて、微妙な表情を浮かべた。

「選《え》り好《ごの》みしちゃいけないとは思うけど、インタビュー対象に興味が持てない。というか共感率ゼロ」

たしか小久良先輩の班のインタビュー相手は、地元の、なんていう名前だったかな……政治家の人だったはず。名前聞いたけど、忘れちゃった。わたしも興味ないから。

「だってさ、あの人！　完成したら発表前に原稿《げんこう》見せろとかいう条件つけてきたの、萎《な》えるー」

「そりゃあ超萎えるな」

「中学生相手にねー」

ケミカル先輩と実優先輩が声を上げて、ヨネ先輩も、

「マジ言論の自由どこ行った！」

って言って天井を仰《あお》いだ。

小久良先輩が席にストンって戻ってきて、きっぱり言う。

「あの人の世界ではそれが普通なのかもだけど、それって信用されてないってことじゃん。だったらこっちも信用しない。自分の班のはそれなりにこなすだけにしとく」

小久良先輩らしいな。

「それはそうと実優、あんたのクラスの中で、強敵っていそう？」

「えーっと、アナウンサー志望の子がいる班があるよ」

切り替《き》え《か》が早い小久良先輩に聞かれた実優先輩が答えると、ヨネ先輩が手を叩く。

「ああ、小笠原《おがさわら》ちゃんか。でもナレーションだけじゃ勝てねーよ」

「やっぱマジで、学年で一番つったら微妙だけど、クラスの一番なら、なれんじゃん？」

ケミカル先輩が言って、

「班の人《ひと》たちに、えーっと、詳《くわ》しい事情っていうか、わたしたちの、寮の狙い、話したんですか？　ババアの店の万引きの話」

急に思いついて、わたしが質問すると、小久良先輩に人さし指を突きつけられる。

「話したさ！　じゃなきゃ、わたしがしゃしゃる説明がつかないじゃん。クラスも違うのに授業のインタビュー作成に参加したいとか、『趣味《しゅみ》でーす』じゃ済まないって！」

「なるほど、そっすね！」

わたしが納得すると、侑名もにっこりして言った。

「どんな物好きだよって話ですよね」

「だろー？　それにさ、うちら二年と先輩たちで話し合った時、班のメンバーには手の内さらしといたほうがいいって、芳野先輩にも言われたんだよね。協力してもらうからには事情を話すのが礼儀《れいぎ》だろうって」

小久良先輩の言葉にわたしたちが力いっぱいうなずいてると、

「で、今日学校で同じ班の子たちに話した時さ、ノリノリってほどではないけど、拒否《きょひ》られなかったんでしょ?」

ヨネ先輩が聞いて、ケミカル先輩も実優先輩の顔を見た。

「男子メンも?」

「うーん、班の男子、みんなやる気はないけど、性格悪いやつはいないからな。正直に頼んだし、めんどくさいインタビューの作成を手伝ってもらえるんだから、べつにソンする話じゃないし、イヤとは言わなかったよ。実際頑張るのは小久良だし。あ、もちろん、わたしも頑張るからね、できるだけ」

実優先輩が微妙なガッツポーズを作りながら言った。

二年の先輩たちの会話を聞いてると、一歳しか違わないのに、大人だなーと思う。

うちの寮は三、四年生が個性的な人が多いから、二年生はいつもそんなに目立たないけど、なんていうか……自立してる?感じする。

今ここにいない穂乃花先輩とうちのん先輩も、そんな印象だし。

お庭番を決める時だって、自分たちの学年のこと、積極的じゃないとか言ってたけど、ほんと、なにげに、しっかり者ぞろいじゃない? たしかに積極的に前に出るタイプじゃないけど、なんかそういうの地味にかっこいい。

お庭番だって適任がいたでしょー絶対。

まあ、いまさら口に出しては言わないけど。

わたしだって、もう引き受けたんだし。

やることやんなきゃ。


お風呂帰りに三人で歩いてたら、廊下でばったり、でかいボストンバッグを肩にかけたミカチュウ先輩に会った。

恭緒がバッグを見ながら、

「今から荷造りですか?」

って声をかけると、ミカチュウ先輩は明らかにまだからっぽのバッグを振ってみせながら答えた。

「うん、かなみん先輩に借りた」

「かなみん先輩、あんなちっちゃいのに、こんなでかいバッグ背負えたんですか!」

恭緒がバッグにさわってみながら感心した言い方したから、みんなで笑う。

旅行バッグは、寮内で貸し借りが超さかん。

わたしも修学旅行の時はバッグは誰かに借りたい。

だって同じお金払うなら、ふだん使うバッグ買いたいもん。

夏休みの帰省用に巨大《きょだい》リュック買うか迷ったけど、結局、教科書が重すぎて死ぬと思って宅配便にしちゃったしな。

「ミカチュウ先輩今日もバイトしてきたんですか？　なんか旅に必要なもの買いに行かなくてよかったんですか？　マツキヨとかに」

わたしが聞くと、先輩はにっこりした。

「わたし化粧《けしょう》とかしないし、モッチーがわたしの分も前もってフリマ部屋で色々もらっといてくれたから」

フリマ部屋っていうのは四階の物置部屋の別名。

歴代寮生の、いらなくなった教科書とか問題集、着なくなった服とか雑貨が置いてあって、自由に借りたりもらったりしていい。そういうの先輩に直接もらうこともあるけど、時々遊びに来るOGの人も持ってきてくれることあるから、たまに掘《ほ》り出《だ》し物《もの》がある。

そういえばミカチュウ先輩も恭緒みたく服に興味がない派だから、よくフリマ部屋でもらった服で済ませてるって、前に言ってたかも。

「そうなんですかー、モッチー先輩有能！」

わたしが言った横で、侑名が、

「明日朝早いから、早く寝ないとですよ」

って、めずらしく普通のこと言う。睡眠《すいみん》に関しては妙に真剣なのだ、こいつは。

「新幹線で寝られるし大丈夫だよ」

ミカチュウ先輩は静かに笑って、低い声で答えた。

先輩たち見てると、寮生は自宅生ほど修学旅行でテンション上がらないものらしいけど、ミカチュウ先輩のテンション上がってなさ、なかなかだ。

「お土産《みやげ》なにがいい？」

「いえいえ、お気になさらず！」

わたしが手を振って言うと、ミカチュウ先輩は、ちょっと真面目な顔になる。

「宝田さんのこともあるしさ、あんたたちには世話になってるもん」

「えー！」

いやいや、全然世話してませんって！

超頑張ってるのは二年の先輩たちですから！

十一月十三日（水）

「アス、そっち水いったー避けて！」

「おわ、あぶな」

「かかった？」

「間一髪《かんいっぱつ》だいじょぶでーす！」

完全に目が覚めてない状態でのトイレ掃除は危険だ。

靴下《くつした》が濡《ぬ》れなかったのをラッキーと思いながら、わたしは洗い終わった三角コーナーの水気を勢いよく切った。

今朝は起床《きしょう》からもう五年生は別行動で、今頃《いまごろ》は食堂で朝食を取り終わった頃だと思う。

修学旅行の集合時間の早さ、ハンパないな。

自宅生からしたら、学校に住んでるおまえらが文句言うなだろうけどね。

あと、わたしたちは掃除班、六年の乃亜先輩と、かなみん先輩と組んでるからいいけど、五年生と一緒の班は少ない人数で掃除しなきゃいけないから大変だよなー。

五年生は女子寮内の最大勢力で、十四人もいるし。

あ！　レイコ先輩入れたら、十五人か。

「そういえば、レイコ先輩って、まさな先輩が旅行中、部屋に一人になっちゃうじゃないですか」

わたしが思いついて先輩たちに話しかけると、恭緒がすのこのぞうきんがけの手を止めて天井を見上げた。っていうか、そのもっと上の三〇六号室をか。

両手にブラシと洗剤を持って個室から出てきた侑名もつられて顔を上げて、「レイコ先輩さみしーね」って、全然さみしくなさそうなトーンで言う。

「でも、まさなが同室になるまでは、ずっと一人だったんだし、それに比べたら三、四日くらい平気なんじゃん？」

かなみん先輩が言ったから、恭緒がまた真剣な顔で食いつく。

「ずっとって、どれくらいですか？」

「いや、わかんないけど。二、三十年とか？」

って、かなみん先輩に振《ふ》り返《かえ》られた乃亜先輩は、床用《ゆかよう》ブラシの水を切ってから、黙って肩をすくめてみせた。

「乃亜先輩が知らないなら、誰も知らないですよね」

わたしはあきらめて、流し台を洗い始める。

レイコ先輩については謎《なぞ》が多い。

まあ謎がない幽霊《ゆうれい》なんて、あんまいないけど。

にしても、そろそろ水が冷たいなー。

寮では一週間ごとに掃除場所が変わるけど、もちろん階段掃除が一番人気。シンプルでラクだから。

そして学校でもそうだけど、掃除場所の中で、トイレが、断然ダントツ、いっちばん不人気。だけど、寮のトイレのきれいさって、わたしの中で、わりと自慢《じまん》なんだよね。

こんなに古いのに、こんなにきれいなトイレって、めったにないよなって、流し台にクレンザーまいてガシガシ磨きつつ、今日も自画自賛。

学校の掃除では、床のタイルに水流して磨くのは週一だけど、寮では平日毎日だし、便座も毎回ぞうきんでキュッキュ拭《ふ》いてるから、ぴっかぴか。そしてきれいだから便座をゴム手なしで拭くのも、ぜんぜんヤじゃないっていう、こういうのなんて言うんだろ？　悪循環《あくじゅんかん》の反対？　ってなに？　良循環？

入学したばっかの頃は手際《てぎわ》もめちゃめちゃ悪かったけど、慣れてこなせるようになれば、なんか掃除って自分が有能になった気分が味わえるしね。

思い出してみると、寮での掃除のやり方はほとんどミカチュウ先輩に習ったかも。一学期は掃除班、ミカチュウ先輩たちとだったから。

そういえば、ミカチュウ先輩って先輩の中でも掃除がすごく手早い。

バイトしまくってて、トイレ掃除とかも慣れてるからだよね。

わたしは、どこかお店屋さんのバイトしたら、そこのトイレも掃除しなきゃなんて、ミカチュウ先輩と話すまで思いつかなかった。お店のバイトって、幼稚園《ようちえん》の子とかが憧れるみたいに、とにかくレジ！　ってイメージだったし。

誰かが掃除しなきゃトイレは汚《よご》れ続《つづ》けるんだから、考えたら当たり前のことなんだけど、そっかーって。

「先輩たち出発するよー！」

玄関のほうから声がして、わたしと恭緒と侑名はトイレから飛び出した。

そんなに広くない寮の玄関は、もう十四人の五年生と十四個の大荷物でぎゅうぎゅうで、上の階からも見送りに飛んできたみんな（ほとんど一年か二年）で大混雑になった。

外では三バカ先輩たちが、京都のペナントを一枚ずつ持って舞《ま》い踊《おど》ってて、寮監先生に朝早いから大声出すなってしかられてる。

他の人よりやけにコンパクトなバッグを肩にかけて副寮監先生と話してた芳野先輩が、ガラスのドアの前で朝の光にまぶしい顔になって、わたしたちを振り返って言う。

「はい、じゃあ、いってきます。あとをよろしく」

わたしたちは、玄関で押《お》し合《あ》いになりつつ口々に挨拶しながら全力で手を振って見送る。

あー、今日から四日もこの頼《たよ》りになる人たちがいないなんて！

玄関を出たとこで腕組みしてる盟子先輩は、修学旅行に行く人っていうより空港のセレブみたい、とか思って眺めてると、

「アス、水たれてる！」

盟子先輩に指さされて自分の手を見たら、さっき流しを洗ってたタワシを持ったままだった。まわりの子たちにおおげさによけられながら、わたしは一番最後に玄関から出ようとしてるミカチュウ先輩と目が合った。ミカチュウ先輩にも笑われてる。

「いってらっしゃーい！」

わたしは何種類かの気持ちをこめて、タワシを持ってないほうの手をブンブン振った。


朝から五年生を見送るのにテンション上げすぎたせいか、今日の午前中の授業は気が散ってしまった。

午後になったらなったで今度は、二年の先輩たちがババアにインタビューに行ってるはずの時間で、どうなってるだろうって、もうずっとそわそわしちゃったし。

ババアが放送できないようなこと言うとか、あ、生放送じゃないんだから、それはべつにカットすればいいんだけどさ、でも、カットしたら使えるとこなくなるくらい、ちょっとしかしゃ

べってくんないとかはありえる。うーん、心配だぞ。今頃実優先輩ってば、班の人達に気を使って超気まずい思いしてんじゃないの？　とか。

だけど寮に帰ってきても、なんかすれ違いで実優先輩と会えなくて、夕方遅《おそ》く、部活から帰ってきた恭緒と玄関で話してる時に、やっと、実優先輩と小久良先輩とヨネ先輩が三人で食堂から帰ってくるところを捕まえられた。

「先輩！　ババアのインタビューどうでした？」

「無事にできたんですよね？　インタビュー」

わたしと恭緒が飛びつくと、実優先輩は落ち着いていた。

「無事？　うーん、まあ、無事にできたかな？　ババアの態度はいつもとおんなじだけど、インタビュー、やっぱ引き受けてくれたからには、思ったより協力的っていうか、聞いたことには全部答えてくれたよ」

そっかー、よかった！

わたしはババアに関する数少ない記憶《きおく》の中から、お店で値札がない商品の値段を聞いた時の、ちょいケンカ腰《ごし》のあのリアクションを引っぱり出した。

小久良先輩が、Ａ５サイズのノートを顔の横に持ち上げて付け足す。

「うん、実優に、これは絶対聞いてきてほしいってことのリストを渡《わた》したんだけど、全部の項目に長文とは言わないけど一言で済まされたりしなかったから、これで素材としてはなんとか足りそう」

「よかった……」

恭緒がかみしめるみたいにつぶやいたから、ヨネ先輩が苦笑《くしょう》して肩を叩いた。

「恭緒あんた当事者じゃないのに心配しすぎだって」

取材ノート見たいなーってウズウズしちゃうけど、時間ないだろうし我慢《がまん》して、わたしは小久良先輩と実優先輩の顔を見くらべて聞いてみる。

「いいの書けそうですか？」

「もちろん！」

自信満々に言って親指を立てた小久良先輩をチラっと見た実優先輩は、腕組みをして唇をとがらせた。

「んー、頑張る」

「頑張ってください！」

恭緒がめずらしくガッツポーズまで作って言った。

恭緒そういうふうにするとすごく体育会系っぽく見えるな。

いや、バリバリ体育会系のはずなんだけどさ、ふだんそんな覇気《はき》？がないから。

「このあと、実際にインタビューしたあとって、どんな感じで進めるんですか？　地域インタビューの授業って」

わたしが聞くと、ヨネ先輩が小久良先輩のノートを取り上げて、はさんであったプリントを勝手に開いた。

「ええと、対象へのインタビューが終わったあとは、各クラスのそれぞれの授業時間にコンピュータ室で班ごとにパワポでインタビューを作成して、っと、ちなみに実優のクラスはー」

「明後日と来週の月曜の授業だよ。でもそれだけじゃ絶対間に合わないから、たいていみんな放課後とか昼休みも使って仕上げることになってる。で、一週間後の水曜、二十日だね、に、クラス発表。はー、クラス発表！」

実優先輩はプリントを見ないで言ったからスケジュール暗記してるっぽい。真面目だから。

小久良先輩がノートを取り返しながら、スラスラ言う。

「発表が終わったらそのクラスの全員で投票する。もちろん自分の班には票入れちゃいけない決まりだよ。そのあと放課後、二年の担任の先生も全員でインタビューを見て投票して、その結果が次の日、二十一日の木曜に、クラスの一番が先生から発表されるって流れ」

「すごい忙しいスケジュールじゃないですか？」

恭緒がヨネ先輩の持ってるプリントをのぞき込みながら言った。

「だって授業の一環《いっかん》だもん」

小久良先輩は言うけど、そんなもん？　パソコンだって使うし全然時間が足りなく思える。

「そう、たかが授業の一環！　だからさ、うちらのババアのインタビューで勝てるって！　だって実優の班には小久良っていうブレーンがいるんだよ。よその班、今日見た感じでもマジそんなやる気ないし」

ヨネ先輩が力強く断言する。

「ほんとに？　ほんとに強敵とかいないんですか？」

逆に急に心配になってきたわたしの質問に、ヨネ先輩がお手上げのポーズで答えた。

「そんなのいないって。二年生に天才奇才《きさい》が不在なのは寮だけの話じゃなくて、マジ学年全体だもん」

「凡人の集まり、それが二年」

実優先輩がつぶやいて、わたしと恭緒は反応に困って顔を見合わせたけど、ヨネ先輩と小久良先輩にはウケた。

「ぎゃはー！　実優言うねえ」

「しかし悲しいがそれが真実」

先輩たちは自虐《じぎゃく》で笑いながら階段を上がり出したけど、踊《おど》り場《ば》から最後にわたしたちにノートを振って見せてくれた。

から、たぶんイケるんじゃないかな、クラスの一位。

十一月十四日（木）

「アス、やっぱ道渡ろうよ、ここからだとガラスが光ってて全然店内が見えない」

侑名が大きな目を極限まで細めた超しかめっ面《つら》をわたしに向けて言った。

「待って、まだ心の準備が！　だって店の前に立ったらすぐババアに気づかれるかもじゃん」

ミカチュウ先輩の修学旅行中、手薄《てうす》になったババアの店を軽く見張ったほうがいいかってことになって、とりあえず今日は放課後すぐ、お庭番のわたしたちが来てみたんだけど。

あ、恭緒はもちろんまだ部活だから、侑名とわたしで。

「あ、ほら信号青」

怖気《おじけ》づくわたしを引きずって、侑名がさっさと横断歩道を渡りだす。

「ちょっと待ってってって！」

そりゃあお庭番になってから、いろんな人と話したけど、それはみんな中高生で、それかせいぜい先生とかとにかく学園内の人で、ババアは歳も上すぎるし外の人だし、もう！　とにかくいつもとは勝手が違うってこと。

「あー、ドキドキ！　ねえ侑名、わたしババアの店ん中で何に気をつけたらいい？」

「まず口が裂《さ》けてもババアって呼ばないことじゃない」

「あっ、だよね！　やばー、超言っちゃいそうなんだけど。つうかババアの名前なんだっけ？」

「いまさら？　宝田さんだよ。ほら、宝田商店の宝田さん」

侑名に指さされて、古びた看板を見上げる。

学園の近くには駅のほうにも公園のほうにもコンビニがあって、それか休みの日にはスーパーにも行くから、最近ほとんどババアの店、じゃなかった、宝田商店には来てなかった。

寮からも学園からも一番近い店なのに。

なんていうかババアの店は、すごいちょっとしたものを、間に合わせで買う時とかの店なんだよね。たとえば、一色だけ終わっちゃった絵の具をバラで買いたい時に行くような。

侑名と腕を組んだまま道路を渡り終えて店の横まで来てみると、歩道にはマジ隠れるとこがなくて、心臓がバクバクしてきた。

店の正面のサッシは、ガラスの面が大きくて、中をのぞきやすくはあるけど、店の奥に座ってるババアからも、こっちが丸見えになりそう。

にしてもこんなせまい店内で万引きするやつって、いったいなんなの？

深呼吸して、「よし、行こっか！」って言いかけた瞬間、侑名がもうガラガラってでかい音を立ててガラス戸を開けてしまった。

この怖いもの知らずってば、ちょいちょいフライングしてくるし！　ってビビって店に踏《ふ》み入《い》りながら、なぜかこのタイミングで、ミカチュウ先輩が夏はガラス越《ご》しの日差しで暑くて冬は隙《すき》間風《まかぜ》で寒いって言ってたのを思い出した。

「こんにちはー。谷沢先輩の後輩《こうはい》で逢沢学園女子寮生の藤枝《ふじえだ》侑名です」

侑名が外国のロイヤルな人みたいに片手を顔の横まで上げたポーズで明るく名乗った。

「お、同じく戸田明日海《とだあすみ》でっす！　こんにちは！」

あわててわたしも挨拶したけど、超うわずる。

明るい外から入ってくるとかなり暗い店内に沈黙《ちんもく》が広がった。

少し目が慣れると、そこだけさらにうす暗い店の奥で、ババアが無言で顔をしかめてる。

そうやると顔面の薄い皮膚《ひふ》に無数のシワが寄って、もとから感じの良くない顔がさらに怖い……。

ババアが何も言わないから、わたしも次のセリフが出てこない。

ババアの定位置のレジ台は、普通より低い、車イスに合わせた高さになってて、レジ本体はコンビニとかのと違って超古くさいし、ほかのお店より暗い照明の下だと、並んだ商品まで昔っぽく見える。ちゃんと期限とか切れてないんだろうけど。ババアの着てる服も全体的にグレーで、時代がわからない感じだから、ますますタイムスリップしたみたいな変な気分になってくる。

にしても、いくらわたしたちがお客さんに見えないからって、挨拶も無視ってひどくない？

無言のにらめっこ状態で、暗さに目が慣れてくると、ババアの顔って、おばあさんの平均ほど顔にシミがない。足が不自由であんまり外に出てないからかもしれない。

侑名が能天気に店内をぐるっと見回して、ハキハキ言った。

「谷沢先輩の留守中、なにかお手伝いできることあるかなあと思って来ました」

「はあ？　あんたら中等部の生徒だろ」

ババアがヘンな形の黒縁《くろぶち》の眼鏡をぐいっと上げて、初めて口を開いた。

制服のリボンを見て言ってるのかな？

高等部はネクタイで中等部はリボンだから。

まあ侑名もわたしもワダサクなんかと違って、高等部に見えるって外見でもないか。

「中学生は働かせないよ」

……ババアの店で買い物してババアに好感を持った人間はいるんだろうか。

とにかく声がやけにデカくて愛想がなくて、客商売っぽさゼロなんだけど。

ふつうに怖いよ。

ババアの感じの悪さをスルーして、侑名がニコニコして続けた。

「いえ、バイトしたいんじゃなくて、ほんとにお手伝いです、タダ働きです」

「はい、ええと、掃除とか？」

わたしもあわてて言う。

せっかく来たんだし。

「間に合ってる」

ババア、一言で済ませるし。

たしかに店内は、ミカチュウ先輩が旅行前に念入りに掃除したみたいで、ゴミ一つ落ちてない。

「客じゃないなら出て行きな。せまい店なんだから邪魔《じゃま》なだけだ」

取りつく島がないってこういうのかな。

「先輩の職場に押しかけて迷惑《めいわく》かけるのが、あんたたちの寮のやり方なのかね、たいしたもんだ」

「えええ？」

わたしは思わず声を上げちゃって、口を押さえた。

だってこれ、いきなりケンカ腰すぎるでしょ！

動揺して隣を見たけど、侑名のスマイルは消えてなかった。

「うーん、わかりました。じゃあ今日はおいとましますす。でもなにか手が必要なことがあったらすぐ呼んでくださいね！」

ひどい言い方されても、侑名はあくまでも明るい。

なんか怖いわ、こいつも。

「なにもないし呼ばないよ」

侑名のこたえてなさにババアの返事からも少し力が抜けてる。

「でも、ほんと、すぐ飛んでくるんで。女子寮の電話番号にかけてください」

侑名は無邪気《むじゃき》だけど、こういうとこ、しっかりしてる。

ババアはもう答えないで、完無視の態勢で、わざわざ手元の新聞まで取って開いた。

うわー。

それもう絶対、全部読み終わってるでしょ。

「では、失礼します」

「し、失礼します！」

侑名に続けて挨拶して店を出ると、わたしはガラス戸をきっちり閉めながら、ため息をついた。

滞在《たいざい》時間何分だよ。

せっかく勇気出して来たのに。

歩道に出たわたしが脱力《だつりょく》してる横で、侑名がちょっと上唇《うわくちびる》をなめて、通りかかった自転車をよけてから、くるっと向きを変えてガードレールに腰かけた。

「まだ時間があるから、ちょっとここで見張ろう」

「え！　店の真ん前で？」

「寮に帰るとは言ってないもん」

「だけどここに座るとさあ！」

わたしが言いながら、侑名の隣に座ってみると、案の定、店の奥のババアとバチーンと目が合った。

そのままババアが店の中から超にらんできたけど、侑名はにっこりして手を振ってみせる。

「……あんた強い」

わたしがあきれてつぶやいて目をそらした時、角を曲がって見覚えのある顔がやってきた。

！

もう、マジ今日は本格的にツイてないかも！

「あー、お庭番三分の二！　なにしてんの？」

ミナミ先輩が超ふっつーに話しかけてくる。

一緒にいた数納《すのう》と森岡斗真《もりおかとうま》も立ち止まった。

先月のユリア先輩たちの件でのゴタゴタはミナミ先輩の中で、もうチャラになってるっぽい。

まあ、あのあと、形だけの仲直りはした。

ミナミ先輩が超あやまってきたから、「気にしないでください」とも言った。

でもそんなの社交辞令だっつーの！

「アスちゃんさあ！　人の顔見て、そんなあからさまに引きつんなくたっていいじゃん」

「アスちゃんって……なんで下の名前で呼ぶんですか？」

「苗字知らないもん」

「戸田です戸田」

「ふーん、そういえば聞いたことあんな、やっぱ知ってたわ。で、アスちゃんも侑名もさ、このあいだ言い忘れちゃったから今会えてちょうどよかったけど、今度お庭番でなんかあったらさ、オレなんでも手伝うから言ってきて！」

「なんで藤枝だけ呼び捨てなんですか」

数納が顔をしかめてツッコんだ。

ほんとわかりやすい男。

「えーだって三文字の名前にちゃんづけって長いじゃん。だから、あの子、お庭番のもう一人の恭緒って子も恭緒だよ」

「なんすかその法則」

森岡斗真がポケットに手を入れたまま、口をとがらせて甲高《かんだか》い声で言った。

森岡斗真のことはほっとこう。

女子みんなにフルネームで呼ばれてるって時点で、どんなやつか察してほしい。

「だったらわたしも明日海なんですけど！　ア・ス・ミ！　めちゃ三文字なんですけど！」

「ふーん、でもみんなにアスって呼ばれてんじゃん」

ミナミ先輩は譲《ゆず》らない。

侑名はどうでもいいって顔で、三人の男子をぼうっと見上げてるし、わたしは急になにもかもめんどくさくなって話題を変えた。

「三人そろって、どこ行くんですか？」

「区立図書館」

「じゃあさっさと行ってください」

「アスちゃん、なんか冷たい！」

「だって手伝うとかなんとか、先輩、首つっこみたいだけじゃないですか」

「え、バレた？　だって、お庭番うらやましいんだもんよー。オレたちだって学園に住んでんのに！　なあ男子寮でもやろうぜ、お庭番制度！　人助け！」

駄々《だだ》をこねるミナミ先輩を、森岡斗真が耳障《みみざわ》りな声で切り捨てる。

「ミナミ先輩一人で勝手にやればいいじゃないすか。誰も止めないっすよ」

「孤独《こどく》か！」

この騒ぎの中、数納はシーンとしてる。

なんだこの妙な三人組。数納が一番年上に見えるし。

一年生の中でも最小クラスの森岡斗真はまだしも、ミナミ先輩もマジ若く見えてきた。

いや、一コ上の先輩に若いってヘンだけど。

でも、子ども、っていうのとも微妙に違うんだよな、若い。元気？　やる気？　の差？

男子寮は人数少ないから、結構学年違ってもつるんでるとはいえヘンなメンバー。

森岡斗真は一言で言えば、超生意気。

チビで、太ってるわけじゃないのに顔だけ妙にぽちゃっとしてて、そう、あれ！　腹話術の人形に似てる。声もチビなだけあって甲高くて、人をバカにしたしゃべり方が激ムカつくことで有名な、なかなかの嫌われ者。

男子にはからかわれ、女子にはウザがられてるけど、本人は全然気にしてない。

基本同級生をバカだと思ってるし、女嫌《おんなぎら》いだから。

マジでそんなに女が嫌いなら、おとなしく男子校行っとけって感じ。

この間も学園の図書館で窓際《まどぎわ》のイスをめぐって、尻《しり》の熱がどうこうっていうバカみたいなこと叫びあいながら、うちの珠理《じゅり》と、つかみあいの盛大《せいだい》なケンカして、一ヵ月の入館禁止くらってた。

あ、だからの区立図書館ね。納得納得。

森岡斗真は、なかなかの文学少年らしいし、知らないけど。趣味とか知りたくもないけど。

「ここの道よく通るの？」

侑名が数納を見上げて聞くと、数納はちょっと眉《まゆ》を上げた。

「まあ。図書館行く時くらいだけど」

「そうなんだ。じゃあ、男子寮にも頼んどく？　お店のこと気にかけてもらうように」

侑名にふられて、わたしは男子三人の顔を順番に眺めた。

「……うーん。まあ人数は多いほうがいいか」

「でしょ」

侑名の軽い返事に、わたしはババアに見られないように体の向きを変えて男子寮三人組に声をひそめた。

「あのさ、最近ババアの店でよからぬことをするやつがいるらしいんだよね」

「ああ、万引き」

数納が超さらっとつぶやく。

「え、知ってんの？」

「店でよからぬことって、あと他になにがある」

「あ、まあね」

一瞬あわてたせいで立ち上がったわたしに、ミナミ先輩が腕組みして言う。

「年寄りがやってるこんなちいせえ店で万引きとか許せねーな」

数納も無表情にだけどうなずいた。

「そう、許せないんです！　だって、うちのミカチュウ先輩のバイト先でもあるし。で、これ以上、なんかされないようにって、女子寮で色々考えてて、今日は、先輩も修学旅行で留守だし、ちょっと侑名とわたしで見張ってたとこなんですけど」

つい熱くなると、ガードレールに腰かけたままの侑名が、立ってるわたしたちを見回した。

「だから男子寮の人たちも、お店の前通りかかる時でいいから、ちょっと気をつけて店内見てみて、ください」

ミナミ先輩用に、最後敬語で付け足してる。

そうそう、見守り、少しでも広めなきゃ。

わたしたちだって毎日来れるわけじゃないもんね。

数納が、「わかった、見とく」って一番に答えて、ミナミ先輩もすごい笑顔で、

「オッケー」

って両方の親指を立てた。

興味なさそうに突っ立《つ》《た》ってた森岡斗真が、急に口を開いた。

「万引きとかやる低能の顔オレが見てやるよ」

「あんたさあ……言っとくけど、犯人見ても捕まえようとかしたらダメだからね」

わたしがクギを刺《さ》すと、侑名もめずらしく真面目に言った。

「刺《さ》されたりしたら大変」

「そうだよ、あんたなんかでも死んだら後味悪いし」

「ね、責任感じる」

「は？　ちげーよ。もし死んだとしても、おまえら女子寮に言われたからじゃねえし。普通に正義感だし」

森岡斗真は、文学少年だけあって三次元の女に興味がないから、侑名とも超普通に話す。

たいていの男子は侑名としゃべる時、意識しちゃうのに。

今日は侑名、おねえちゃんにもらったばっかりの、真っ白いほわほわのニットパーカーなんか

着てて、わたしが見ても萌《も》えるし、背景がババアの店でもアイドルみたいなのに。

「まあまあ！　斗真が正義の男だってことはオレらが知ってるって！　とにかくアスちゃん、侑名、男子寮でもババアの店のこと宣伝しとくからさ！　通ったら怪《あや》しい奴いないかのぞくし、たまには買い物にも来るようにする。まかせとけ！」

ミナミ先輩が意外にも先輩っぽくフォロー&まとめのセリフを言って手を上げて、数納が黙って森岡斗真の肩を押して、歩き出す。

「よろしくお願いします！」

「よろしくお願いしまーす」

わたしと侑名の声にミナミ先輩が機嫌《きげん》よく手を振って、三人が角を曲がるのを見送ってから、わたしは勢いよく侑名の隣に腰かけた。

「にしてもさあ！　数納ってメンタル強すぎると思わない？　あの口うるさい二人にはさまれてワーワー言われながら生活して発狂《はっきょう》しないって」

「ふふ」

侑名は笑っただけで、視線をババアの店に戻した。

わたしは制服のスカートから出てる自分の膝をこする。

「うー、ちょっと寒いね」

「うん、夕方の風が吹《ふ》いてきた」

侑名の返事にわたしが街路樹の揺《ゆ》れる枝に目をやった時、大きなスーパーの袋を下げたおばさんが歩道を歩いてきた。

ガードレールに並んで座ってるわたしたちを一瞬怪訝《けげん》そうに見つめるおばさんに、侑名が会釈《えしゃく》する。

わたしもあわてて頭を下げると、おばさんは「？」って顔しながらも会釈を返してくれて、そのままババアの店に入っていった。

「あの人きっと、ミカチュウ先輩が話してた、ババアの姪っ子さんだよね。ほら、先輩が旅行中だけ来てくれるっていう。顔、ババアに似てないね」

わたしがコソっと言うと、侑名がうなずいてつぶやく。

「じゃあ今日はもう安心かな」

「なんか万引きの話聞いたあとだとさ、ババアが一人でレジやってるのも怖くなってきた。万引きどころか、強盗《ごうとう》だってできそうじゃん、あの状態」

わたしが言うと、

「うん……。一人でやってるお店って危険に見えるね」

侑名もちょっと難しい顔になって同意した。

「でしょ、あー、あの姪っ子さんが朝からびっちりいてくれればいいのに」

侑名は店を見つめたまま首をかしげた。

「でもアス、あの人、たしか電車で通ってきてるんだよ、家が遠いってミカチュウ先輩が言ってた気がする。今だって駅のほうから歩いてきたし」

「そっか、遠いとねー。あとお勤めしてるかもだし、そうじゃなくても自分の家の家事とかもあるかもだもんね。いつも来れるなら来てるって話かー」

ふだんからミカチュウ先輩がバイトに行かない土曜日は、姪っ子さんがお店を手伝ってるらしいから、週一で来るのがやっとって感じか（ちなみにババアの店は日曜定休）。

でも今日はとにかくもう大丈夫なはず。

もうババア一人じゃないから。

そう思ったら急に風の冷たさにブルってきた。

「寒っ！　帰ろっか。このままここにいて、あの三人が図書館から帰ってくるのに会っちゃうと、またうるさいし面倒だし」

「うん。アス、ミナミ先輩に気に入られてるもんね」

「やめてよ」

ほんと、マジやめて。

十一月十五日（金）

「ほんとのほんとのほんとーに恭緒も行くの？」

わたしがもう一度しつこく確認《かくにん》すると、玄関の机に置いてある外出簿《がいしゅつぼ》を記入してた侑名も、恭緒の顔を見上げた。

「だから行くって。今日せっかく部活ないんだし、昨日は二人だけで行かせちゃったんだから。悪いじゃん」

そう、今日は三年生の保護者進路説明会で顧問《こもん》が来れないからって陸上部が休みなんだって。その超貴重な休みにいいの？

っていうか。

「でも、あんた怖い大人超苦手じゃん。ババアみたいな人」

まだ心配して言うわたしと、決意！　みたいな顔の恭緒を見くらべて、侑名は黙って外出簿に恭緒の名前と行き先、「宝田商店」も、続けて書いた。

恭緒ってMなのかなってとこある。なんか、つらい道をわざわざ行くみたいな。

九月にお庭番になってから、依頼は小さいのも入れれば結構あった。

話したことない人と話す機会がぐーんと増えて気づいたんだけど、恭緒って知らない人と話すの苦手だけど、それよりも人になにかしてもらうことのほうが苦手なんだよね。

それに半年一緒の部屋で生活してわかってきたけど、当番とか交代してって自分から言い出せないタイプ。人に頼むくらいなら自分でムリしてやっちゃうし。

そのかわり代わってあげるのとかやってあげるのは大好きだし、この子。

まあ、恭緒って基本礼儀正しくて年上に受けがいいから、ババアにもそんなヤな態度とられないよな、とかって考えてた時、管理室のドアが開いて、新聞の束を持った寮監先生が出てきたので、わたしたちはそろって挨拶する。

寮監先生が通りがけに外出簿をのぞきこんだ。

「三人とも、宝田さんのお店に行くの？」

「はい、ちょっとご機嫌伺《きげんうかが》いに。ミカチュウ先輩がいない間、宝田さんもさみしいかなって」

侑名が威勢《いせい》よくペンのノックをカチカチカチカチカチさせながら答える。

寮監先生はちょっと目を大きくしてわたしたちを見つめたから、止められるのかなって思ったけど、

「なら、お仕事のお邪魔にならないようにしなさいよ」

ってだけ言って、談話室のほうに歩いて行った。

「……ダメって言われなかったね」

恭緒が小さい声でつぶやいて、おんなしこと考えてたのがわかる。

「寮監先生って、ババアと知り合いだっけ？」

わたしもコソッと言うと、侑名が外出簿を持ち上げてみせた。

「寮の消耗品《しょうもうひん》って、ほとんど宝田商店で買ってるんだよ。たとえば、このノートもペンも」

「だから侑名、なんでそんなどうでもいいこと知ってるわけ？」

わたしがあきれて言うと、

「そっか、じゃあ長年の付き合いなのかもね、寮監先生と宝田さん。もしかしてお友達かな」

やけにしみじみと、恭緒がつぶやいた。


「こんにちは！　今日も参上いたしました、逢沢学園女子寮の藤枝侑名です！」

「こんにちは、すいません、来ちゃいました！　戸田明日海です！」

「こ、こんにちは、宮本《みやもと》恭緒です。はじめまして……あ、二人と同じ、ミカチュウ先輩の後輩で女子寮です」

昨日いなかった恭緒は、案の定ビビりまくって、ミカチュウ先輩って言っちゃってるし。

ババアは指定席で姿勢も変えずに、ジロリと黒目を動かしただけで、わたしたちの挨拶を無視だから、わたしと恭緒は、ううう……となって顔を見合わせたけど、侑名はそのへんの棚《たな》をなで回しながら調子よくしゃべりだした。

「一日たって、砂ぼこりがつもったかもと思って来ました。ほら、このへんとか、このへん、とか、今日も風が強いですもんね！　あ、落ち葉も吹《ふ》き込《こ》んでる！　掃《は》いときますよー。掃除用具ここですね。ほうき借ります」

侑名の無邪気な厚かましさを横目に、わたしもおそるおそるぞうきんに手を伸ばす。

恭緒も超ビビりつつ、スローモーションでハンディモップを持った。

無言のままのババアの視線を背中に感じて、ぞうきんを握りしめる。

どこか拭くところ……っていうか、これ……、

「侑名、このぞうきん水拭《みずぶ》き用《よう》だと思う？」

わたしが小声でこっそり聞くと、もう集めた落ち葉を一回ちりとりに入れてた侑名は、店の奥の水道を指さして、悪びれない声を上げる。

「宝田さん、このぞうきん、ここにかけてあるってことは台拭きですよね？　そこで洗って使ってもいいですか？」

ババアは黙って顔をしかめたけどダメとは言わなかったから、いいのかなーと解釈《かいしゃく》して、おそるおそるぞうきんを濡らして固く絞《しぼ》った。

ガッチガチに緊張して、おそうじロボみたいな動きで商品をハンディモップでなでてる恭緒と

ぶつかりながら、狭い店内で、水拭きで拭いてよさそうなとこを片《かた》っ端《ぱし》から拭いてると、ふだんここで働いてるミカチュウ先輩のことを考える。お金をもらう掃除って、やっぱ違うのかな。それとも同じ掃除でも、よそでやるからお金になるの？

どこもそんなに汚《きたな》くないから間が持たなくなって、わたしは手の熱で水分の減ったぞうきんで、さっき入ってきたガラス戸も拭くことにした。ここは少しだけ、ぞうきんが黒くなる。

寮で掃除してても思うんだけど、新しくってピカピカなものはそれは普通にきれいだけど、古くって清潔なものは、また別の感じいいきれいさだ。

やりがいを感じ始めたわたしは、しばらくガラス拭きに熱中した。

心なしか店の中がちょっと明るくなった気がするぞ！　って満足して前髪《まえがみ》をはらって顔を上げると、ババアと目が合った。

「そんなとこまで磨かれたら、まぶしくてかなわない」

「ええ、そんな！」

理不尽《りふじん》！　わたしが思わず出した悲鳴に、侑名が笑って言う。

「雨が降れば、またすぐ汚れますよー」

いつのまにか踏み台《ふだい》まで使って蛍光灯《けいこうとう》を掃除してた恭緒が、腕を伸ばしたまま、ちょっとだけ笑顔になってわたしたちを見下ろしてる。

ババアが、初めてちょっと背中を伸ばした。

「たいして汚れてもないところをいつまでもなで回してないで、さっさと終わらせて帰りな。心配しなくても、もう今日は客なんて来ないさ、泥棒《どろぼう》もね」

「泥棒……」

ババアのセリフに思わず声が出たわたしをババアがギロリと見つめる。

「あの子、谷沢さんが頼んだんだろ」

侑名がペコちゃんみたいにわざとらしく舌を出して目をそらした。

「一昨日の、……なんだか大勢で話聞きにきたのも、授業の課題だかだって言うけど、あれもなにか企《たくら》みがあるんだろうし」

「バレてる……」

って恭緒がつぶやいて、つぶやいた自分に気づいて大急ぎで口を押さえたけど、マジ、バレてるじゃん。

ババア、超気づいちゃってるじゃん。

わたしたちの動揺をゆっくり眺めて、ババアの口が満足っぽく曲がった。

もしかして笑ってる？

「それで、あんたらお庭番がそろってやってくりゃ、ダメ押しだろ」

「えっ！　お庭番のこと知ってるんですか？」

「何年近所で店やってると思ってる」

そういえば、ババアの店ではミカチュウ先輩の前もずっと、女子寮の寮生がバイトしてたんだもんな、お庭番の存在くらい、その人たちに話聞いて知ってるか。

……でもババアって、そういう世間話とかできる雰囲気《ふんいき》じゃないんですけど。

「完全なありがた迷惑《めいわく》だけど、あんたらを叩き出さないでやってんのはね、谷沢さんはいつも真面目に働いてるから、あの子の顔を立ててやろうかってだけだよ」

「インタビューを引き受けてくれたのもですか？」

踏み台の上で直立した恭緒が上空から質問した。

「当たり前だろ。本当は店の仕事について話すことなんてべつにないし、……ましてや今の子どもに昔のことを伝えるべきだなんて考えたこともないから、あれには難儀《なんぎ》させられたよ」

「はー、お見通しだったとは」

侑名がおおげさな言い方で言って、ほうきを抱きしめると、ババアはちょっとだけ得意そうな表情を浮かべて、眼鏡を押《お》し上《あ》げた。

「谷沢さんが頼んでくるっていうなら、断れないだろ。あの子は人に頼みごとするのが苦手だってわかってるから。わたしと同じさ」

「そうですかー？」

侑名が怖いもの知らずにツッコむ。

ババアたしかに人使いが荒そうだけど、ここツッコむとこ？　普通。

「頼むのと命令するのは違うからね」

ババアがニヤリとして答えて、

「なるほど、納得です」

侑名もニコニコして言ったけど、見てるほうはマジでヒヤヒヤするから！

「まあ、こっちはこっちで考えてるんだから、あんたらがやってるのは、おせっかいって言うんだよ」

「え、やだ、やっぱそう思います？」

思わず言ったわたしはババアにまたにらまれたけど、ついさっきより、なんか怖くない。

侑名がのんびり首をかしげた。

「でも自分で、おせっかいってわかってるぶん、良くないですか」

「わかってやってるぶん始末が悪い」

「そっか、そうとも言えますね」

侑名の悪びれなさって、なんなんだろ。

恭緒もソワソワした感じで、ババアと侑名のやりとりを見てる。

あれ？　そう言えば、頼み事苦手って話、朝、恭緒に思ったことと、ちょっと似てるな。頼み事苦手な人って多いのかも。

「あんたら三人、ずいぶん性格が違うのが集まったもんだね」

朝考えたこと思い出そうとしてたら、ババアがわたしたちをジロジロ見くらべながら言った。

「先代の三人は、見分けがつかないくらい似てたけど」

そりゃあ三バカ先輩たちにくらべたら、わたしたちは三人とも髪型《かみがた》とか……外見からバラバラだしな。

なんて答えようか迷ってたら、ガラス戸が開く音がして、ひゅうっと冷たい風が吹き込んできた。

振り返ると、男子生徒が一人、店内に入ってきてる。

うちの高等部の制服だけど、知らない人。

わたしたちを見て一瞬目を大きくしたけど、かすかにババアのほうに会釈して、文房具のゾーンに行った。

やけにこっちを気にして見てるけど、万引きしそうにはないタイプだ。

万引き犯は会釈なんかしないだろうし。

上級生のことそんなふうに言うのなんだけど、いかにも好青年っていうか、人がよさそうに見える。

「これ、おねがいします」

わたしたちの視線にちょっとひるみながら、知らない先輩はルーズリーフとスティックのりをレジに出した。

意外ー。若者でも……男子でも、こういう買い物をコンビニじゃなくてババアの店でするもんなのかー。

「はい、ありがとうございました」

ババアがテンション低く、おつりを渡したから、わたしたちも一応、「ありがとうございました」を合唱したら、先輩は「面食らった」ってこういうのかなって顔をした。

お店を出る時、知らない先輩はもう一度わたしたちを見て、なにかちょっと言いたそうな感じを出したけど、またあいまいに頭を下げて帰って行った。

なんなんだろ、侑名のことを二度見する人は多いけど、そういう感じでもなかった。

「それであんたたちは、いったいいつ帰ってくれるんだ」

「あ」

「茶ぁ出してやるから、それ飲んでとっとと帰ってくんないか」

「わーい、お茶！」

お茶ごときで侑名が明るい声を出す。

こいつは出してもらえるならただのお湯でも喜ぶんじゃ……。


ババアの家のお茶は、玄米茶《げんまいちゃ》だった。

意外なことに、お茶菓子《ちゃがし》も出してくれた。しかもハッピーターン。

わたしたちが予想もしなかったおやつを喜んで食べてる横で、ババアはもう新聞を読んで知らんぷり。

わたしはハッピーターンを味わいながら、気づかれないようにババアを観察した。

さっきお茶をいれてくれるのに車イスの上で向きを変えた時、ちょっとひざ掛けの下の足が見えた。ババアって全然歩けなくはないらしいけど、あんなほっそい足で歩いたら即《そく》骨折しそうで怖いな。今にもポキッて音がしそうな細さ。

にしても、ババアが意外とうちの寮のことを知ってるの、やっぱびっくり。

ミカチュウ先輩ってバイト中におしゃべりするのかな？　想像できない。

この狭い店内で二人っきりで、平日毎日、どんな話してるんだろ。わたしたちがお庭番になった時の話とか、ミカチュウ先輩はどういうふうに話して、ババアはどういうふうに聞いたんだろう。

なんとなく、ミカチュウ先輩とババアが一緒に過ごしてるとこ見てみたくなってきた。

恭緒が空になった湯のみを洗いに流しに立ったから、わたしもあわててお茶を飲み干す。

「谷沢さんが再来年卒業したら、店は畳《たた》もうと思ってる」

唐突《とうとつ》にババアが言い出したから、わたしたちはそろってピキーンと固まった。

恭緒はもうちょっとで湯のみを落としそうになったし、侑名までハッピーターンをくわえたまま驚いた顔になってる。

「内緒《ないしょ》だよ、谷沢さんにもまだ言ってない」

そんな大事なことを、ババアは新聞から目を離《はな》さないで言う。

わたしは思わずババアのとこににじり寄った。

「え、それって！　ミカチュウ先輩と同じくらい、いいバイトはもういないからですか？」

「そういうことじゃない。こっちの事情だよ」

ババアはそう言って新聞を畳んだけど、顔は上げない。

「まあ、あの子のことは気に入ってるけど、それは関係ない」

わたしたちはなんて言っていいかわからなくて、顔を見合わせた。

「あの子一人娘《ひとりむすめ》だろ」

「ミカチュウ先輩ですか？　たしかそうだよね」

恭緒がわたしに振ったから、記憶をたどってうなずく。

え？　急に店の存続からミカチュウ先輩の家族構成の話？

「下に兄弟がいなくてよかった。自分のために金を稼げて。あの子の性格的に弟や妹がいたら絶対働いた給料をそっちに回すだろうから」

そういえば、ミカチュウ先輩がバイトしまくってるのって、きっと大学に行くお金を貯めるためだ。それはみんな知ってるっていうか、そういう理由じゃないと、ええと、あんなにたくさんバイトするの、たぶん許されないし、いくら比較的《ひかくてき》自由な逢沢学園でも。

「頭抜けて成績や要領がいいわけじゃないけど、真面目で働くことが苦じゃないってだけでも、今の時代、貴重な人間だろ」

たぶんミカチュウ先輩のことすごく褒《ほ》めてるんだろうけど、社会と時代のことがよくわからないから、なんて言っていいかわかんないな。

でもババアのセリフに恭緒はブンブンうなずいて、侑名はにっこりした。

ミカチュウ先輩って愛社精神？みたいのが強いから、店のことやババアのこと気にかけてあげてるのかなって思ってたけど、……ミカチュウ先輩とババアの間にあるのは、もしかしてちょっと友情なのかもしれない。

いつのまにかババアの隣にちゃっかり座ってる侑名の手が、ババアの枯れ木《かき》みたいな手と並んでるのを見ながら、なんとなくそう思った。侑名の白くて細い指の隣だと、ババアの指はほんとに木の枝みたいで、わたしたちはほんとに歳がすごく違うって感じるけど、そうなのかも。

視線を落として自分の手も見た。ババアとくらべたら、すごいうるおいある……。

もう一度、新聞を持つババアの指を見る。

こんなにおばあさんな人と友達になるって可能かな？　自分のおばあちゃんより年上の人とかと。

「つうか明日も行く気満々だったのになー」

ババア……宝田さんが意外にしゃべってくれたからって調子に乗ってんのは自分でもわかってるけど、ベッドであおむけになったまま、そんなん言ってみた。

今日はあのあと、また店に姪っ子のおばさんが到着《とうちゃく》したのを合図に帰ってきたんだけど、帰りに宝田さんに明日は絶対来ないでいいからってクギを刺された。土曜日だし早い時間に姪っ子さん来るからって、まあ、じゃあわたしたちなんて用なしだよね。

「姪っ子さん、わたしたちのこと見て驚いた顔してたよね」

わたしが思い出して言うと、自分のベッドに腰かけてマンガを読んでた恭緒が顔を上げて思い出し笑顔になったから、妙にウケてきて続けて言う。

「昨日は店の前で見かけた奴が今日になったら店の中にあがりこんでるんだから、ビビるだろうけどさ」

「なんかあの怖い話の、だんだん近づいてくる子どものやつみたいだよね」

「ちょっとまた恭緒はー、寝る前に怖い話やめて」

「でもあの姪っ子さんって、やさしいね。なんか食料も買い物してきてくれてる感じだし」

うん、恭緒の言うとおり、今日もスーパーの大きい袋下げてた。

「昔、戦争で両親が亡くなってから、宝田さんが妹二人を育てるために超超超《ちょうちょうちょう》働いたみたいだから、姪っ子さんも代々恩を感じてるってことじゃない？」

もう寝てると思ってた侑名が、ベッドの中から急に会話に参加してきた。

「え？　だから、なんで侑名そんな妙なとこ詳しいわけ？」

「小久良先輩にインタビューの内容少し聞いたんだよー」

「いつの間に！　そういえば、インタビューもさ、せっかく万引き防止にみんな動き始めたとこなのに、今日のあの宝田さんの爆弾《ばくだん》発言！」

わたしが言うと、

「ああ、あと一年ちょっとでお店閉めるってこと?」

恭緒が眉を下げて小声で言って、人通りなんてないのにドアのほうを気にした。

「万引きはダメってこととさー、ミカチュウ先輩がお店を守りたいっていうのは、お店の存続があと一年だって十年だって、変わらないよ」

侑名がすごい眠い声で、でもきっぱり断言したから、わたしと恭緒は顔を見合わせた。

こういうとこ、侑名にはかなわない。

「そうだね……あ、逆にさ、あと一年ちょっとだからって考え方もない?」

わたしが言うと、恭緒がマンガを横に置いた。

「ん?」

「有終の美っていうの? 最後を良くしたら、トータル全部良かったみたいな感じになるじゃん、なんか、思い出で」

「なるほど」

「あー、インタビュー、もうすぐ閉店って入れたほうが盛り上がるっていうか感動増すんじゃない?」

「それはもともと宝田さんが内緒って言ってたんだから、絶対内緒だしさ」

「あーそーかー。そうだった!」

わたしが恭緒の冷静なツッコミで自分のうかつさに足をバタバタさせてもだえてると、恭緒が複雑な顔して言い出した。

「にしても、お庭番ってさ、ほんとはただの情報収集係なのに、みんな色々打ち明けすぎじゃない？」

「ねーなんでだろ。みんなぶっちゃけてくるよね。ねえ、侑名！　起きてる？　なんでかな？」

すっかり静かになったから、もう寝ちゃったかなと思ったけど、布団のふくらみに声をかけてみる。

「うーん……他人だからじゃないかな……」

侑名がくぐもった声で答えた。

えー、そうかな？

でも、そうかも。

眠い時の侑名の言葉はだいたい真理だ。

十一月十六日（土）
あと二十三分で八時になる。
今日は土曜日だから学習室に行かなくてもいいんだけど、いちおう八時からは自主学習の時間ではあるから、できればそれまでに五年生をお出迎えしたい。

ミライさんが立ち上がって、ホワイトボードに貼ってある修学旅行の予定表をもう一回眺めた。

予定では、バスが学校に着くのは七時四十五分になってるけど、電車と違ってバスって遅れるしな。

夕食のあといったん部屋に帰ったんだけど、なんとなくソワソワして恭緒と侑名とわたしが玄関まで行って立ち話してたら、通りかかった田丸《たまる》とブッチとミライさんも合流して、五年生の帰《き》還《かん》を超待ちわびてるみたいな集団ができあがってしまった。

さっき副寮監先生が、サルみたいにギュウギュウにくっついて玄関に座ってるわたしたちを見て、「あなたたち、そんなとこに座っててお尻が冷えないの？」って、あきれてたけど、これじゃあ熱烈《ねつれつ》なファンの出待ち？とかみたいだよ、ほんと。

だけど、わたしたちの中でも田丸は、マジで五年生の帰りを待ち望んでるらしい。

正確には、まさな先輩の帰りを。

「もうこの三日間完全に睡眠不足。翼《つばさ》はそんなに気にしてないけど、わたしは結構普通に怖いし、真央《まお》はさー、あの子は怖がるっていうよりテンション上がっちゃって寝ないし。あー、まさな先輩さえ帰ってきてくれれば、今日はもう爆睡《ばくすい》決定だよー」

田丸のボヤキに、興味津々《きょうみしんしん》の恭緒が目を輝《かがや》かせて食いつく。

「ポルターガイストって、音がするの？　ラップ音みたいのとかギシギシとか？　あの、お庭番の任命の時みたいな感じ？　そういうの一階までは全然聞こえなかったよね！」

まさな先輩が修学旅行に行っちゃってから、田丸たち三階の住人は、超常現象体験しまくりらしい。きっとレイコ先輩に悪気はないんだろうけど、まさな先輩っていう同室の理解者が不在の不安？さみしさ？で、ポルターガイストを引き起こして、田丸に恐怖《きょうふ》を味わわせてるってわけ。

「音だけなら、家鳴りっていうやつかもよ。この建物古いし」

不安そうな顔のブッチがフォローすると、田丸は一回唇をかんでから、全員を見回した。

「それがわたし……一昨日の夜中トイレ行った時、廊下の窓で風もないのにカーテンが揺れるの見ちゃったんだよ……」

「どええ！　マジ？」

わたしが叫んで飛び上がると、ミライさんも、

「こわっ！」

って言って、長い首をジャージの襟《えり》にうずめた。

「マジこわい……だって……だって廊下の窓にカーテンなんてついてないじゃん……」

ブッチがふるえる声でつぶやくと、心なしか青ざめた顔で田丸が早口に言った。

「そうなんだよ。あと、この三日間、あの古いトイレが何回も勝手に自動洗浄《せんじょう》だったし、見間違《みまちが》いじゃなかったら、洗濯室《せんたくしつ》の天井に一晩だけ、手形が出現したし、洗面所の鏡に映ってる翼が一瞬ロングヘアに見えたりしたし」

「さらっとすごいの付け足してくるな……」

恭緒が半笑いになってささやいた。

「やばいね！」

侑名が全然やばいと思ってない調子で明るく言った。

こいつは心霊《しんれい》関係まで平常心なのか。

「三階がそんなことになってたとは……」

わたしがカーディガンの前をぎゅっと握りしめて同情の視線で見つめると、田丸は眉毛を下げた。

「そう、なのに二年生はババアのインタビュー作るのに夢中で取り合ってくれないし、そもそも先輩たちは、もともとみんなそんな怖がんないし」

ああ、三階の二年生って、穂乃花先輩と小久良先輩とヨネ先輩だもんね。

それは今、取り合ってくれないわ。

わたしはレイコ先輩のこと、もう慣れたっていうか、すごく怖くはないけど、正直一緒の階だったら、やっぱ怖いだろうな。三階は、一階から見ると、間に二階があるし、なんて言うの、ワンクッション、ツークッション？　あるから、ちょっと冷静、で、いられる。

「昨日は学習時間の前に三〇六号室の前で三人で歌まで歌ったんだけど、あんま意味なかったし」

「え、なんでそこで歌？」

面食らってわたしが聞くと、田丸は体育座りの膝にアゴをうずめて答えた。

「……真央が傷ついた魂《たましい》を鎮《しず》めるのは乙女《おとめ》の歌声だって言うから」

「それに従うって、田丸あんた、相当正気を失ってたでしょ」

ミライさんが言って、田丸が遠い目になる。

「……寝てないから」

「やばいね、睡眠不足って」

恭緒が苦笑いで言って、侑名が能天気な声で質問した。

「なに歌ったの？」

「『負けないで』。あのマラソンの時に歌うやつ」

「え、選曲それでいいの？」

ブッチが真面目に驚いて聞くと、田丸が遠い目のままつぶやく。

「歌詞があってるかなと思って」

「え、うーん……」

わたしたちが『負けないで』の歌詞をそれぞれ頭の中に思《おも》い浮《う》かべて、しばらく黙ると、田丸がまた口を開いた。

「先輩たちに聞くとさ、まさな先輩が同室になるまでは、ちょいちょい心霊現象あったんだってよ。その時はまあ、先輩たちも怖がってたみたい」

「そうなんだ……レイコ先輩、孤独だったんだね」

恭緒がなぜかうっとり言って、侑名が天井を向いてつぶやく。

「そして、まさな先輩との運命の出会いにより鎮まる魂……生死を超《こ》えた友情」

「うおお、なんか泣ける」

ミライさんが叫んで、ブッチも無言でほっぺたを両手で押さえた。

感動っぽいけど！

「っていうか！　じゃあ、まさな先輩が卒業して寮からいなくなったら、その後どうなるわけ？」

気づいちゃったわたしが言うと、田丸の顔色がまた悪くなった。

「今それ考えたくない……」

「やっべ、話題変えようよ」

「だねだね！　変えよう！」

ミライさんとブッチがあわてて言って、ミライさんは人さし指を立てた。

「じゃあ、そう、話変えると、うちの部屋、あの店行ってきたよ。ババアの店」

「マジで？　何買ったの？」

いつもやたら具体的なことを知りたがる侑名が聞いた。それ知りたいか？

「シャー芯《しん》とボールペンの替《か》え芯《しん》。芯ばっか。でもワダサクも、コンビニとかと違って、ついよけいなもの買ったりしなくてすむから、ババアの店って節約になるかもしれんって言ってた。これからはたまに行くかもー」

「買う時、宝田さん、どんな感じだった？」

わたしが聞くと、ミライさんはキョトンとした顔になる。

「え、ババアの感じ？　べつにいつも通り感じ悪かったけど。それよりアス、ババアのこと宝田さんって呼ぶことにしたの？」

「ほんとだ。そういえばいつの間にか」

ブッチも言って、ほかのみんなもわたしに注目した。

「あれ？　あ、なんか自然に。ちょっとでも個人的に？話したあとだと……ババアとは呼びづらくなってきたっていうか」

「まあね。知り合いのおばあさんをババアとはなかなか言えないよね」

人の良《い》いブッチが真面目に言うと、田丸もつぶやく。

「今までは……遠いっていうか、キャラ扱《あつか》いっていうかしてたしね」

「えー？　わたしは急には変えられないかなー。会話まではしてないし」

ミライさんが真剣な顔で悩《なや》んでる。

そうだよねー。でも、なんか……短期間で着々と、寮生の中で、わたしたちの中で、ババアと、あのお店の存在が大きくなってない？

とか考えた時、廊下を走ってくる足音が聞こえた。

「バスがもうすぐ学園に入るとこだって！」

角を曲がってきたマナティ先輩がわたしたちを見て飛《と》び跳《は》ねながら言って、しおりん先輩がスマホを掲《かか》げて付け足す。

「今ナル先輩からＬＩＮＥきた！」

「寮監先生ー！　寮内放送させてくださいー！　五年生のご到着っすよー！」

ユイユイ先輩がテンション高く管理室のドアをノックする。

三バカ先輩たちの大声が聞こえたのか、もう上の階から階段を下りてくる人たちの気配がする。

「者ども集《つど》え！　お出迎えじゃー！」

マナティ先輩が放送いらずの音量で叫んだ。

十一月十七日（日）

「八ツ橋っておいしいですよねー」

侑名がうっとり言って、わたしも上唇についた粉をなめて余韻《よいん》に浸《ひた》りながら、

「マジで毎日でも食べたい……」

って自然に声に出る。

「あんたたち、恭緒のぶんまで食べるなよ。せっかくの先輩たちのお土産なんだからー」

ユイユイ先輩が言って、しおりん先輩が、

「これはわたしたちが預かっておくべきか」

って、ラップに包んだ恭緒のぶんの八ツ橋に手を伸ばす。

「わたしたちがそんなんするわけないじゃないですか！　恭緒疲《つか》れて帰ってくるんだから！　これで糖分補給しなきゃだし！」

恭緒は今日、日曜だけど部活。

都の中学駅伝があって、恭緒は出ないけど一緒に行ってるのだ。

ちなみにマナティ先輩は、今日もプールに泳ぎに行ってて留守。

二人とも運動頑張っててえらいなー、って、午後の談話室でのーんびりおやつしながら思うわたし、幸せ。

「しおりん、来年京都に行ったら毎月送ってくれ。八ツ橋定期便」

「送料が超かかるじゃん。そんなお金ないんですけどー」

ユイユイ先輩としおりん先輩の会話に、ほんわかしかかってた気持ちがちょっと現実に引《ひ》き戻《もど》された。

しおりん先輩もマナティ先輩も、マジで出て行っちゃうのか。

「そういえば、先輩たち、もうすぐ保護者進路説明会ですよね。三者面談もあるし」

侑名も先輩たちの話に反応して、めずらしくそんな話題を出してきた。

ほかの学校もそうかもだけど、逢沢学園では高等部にそのまま行く人と、他の高校を受験する人がいる。しおりん先輩やマナティ先輩みたいに、自分のやりたいことを早めに見つけた人とかが。だから、中高一貫《いっかん》って言っても、三年生の三者面談は人によっては、結構シリアスなのかも。

「それさあ、進路説明会のあとの懇談会《こんだんかい》で、うちのおかあさん脈絡《みゃくらく》なく笑い出さないか心配なんだよねー。いつもうちの担任がしゃべると超ウケるから」

「なんですかそれ？　しおりん先輩の担任って、菅《すが》先生？　あの人そんな面白いんでしたっけ？」

びっくりしてわたしが聞くと、しおりん先輩は腕組みした。

「全然！　菅ヤン超真面目だもん。でもうちのおかあさんには一挙一動がウケるの、生ける笑いのツボなの！　なんでかしんないけど！」

「わたしから見たら、しおりんママのほうがすごいウケるけど」

ユイユイ先輩がソファーに寝転《ねころ》がりながら言ったから、しおりん先輩のおかあさん、すごい見てみたくなる。ていうか、三バカ先輩のおかあさんとか、全員会ってみたい！

あ、そうだ、思い出した。

「もう一ヵ月後に三者面談じゃないですか、だからおかあさんに来週その打ち合わせに帰省しろって言われてるんですよね。別々に暮らしてると、わたしのふだん考えてることとか知れないからって。あと、それとは別に幼稚園からの友達の誕生日会もあるから、やっぱ帰ったほうがいいと思いますー？」

って、一気に相談モードに入ったわたしに、しおりん先輩が目を見開く。

「それ、気持ちほぼ決まってんじゃん」

「ですよね。今日だって午前中にアス、幼なじみへの誕生日プレゼントも買ってきてるんですよ」

侑名が言って、ユイユイ先輩が寝転がったまま、首をかしげる。

「帰省する気満々じゃん、なんで聞く？」

うーん、でもー。

「それが迷うとこなんですよー。プレゼントは郵送って手もあるし、三連休じゃないしさー」

わたしが身をよじって悩むと、

「冬休みまでに帰っとくなら来週しかないでしょ」

「まあね、十二月入ったらすぐ期末テストだしね」

先輩たちがあっさり片づけて、わたしたちは出かけてる人たちのぶんのラップにくるんだ八ツ橋を持って、解散した。

まあ、そもそも家がそんな遠くない寮生は、三連休じゃなくて普通の土日とかにも、わりと頻《ひん》繁《ぱん》に帰ってるのだ。

わたしは、家までは、電車で二時間。

頑張れば通えなくもない中途半端《ちゅうとはんぱ》な距離《きょり》だけど、侑名なんて家が都内なのに寮に入ってるんだから負ける。

そういえば侑名って、どうして寮に入ったんだろう。寮生活《りょうせいかつ》に憧れるってタイプには見えないし。

あれ？　入寮した時に聞いてみた気もするけど、答え、覚えてないかも。

いまさらだけど、今度もう一回聞いてみよっと。

あー、でも地元帰るなら、みんなにお土産、駅でお菓子くらいは買わなきゃだし、マジお金かかるなー。

なんか東京っぽいクッキーとかでいいかな……。

その点、先輩たちは太っ腹だった。

修学旅行では同じ階の後輩におそろいでお土産買ってくるみたいな伝統？　があって、一階メンバーに一階の五年生がおこづかいを出し合って買ってきてくれたのは、ちょっとずつ色が違うおそろいのウサギの根付けで、超かわいかったし、超大事にする。

ミカチュウ先輩なんて、バ、宝田さんにもちゃんとお土産を買ってきてた。

「義理堅《ぎりがた》し！」

ってマナティ先輩に言われたミカチュウ先輩は、

「え、だってバイト三日も休んだし」

って、ほんとに申し訳なさそうな顔をした。

あと、そう！　昨日ミカチュウ先輩は留守中わたしたちが宝田商店に行ったこと聞いて、すごく喜んでくれたから、行ってよかった。

ほんとは全然たいしたことしてないっていうか、おもいっきり、ありがた迷惑って言われたけどねー。

それはまあ、あえて報告する必要ないし。

宝田さんへのお土産は、漬物《つけもの》と、かわいい箱の落雁《らくがん》で、ミカチュウ先輩は「宝田さん、落雁好きだから」って言ってて、落雁が好きとか超年寄りくさいと思ったけど、実際超年寄りだしな。


夕食時の食堂で、実優先輩たちが芳野先輩とミカチュウ先輩にインタビューのことを報告してるとこを見つけた。

それにしても、こうして芳野先輩や盟子先輩が寮にいてくれるってだけで、すごい安心感だよ。

わたしたち三人は顔を見合わせて、先輩たちのテーブルに行った。

さっきバイトから帰って来たミカチュウ先輩が話を聞きながらおだやかにうなずいてる隣に

は、めずらしく芳野先輩の同室の鳥《とり》ちゃん先輩も座ってる。

「お、今日子《きょうこ》さんたち来たじゃん。お庭番もババアと仲良くなったんだって～？」

鳥ちゃん先輩がいつものフニャフニャした笑顔と喋り方で言って手を振った。

わたしのこと今日子さんって呼ぶのは鳥ちゃん先輩だけだ。……まず、わたし今日子じゃなくて明日海だしさ。鳥ちゃん先輩は、わたしだけじゃなくて女子寮のみんなのことを、他の誰も呼んでない呼び方で呼ぶ。人の呼び方がオリジナルすぎる。

鳥ちゃん先輩って、わたしはひそかに、全然マトモなようで、じつはすごい変わってるのではないかと思ってる。頭の中の変換《へんかん》が人と違うっていうか。

まあ、変わってても変わってなくても、いい人なのは確かなんだけど。

ちなみに盟子先輩の同室のオビちゃん先輩もかなり変わってた。

過去形なのは今は留学中でいないから。

「仲良くなってはないですよ。頑張ったけどめちゃめちゃ邪魔者扱いでした」

わたしが答えると、ミカチュウ先輩が芳野先輩と顔を見合わせて苦笑いした。

「でも仲良しじゃなくても、知り合いにはなったよね」

侑名が恭緒に向かって言うと、恭緒は首をかしげて、

「うーん、まあ……知られたよね」

って言ったので、五年生の前で真面目な顔してた実優先輩も吹き出した。

「それを言ったら、わたしもインタビューで名乗ったし、顔も名前も知られたよ。覚えてもらってるかはわからないけど。じゃあ、えっと、ミカチュウ先輩、インタビューの件はまた授業が進んだら、報告しますね」

実優先輩はそう言って、持っていたノートを抱きしめた。

ミカチュウ先輩の旅行中も、実優先輩たちはインタビューのことをメールで報告してたって聞いた。すごい、デキるって感じだね。

「小久良も宝田商店の歴史？　改装時期のこととかで、ミカチュウ先輩に確認させてほしいことがあるって言ってたから、あとで行くと思います」

ヨネ先輩が付け足した。

芳野先輩が湯のみを口に運ぶのを止めて、

「みんな張り切ってるね」

って、ゆっくり言ってほほ笑《え》んだ。

あー、やっぱ芳野先輩の笑顔、落ち着く。

「ほんと、ありがとう、宝田さんのお店のために色々動いてくれて」

ミカチュウ先輩が急に背筋を伸ばして言った。

「いい後輩を持って幸せ者じゃ〜」

鳥ちゃん先輩の言い方が昔話とかのおじいさんみたいだったから、みんな笑った。

十一月十八日（月）

「ふっざけんなブス」

珠理が吐き捨てると、杏奈《あんな》が畳《たたみ》を蹴《け》って立ち上がった。

「誰がブスだ！　あんたこそ鏡見な！」

あああ、これで本格的なケンカが始まっちゃうよー。

ちょうど目の前に来た杏奈の握りこぶしが怒《いか》りでプルプルしてるのから目をそらして、わたしは壁の時計を見た。

もうすぐ全体集会始まっちゃうんですけど。

っていうか、早めに集会室に来るんじゃなかったな、こんな言い争いが至近距離で勃発《ぼっぱつ》するなら……。

そばで足を組んで寝転んでたオフ子先輩が口をはさむ。

「杏奈ってべつにブスではないよ普通だよ」

「はあ？」

先輩相手に語尾《ごび》を上げた杏奈に、あわてて恭緒がフォローする。

「杏奈は普通より全然かわいいよ。わたしが保証する」

恭緒のイケメンなセリフに般若《はんにゃ》みたいに吊《つ》り上《あ》がってた杏奈の目尻《めじり》が少し下がる。

恭緒……あんたマジで紺ちゃん先輩を継《つ》ぐ者かも！

テレビの前に座ってた先輩たちの誰かが、恭緒の王子っぷりに口笛を吹いた。

少し空気がゆるんだのを察知したブッチが、杏奈と珠理の間にムギュっと体をねじこむ。

「杏奈も珠理も、もうやめとこうよ、寮監先生たちに大声で争ってるとこ見つかったら、また罰《ばつ》日《にち》だよ」

「言っとくけど！　今までの罰日は全部、珠理のせいだからね！　わたしやブッチは本来、罰なんか受けるキャラじゃないんだから、マジあんたと連帯責任とか超迷惑！」

杏奈、声がデカすぎる……。

わたしはキーンとなった耳を押さえた。

杏奈って、寮では鼻持ちならない優等生だけど、学校では普通の優等生なんだよなー。おまえ、どこで線引きしてんだよって話。寮は家なの？

「はあ？　なに言っちゃってんの？　わたしだってあんたと同室になんなかったら、もう模範的《もはんてき》な超いい子でいられたんですけどー！　杏奈あんた自己評価おかしいって！　自分でそれがわかんないのがその証拠（しょうこ）！」

珠理が超イラつく言い方であおり返したから、今まで半笑いでボーッと眺めてた侑名まで、やんわり口をはさんだ。

「マジで先生や先輩たちが来る前にやめて、続きは部屋でやりなよ」

二人の間でブッチが泣き顔になる。

「あー、またケンカしてんのか、あんたたち」

あきれた声に振り返ると、集会室に入って来たのはワダサクだった。

隣ではミライさんが苦笑いしてて、涼花《すずか》もいる。

「ワダサクー止めてやってよ。杏奈も珠理も騒いでると罰日くらうよってさっきからみんな言ってんのに」

わたしが言いつけるとワダサクは黙って肩をすくめた。

ワダサクみたいな元ヤンには、珠理と杏奈の言い争いなんて子どものケンカなんだろうけど。

まあ、ほかの寮生も、この二人のケンカはトラブルには数えてないと思う。なにしろ回数が多すぎるから。人間関係って、この子たちみたいに嫌い同士ならまだシンプルでマシなのかも。言いたいこと全部言い合ってるもん。

まだごちゃごちゃいがみあってる珠理と杏奈の真ん中でブッチが必死になってなだめてるのを

眺めながら、ブッチあきらめないでよく頑張るよ……って感心。

いがみ合ってる杏奈と珠理に好かれて毎日取り合いされて、いくらブッチの心が広くても、二人の愛が重すぎると思うんですけど。

そういえば、ミライさんが前に見かねて、「部屋替えてもらえば」ってブッチに言ったことがあったけど、ブッチってば、「こんなに人に好かれたの初めてだからありがたいし」って答えてたんだよね。ほんといい子すぎる。

人付き合いって、知ってたけど、たまに超複雑。

たとえばわたしはワダサクのことかなり好きで仲良くなりたいけど、同室のミライさんや涼花にはもちろん勝てないし、わたしより四階の先輩たちのほうが、歳が違うのに同じ階の分、ワダサクと仲いいのはしょうがない話じゃん？

そういう……自分ではどうにもできないとこがある気がする。頑張ればどうにかできることもあるんだけどさ。

わたしは杏奈たちの争いをぼんやり静かに見てる涼花を、ちょっとだけぬすみ見た。

なんの感情もない表情のまま、涼花が爪《つめ》を噛み始めた。

涼花にはいつも話しかけることが浮かばない。

もしかして、ババア……宝田さんと話すより、なんか距離感あるかも。

待てよ、おばあさんと話すより涼花と話すほうが難しいって、ちょっとひどいか。

涼花のことちょっと苦手なの、ふだん気づかないようにしてるけど、理由はきっといろいろあるけど一番は、涼花って幼稚園の時に同じ組でいじめられてたイツミちゃんに似てるからなんだよな。涼花の薬指の爪を噛む癖《くせ》がイツミちゃんと同じなのに気づいたら、なんか……一気に勝手に気まずくなった。この気まずさって、幼稚園の時、わたしがなにもしなかったからなのかな？ あの時イツミちゃんに一回でも「遊ぼう」って声かけてたら、今のこの涼花に対するうしろめたさはなかったのかな。

涼花が、ワダサクとミライさんと同室で意外にうまくやってるのを、よかったたって思うのも、わたしの、なんていうの？ 自己満足かもだ。でも涼花、最近ミライさんの同人誌のアシスタント作業に才能を発揮したみたいだし、寮監先生の部屋割りの才能って、奇跡的！ だいたいのトラブルは人の組み合わせで起こるんだもんね。寮監先生の、この……人を見る目？って、なんかもう霊感《れいかん》レベルなのでは？

そういえば三階のポルターガイストは、まさな先輩の帰寮《きりょう》によりすっかり収まったらしい。

で、今回の件ではワダサクがおばけムリって判明した。ちょっとかわいい。

あと小久良先輩も、ふだんなら超取材しそうなポルターガイストに食いつかないのは、ホラー苦手だからららしくて、Wサクラが怖いの苦手なんだなって話になったんだよね。

そこまで思いをはせてた時、その小久良先輩たち二年生が、集会室に入ってきた。

わたしたちに気づいた小久良先輩が、スマホの画面を『水戸黄門《みとこうもん》』のシーンみたいに向けてこっちに来た。

「ちょっとあんたたちこれ見て、この画像」

小久良先輩の雑に脱《ぬ》ぎ捨《す》てたスリッパを、実優先輩がそろえてあげてる。

「なんですか？　あ、ババアだ」

「あ、ほんとだババアだ。これインタビューのやつですか？」

珠理と杏奈が言い合いを中断してスマホに顔を寄せる。

「えっ、見せて見せて」

わたしも恭緒の肩を抱いて割《わ》り込《こ》んだ。

侑名がわたしにおぶさってきたのを感じながら、声が出た。

「……いい！」

居合わせた一年メンバーも顔を寄せてきて口々に言う。

「なんかいい写真！」

「すごーい！　なにこの陰影《いんえい》！」

「プロみたいじゃないすか」

「ババアが名脇役《めいわきやく》女優とかに見える！」

わたしたちの称賛《しょうさん》に小久良先輩が満足そうに実優先輩を振り返る。

「実優の班、インスタ職人の子がいるんだよ。雰囲気ある写真撮《と》るの得意なの」

うちのん先輩が言って、ちょっと離れたとこに座ったケミカル先輩が、

「パソコン得意な男子もいるから、トラベラー先輩に頼らなくてすんだしね。あんたの班、なにげにデキるメンツそろってんじゃん」

って言って、実優先輩に向かって親指を立てた。

小久良先輩が、わたしたち一年が回し見しまくってたスマホをようやく取《と》り戻《もど》して、あごに当てて真剣な顔になる。

「これすごくいいんだけど、できれば人物の画像のほかに、ババアの人生の時代背景がわかる写真も欲しいんだよね。そりゃあインタビューの中身が一番重要だよ、でも……、くやしいけど長い文章より一枚の写真のほうが伝わる時があるから」

「小久良が言うんならそうかもね」

うちのん先輩が腕を組んで、実優先輩もうなずいた。

小久良先輩が、

「明日区立図書館行ってみる」

って言って、スマホをジャージのポケットにしまうと、ケミカル先輩も腕を組んで真面目な顔をする。

「まあね、インパクトは大事だって、うちのクラスの新聞部も言ってた。あの子ら本気出してくるらしいよ」

「うちのクラス新聞部いなくてよかったー」

実優先輩が眉毛を下げて言うと、うちのん先輩が顔をしかめた。

「新聞部はさー、最近でもネタっつーかゴシップに走りすぎじゃん？」

「そうそう、なんかスポーツ新聞っぽくなってますよね」

ミライさんが同意する。

「まあ、あれはあれで面白い時もあるけど、先生から規制が入るのも時間の問題だな」

ケミカル先輩が断定した時、寮監先生たちが入ってきて、わたしたちはあわてて前を向いた。

十一月十九日（火）
やった！
一〇一号室のボックスを開けると、わたし宛《あ》てと恭緒宛て、手紙が二通入っていた。
わたしのは地元の友達の祐香《ゆうか》からで、恭緒には、いつもの藤色《ふじいろ》の封筒《ふうとう》で、おかあさんの恭子《きょうこ》さんから。

寮に入る時にスマホやタブレット買ってもらったって子が結構いるから、寮の玄関に設置されてる部屋ごとの郵便ボックスは空っぽのが多い。

仕分け、昔より全然ラクって寮監先生が言ってた。

侑名しかスマホ持ってないわたしたちの部屋は、手紙が多いほうだ。

そりゃあ、わたしもスマホ欲しいけど、手紙はなんて言っても授業中にも書けるってとこが魅力。

学校から帰ってボックスをチェックするのは、いつのまにか習慣になった。

紙の手紙って、なんか自分の、自分だけのためって感じするし、寮に入らなかったら切手貼ってある本物の手紙なんてそんなにもらえないだろうから、特別感。

部屋に帰って恭緒の机に恭子さんの手紙を置くついでにペン立てのはさみを借りて祐香からの手紙の封筒を切る。

制服のままベッドによじ登って、仰向《あおむ》けに寝転んで手紙を開いた。

祐香はいつも手紙の最初に日付を書く。

十一月十七日（日）。一昨日、誕生日会に帰るって電話してから、すぐ手紙書いてくれたんだ。

帰るんだから、手紙書かなくてもすぐ会えるのになーって思うけど、やっぱうれしい。

祐香からの手紙は、夏まではバスケ部の話と、アスの学校はどう？　って話題が多かったけど、最近は矢島《やじま》の話が、ほとんど。祐香が矢島を好きになるとは思わなかった。でもバスケ部に入って身長が十センチ伸びたっていうんだから、小学校の時の矢島とは別人と考えるべきなのかな。

わたしの矢島の印象は、公園で会うと松ぼっくりをぶつけてくるムカつくチビってとこで止まってる。

小学校まで一緒だった子たちとは、当たり前だけど遠くなっちゃった。

そういうごぶさた感もあるし、祐香の誕生日会、あと、中学からのわたしの知らない子たちが来るから、ちょっと行くの迷ってたんだよね。

わたしの知らない子たちが、わたしの知らない祐香の話をしてる時、どんな顔してればいいのかな、とか。

自分でもなにそれジェラシーかって思うけど、正直に言えば祐香を取られたみたいで、微妙なんだもん。

でも考えたら祐香と祐香の中学からの友達より、わたしと、寮で同じ部屋で暮らしてる侑名と恭緒のほうが一緒にすごす時間長いし、祐香がそれを……やきもちみたいなこと言わないでくれてるんだから、わたしってマジ小さいなとも思う。

わたしは封筒をもう一度顔の上に持ち上げた。

半年以上たっても、こうやって手紙もくれる。

祐香はわたしが一緒に地元の中学に行かなかったことを責めなかったけど、いまだに不思議に思ってるはず。

なんていうか、わたしはずっと、人と違うことをするタイプじゃなかったから。

どうしてそのままの中学に行かず遠い学校に入ろうと思ったのか、今考えたって、自分でも不思議。ここにいるのが不思議。

なんとなく起き上がって、ベッドから足をたらしたら、恭緒の机の上の手紙が目に入った。

恭子さんは、三者面談に来るのかな？

来れない気がする、たぶんだけど。いや、来れたらいいけど、でも。

封筒がいつもと同じ藤色なのが、来れない証拠な気がする。

病院名が印刷されてるわけじゃないけど、あの封筒は、恭子さんの入院してる病院でもらってるレターセットだから。

アルコール依存症《いぞんしょう》ってどれくらいで退院できるのかわからないけど、もし退院できたとしても、恭緒のおばあちゃんとおじいちゃんは、三者面談に、学園に、恭子さんが来ることを許してくれるとは、なんか思えない。恭緒がたまに、ほんとにたまーにちょっとだけ話す家族関係の話から想像するとだけど。

それに恭子さんは、教室で先生と話すのなんか、緊張しちゃってムリかもしれない。会ったことないのに、わたしは恭子さんのことを考えると、胃がキュウってなる。

ベッドから飛び降りて、さっき恭緒の机の上にポンって置いた封筒を、まっすぐに置きなおしてから、服を着替《きが》えた。


「あ、楽しそうなことしてる」

お風呂上がりに玄関の前で、侑名と一緒にミルフィーユ先輩の写真を撮ってたら、部活が終わった恭緒が帰ってきた。

「恭緒おかえり」

「おかえりー、恭子さんから手紙来てたよ。机の上に置いといた」

「ありがと。いい写真撮れた？　見せて」

恭緒がわたしが持ってた侑名のスマホをのぞきこんだから、一番かわいく撮れたのを選んで差し出す。

「これ、ミルフィーユ先輩、超若く写ってない？　あー、子犬の頃の先輩めちゃめちゃかわいかったんだろうなー！」

「今、アスとミルフィーユ先輩の子犬の時を想像してたの。成長しきった状態でこんなにかわいいんだから、小さい時、超かわいかっただろうねって」

侑名も言って、先輩のもふもふのほっぺたを両手ではさんだ。

ミルフィーユ先輩の子犬の頃を見れた人はいない。

保健所の譲渡会《じょうとかい》で、寮の昔の先輩たちが出会った時には、もう成犬だったから。

侑名に顔を持たれたまま、ミルフィーユ先輩の目と耳が動いた。

「あー、お庭番、ただいまー」

声に振り返ると、実優先輩だった。

小久良先輩とヨネ先輩も一緒ってことは、

「えっ、みんなで今帰りですか？　もしかしてインタビューの作業で残ってて？」

わたしが聞くと、実優先輩がミルフィーユ先輩の背中をなでながら言う。

「そ、今までコンピュータ室にいたんだ。ラストスパートで班のみんな残ってくれて」

「完成したんですか？」

恭緒が勢いこんで聞くと、先輩たちは顔を見合わせて、苦笑いした。

「あとちょっとなんだけどね」

実優先輩が言って、小久良先輩がめずらしく黙ってため息をついた。

「まあ、明日の朝ちょっと早く行って仕上げれば間に合うって」

ヨネ先輩が励《はげ》ます。

小久良先輩がミルフィーユ先輩の頭に手を置いて、顔をしかめた。

「わたしが画像足したいって言いだしたから、今日中に終わんなくなったんだよねー」

「ほら、小久良がこのあたりが戦争で焼けたあとの写真、図書館で見つけてきてくれたんだ。すごくない？」

実優先輩が小久良先輩のバッグから勝手に古っぽい本を引っぱり出してページを開いた。

わたしたち三人は、白黒の写真に顔を寄せた。

「あ、ちょっと怖いやつだ」

恭緒がつぶやいて、侑名が無言で他のページをめくってみてる。

わたしたちの反応を眺めて、ヨネ先輩が小久良先輩に言った。

「やっぱ、あんまりグロいのはダメだよ」

「だな。引かれるか」

小久良先輩が答えて、わたしたちから本を受け取った。

ちょっと黙って写真を見つめたあと、実優先輩をちらっと見て、もう一回本に視線を戻した。

「インタビューの言葉だけじゃ足りないとかではなくて、うーん、この話引き受けた時はさ、最初は自分の演出で泣かすぞとか思ってたけど、実際インタビューの録音聞いたらさ、ほんとの話ってやっぱ、グサッときたし。ババアのあんなぶっきらぼうなしゃべりでも」

小久良先輩はそこまで言うと、ミルフィーユ先輩の頭をささっとなでて続けた。

「だから、なんていうか、伝えたいんだよね、なるべく上手く。それにはできるだけの工夫が必要って思って、この資料探してきた。だけどあと少し何か足りなくて……、それで放課後急遽《きゅうきょ》、実優たちにババアのとこ、もう一回行ってもらったんだ。それでこんな時間になっちゃった」

「え、またお店に行ったんですか？　実優先輩が？」

びっくりして、わたしが聞くと、侑名と恭緒も驚いた顔になって実優先輩を見た。

実優先輩はうなずいて、

「うん、頼みごとっていうか、借りたいものがあってね。っていうか、お借りしたいもの？　ミカチュウ先輩にお願いしたかったけど、なにしろ時間がないから、班の女子メンで勇気出して行ってきたさ」

って実優先輩がガッツポーズして、ヨネ先輩がちょっと笑ってみせた。

「なに借りたんですか？」

恭緒が聞くと、実優先輩は小久良先輩を見て、小久良先輩はヨネ先輩を見て、最後に三人で顔を見合わせると意味ありげに黙った。

「秘密?」

侑名が首をかしげて、

「えー!　教えてくださいよ!」

わたしは我慢できずに叫んで、実優先輩に抱きつく。

人がいい実優先輩は迷った顔になったけど、ヨネ先輩が実優先輩の口をがばっと押さえた。

「言うな、実優。秘密兵器は秘密にしないと」

「わたしたちは敵じゃないのに!」

わたしは実優先輩を解放して小久良先輩の手を握って訴《うった》えたけど、

「明々後日《しあさって》のお昼の放送で見る楽しみがなくなるじゃん、なーんて」

実優先輩が、いつになく強気発言した。

小久良先輩が急に叫ぶ。

「だってさー!　インタビューがクラスで選ばれたとしたって、昼休みの放送なんか、自分たちのおしゃべりのほうが忙しいし、とくに注目してない人たちに見て、聴《き》いてもらうって、すごいハードル高いじゃん!」

確かに!

「インパクトは大事ですよね」

侑名が言って、恭緒もうなずく。

「うん、インパクト！　でもそれだけじゃなくて、なんていうのかな……、共感？　そういうのが必要なんじゃないかって、それが出せないと意味ないよ。一般的《いっぱんてき》な戦争の悲惨《ひさん》さじゃなくて、ババアがそこにいたっていう、そういうのが出したい」

熱く語り出した小久良先輩は、最後のほうはひとり言みたいになる。

すごい、一生懸命《いっしょうけんめい》さ。

そんな小久良先輩を眺めて実優先輩が、

「ゆっても、班のみんなも小久良の真剣さにつられて、どうせなら完璧《かんぺき》にしようってなったんだからさ！　明日の朝までもうちょっとだけあがこう」

って慣れないガッツポーズを作って言って、そのままわたしたちのほうを向いた。

「それと、写真とか褒めてたっていう、寮のみんなの反応を伝えたのも、班の子たちがやる気出してくれた原因の一個だと思う」

「あるね、それ」

ヨネ先輩が指を立てる。

「千葉《ちば》ちゃんとか、もしこれでクラスで一番になれなかったら寮の人たちに申し訳ないとか言い出してさ」

実優先輩が知らない先輩の名前を出して笑顔になって、

「男子もマジになってきたよね。わたし相馬《そうま》のこと見直した」

ヨネ先輩も目を大きくして言った。

小久良先輩が本をバッグにしまいながら静かな声で言った。

「ね、これきっとわたしが手伝わなくても、班のメンバーだけだったとしても、いいのができたよ」

「あ、小久良が譲った」

「手柄《てがら》を譲った！　かっこいー！」

「小久良あんたなんか、大人になったんじゃん？」

「ごめん、今までわたし小久良のこと中二病と思ってた」

先輩たちにテンション高く冷やかされて、小久良先輩がわたしたちに肩をすくめてみせた。

わたしたちの盛り上がりに退屈《たいくつ》そうにしてたミルフィーユ先輩が、体をブルッて振って、別棟のほうにパトロールに走って行った。

なんか二年生、大人だ。

すごい大人だ。

十一月二十日（水）

無事に仕上がったかな？

インタビューのクラス発表は三時間目だから、先輩たちは最後の調整をするために、朝練なみに早い時間に登校して行った。

国語の影山《かげやま》先生はわたしの好きな先生ランキング二位で、今日も教科書を読みあげる声が素敵なんだけど、わたしは授業に身が入らずに、時計を見て、実優先輩の教室のほうを、見えないけど見て、ソワソワソワソワソワしてる。

だって全校に宝田さんのインタビューを流せるかどうかは、この三時間目にかかってる。

どうかな、最後に足すことにした秘密兵器？は、上手く組《く》み込《こ》めたのかな？

先輩たち、こんな時は自宅生だったら夜遅《よるおそ》くまで色々できるのになって嘆いてた。

あー、それか寮に寮生以外の友達が入れれば、昨日もっと作業に時間がかけられたのにね。

できないこと言ってもしょうがないけど。

一昨日の全体集会でも、最後、連絡事項っていうか、注意だよね、三年の先輩たちが注意されたばっかりだもんな。

窓越しに、クラスの友達と長時間話してたってだけで。

あれだけで罰日って、かわいそうだ。

しかも「悪質なもの」で三日も増やされた。

普通の罰日と「悪質なもの」の違いって、なんなんだろ。悪質かそうじゃないかのラインって、寮監先生と副寮監先生が決めるから、まあ、先生が法律なんだけど、うーん、たぶん今までの感じだと、隠そうとしてたかボーッとやっちゃったかの違いだよね。故意?ってやつだとダメ。

先輩たちがクラスの子とおしゃべりしてた場所が、玄関側じゃなくて、裏のほうの窓だったのが、こそこそしてるっぽい印象になっちゃったんだと思う。

ほんとはそんなノリじゃなかったと思うんだけど、ちょっと、五年生が旅行中でいないから、三年生が気が大きくなってふだんやらないような違反《いはん》をした、っぽい空気になって、かわいそうだった。

叱《しか》られてる三年の先輩たちの気まずい顔を見ながら、五年生がいる時の違反だったらよかったのになって思った。良くないことになっちゃうのって、ほんのちょっとのバランスなのだ。

とか考えてたら、もうすぐ三時間目も終わる。

あああ!

休み時間にすぐ、実優先輩の教室に行ってみようかな。

でも今日の授業では最後に投票用紙を集めるだけで、一位の発表は全クラスまとめて明日だって言ってたしなー。

結果が出てるわけでもないのに、駆《か》けつけてもウザいか。

もー、なんで今日すぐ発表しないんだろ。

先生が一度職員室に持ち帰るなんて、もしや不正の可能性があるのでは……。

ダメだ！　勝ちたいと思うあまり、人を疑う心が生まれた……。

ああ、ミカチュウ先輩と宝田さんのことを思うあまり、ダークサイドに落ちるとは！

「戸田さん！　戸田さん具合が悪いの？　頭痛？」

影山先生の声にハッと顔を上げると、わたしは両手で頭をつかんだポーズで固まって、まわりの視線を浴びまくってた。

前の席の大沢《おおさわ》さんが振り返って目を丸くしたまま、「髪ぐしゃぐしゃだよ」ってささやいたから、あわてて頭をなでつける。

「すいません、なんでもないです！」

「でも、苦しそうに……頭が痛いように見えたけど？」

影山先生が心配そうに眉間《みけん》にシワを寄せて聞いてくれる。

「いえ、ぜんぜん痛くありませんから！　ちょっとした苦悩《くのう》で……あ、ほんとすいません授業に集中します。します！」

あ、マコちんが吹《ふ》き出《だ》してる。

影山先生は、「だったらいいけど」って言って、授業に戻ろうとしたけど、モノトーンの花柄《はながら》のワンピースを揺らして黒板に向き直った瞬間に、チャイムが鳴ってしまった。

超申し訳ない。


寮の玄関の通称「土産物棚」は、各種民芸品、置き物がぎゅうぎゅうに並んでいる。

わたしは落ち着かない時やヒマを持てあました時、この棚を眺めることにしてて、今日も帰ってきて、部屋に侑名もいなかったので、暇《ひま》つぶしに玄関に来た。

寮生が買ってきたお土産コレクションは増殖《ぞうしょく》を続けてる。

棚に置いてほしくて受け狙いの妙な置き物買ってくる人も多いし、どんなお嬢様《じょうさま》のか、ハワイとか海外旅行の置き物もある。

びっしり並んだそれらを、コーちゃんがよく並《なら》べ替《か》えて遊んでる。

今回の修学旅行で、また物が増えたし。

前にはなかった大きな絵付けろうそくをそうっと指でなでて、赤いろうそくと人魚みたいって思う。ろうそく……非常時にも使えるし、これはいいチョイスだ。

寮監先生たちは先輩たちに、すっごくお土産をもらってた。

わたしが見かけただけでも、京都土産は、おしゃれなお茶のティーバッグ、コーヒー、おしゃれ一筆箋《いっぴつせん》、クリアファイル（仏像の）、いい匂《にお》いのしおり、ブックカバー、とか、たーくさん。

五段目の棚にあるピンク色の花に顔を近づける。

そう、この和菓子《わがし》みたいな見た目のかわいいせっけんは、美容にいいなにかしらのエキスが入ってるらしいのに、使うのもったいないって言って、寮監先生が一回棚に飾《かざ》ったんだ。

寮監先生も副寮監先生もわりと厳しいし、あんまり誰も馴《な》れ合《あ》ったりしてないけど、この棚とか見てると、やっぱ好かれてるんだなーと思う。

お土産のチョイスが本気だもん。名物ドーンじゃなくて、あげる人の顔を思い浮かべて選んだんだなっていうのがわかる。

管理室で使われてる和柄《わがら》のレターケースや文鎮《ぶんちん》も昔の先輩たちのお土産らしい。

でもわかるな、自分が卒業して寮から出てったあとも、物が残るのって、なんかいいかも。

さっき寮に帰ってきたら、寮内は理予《りよ》先輩が彼氏《かれし》と別れたって話でもちきりで、二年生のインタビューの授業の結果を超気にしてるのは、わたしくらいで、肝心《かんじん》の二年生はまだ帰ってこないし、当たり前だけど、人の興味関心は、人それぞれだ。

いや、理予先輩のことも気になるけどね。

「こんだけやって、もし明日選ばれなかったらどうする?」

「死ぬ」

「だね」

「ちょっと! だいたい、そもそもの目的はクラスで一番になることじゃなくて、万引きを防ぐことじゃん。お忘れか」

「そうだった」

「いかん、勝利に目がくらんで当初の目的を見失ってた」

「ヨネ、あんた冷静な」

「もしインタビューが放送されなくても、またほかの方法考えればいいよ。今のうちに考えとこう」

「ううう、でもそーゆー保険みたいなのって女々《めめ》しくね?」

「そりゃあさ、一発勝負には負けたくないけど、今後の地道な努力も必要だよ」

「じゃあ、たとえば……ほかになにができる?」

「それだよね、そう! 今回もしダメでも、万引きを防ぐには、うーん、放送部とか新聞部に取り上げてもらうとかさ、これから色々ババアの店をアピールしてくチャンスはあるよ、作れば」

「うちのん前向きー」

「すぐ忘れないのが大事だよ。ミカチュウ先輩だって再来年卒業しちゃうしさ、寮だって人が入《い》れ替《か》わるんだから、ババア……宝田さんのことを気にかける人がずっといることが大事なんじゃん？」

「実優！　あんたいいこと言った！　メモっていい？」

小久良先輩がマジにメモをとり出して、二年生のマシンガントークが途切《とぎ》れたから、わたしはお茶をぐびっと飲んだ。

結局、実優先輩たちに三時間目の話を聞けるのが夕食の時間になってしまった。

タイミングって合わない時は合わないなー。

食堂でわたしと侑名と恭緒の顔を見ると、実優先輩がめずらしくすごい早口で、今日のことを報告してくれて、三時間目の発表は無事、成功したんだって！

そりゃそうでしょ、先輩たちが力を合わせたんだから。

もうすでに乾杯《かんぱい》したっていいくらいなのに、先輩たちは次のことを、「もし明日選ばれなかったとしても案」を話し合ってるんだから、すごすぎ。

実優先輩は本番を終えて最近の緊張がとけてあきらかにリラックスした顔だし、ヨネ先輩とうちのん先輩は妙に張り切ってるし、小久良先輩もやりきった感を出してる。

侑名が小久良先輩のメモ帳を隣からのぞきこんで、ニコニコなにか質問してるのを眺めながら、わたしは宝田さんが店を閉める気なの、やっぱり先輩たちには話せないなーと思う。

なんとなく恭緒に視線を移すと、わたしの考えたことがわかったのか、恭緒はちょっとだけうなずいてみせた。

そう、内緒だよね。今回は口はすべらせないから。

小久良先輩がボールペンを置いて笑った声で言った。

「もうさー、こんだけやったんだから、わたしは忘れないよ、ババアのこと」

実優先輩が、思いっきり伸びをして、目をつぶって天井を向く。

「わたしも当分はね。あとたぶん、うちの班のみんなもじゃないかな？」

うちのん先輩が笑顔になる。

「こんなにババアのこと考えたことなかったもんね」

「ほーんと！」

ヨネ先輩が食器を重ねながら同意した。

実優先輩がゆっくり目を開けてつぶやいた。

「マジでババア、わたしの人生に超ｉｎしてきたからね」

「なにそれ実優ウケる」

「ウケる」

「やめてよ、ババアがトランポリンっぽくジャンプしてｉｎしてくるとこ想像しちゃった」

先輩たちがテーブルを叩いて大笑いし出したから、わたしたちも超笑っちゃう。

ｉｎかー。

わたしたちもババア、じゃなかった、宝田さんの人生に、ちょっとでもｉｎしたのかな？

十一月二十一日（木）

二時間目の体育が終わって着替えて、はーやれやれって戻ろうとしたら、うちのクラスの前に人だかりができてた。

あ、侑名と恭緒もいる。

っていうか、実優先輩たち！

気づいたとたん、実優先輩が走ってきた。

「アス、やったー一位だよ！　選ばれた！」

「え、わー！　マジすか？　やったー！」

わたしが飛び上がって叫ぶと、隣の教室から珠理が出てきて、廊下の二年生を眺めて、

「あー、インタビュー選ばれたんだ、おめでとうございます」

って言った。

実優先輩の班の人らしい女子の先輩が、勢いで恭緒と握手《あくしゅ》してる。

「アスちゃん、今度わたしもババアの店遊びに行くね」

ヨネ先輩と話してた、もう一人の知らない先輩が言って、笑いかけてくれたから、「はい！」って元気よく返事してみたけど、アスちゃん？　そしてどっちがインスタ職人の先輩だろ？

騒ぎに気づいた女子寮の一年生が続々廊下に出てきて、ミライさんとブッチが並んで小さく拍手とかしてる。

一年の廊下に来てる二年生とわたしたちの盛り上がりに、ほとんどの野次馬は？？？　って顔してるけど、わたしと目が合うと倉田《くらた》さんとマコちんも拍手してくれた。

なんか、うれしい！

「え、え、え、なんか絶対一位になるとは思ってたけど、ほんとに一位になったら超うれしいんですけど！」

実感がわいてきたわたしが言うと、実優先輩が同じ班の二人の顔を見くらべてから、

「わたしはその十倍うれしいよ」

って笑った時、チャイムが鳴った。

テンション高いまま解散して教室に入ると、クラスの子たちに声をかけられる。

「なんかアス、どんどん顔広くなってんじゃん」

「ねー、上級生と仲良くていいな。すごいよ」

全然すごくない。

「すごいのは全部先輩たちだから」

って答えて席に着いた。

授業が始まっても、一位の興奮で、座ってるのがもどかしい。

早く寮に帰りたい！

一位もうれしいし、明日そのインタビューが放送されるのもうれしいし、さっきの先輩たちのうれしい顔を思い出してうれしい。

超やったー！　って感じ。実優先輩や小久良先輩が頑張ってたのは見てたけど、さっきの実優先輩のクラスの先輩二人の顔を実際に見たら、なんかすごい……謎に、……ありがとう！　って気持ちが沸《わ》き上《あ》がってきた。

わたしは宝田さんじゃないのに、ミカチュウ先輩でもないのに、超うれしくて超ありがとうって、ああ、どうしよ、じっとしてらんないくらいうれしい。

昨日先生に心配されたみたいに、また授業中にジタバタしちゃマズいんだけど、あー！

ブッチに雑誌を借りに二階に行こうとしたら、階段の踊り場で芳野先輩と二年の先輩たちが立ち話してた。

実優先輩とケミカル先輩と、うちのん先輩だ。

「あとは明日実際放送された時の、みんなの反応ですよね」

って言ってるケミカル先輩の背中に抱きついてみる。

「お、アスじゃん。今、芳野先輩に実優たちの班が一位になったこと報告してたとこ」

ケミカル先輩の言葉に、うちのん先輩が足をバタバタさせて言う。

「あーミカチュウ先輩にも早く話したいー！　早くバイトから帰ってこないかな」

「あれ、実優先輩、ミカチュウ先輩の教室にも言いに行ったんじゃないんですか？」

わたしが実優先輩に聞くと、

「行ったさ！　でもそれはあくまでも速報じゃんアスー、じっくり報告したいってことだろうが」

って、うちのん先輩に両方の肩をつかまれて揺さぶられた。

揺さぶられてるわたしを笑ってから、実優先輩が芳野先輩を見て言う。

「報告しに行った時は五年生の教室の前だから、あんまり騒げなかったんですよね。ミカチュウ先輩のクラスの人にヘンに思われたら悪いし」

「なるほどー」

わたしが言うと、まだ制服のままの芳野先輩は、すごく似合ってる、紺っていうには青い、やけにぴったりしたセーターの腕を組んで、にっこりした。

「反応が大きいタイプじゃないけど、ミカチュウも喜んでるよ。みんなが宝田さんのために頑張ってくれた結果だから」

芳野先輩の言葉で、二年の先輩たちの顔が、ぱあっと明るくなる。

なんていうか芳野先輩は、超フレンドリーな王様……それか町内に住んでる神様、みたいな存在なんだよな。

いてくれるだけで頼もしいし、自分のほうを向いてくれるだけでときめくし、褒められたらめちゃうれしい。

実優先輩が小さい声で噛みしめるみたいに言った。

「うちの学年が力あわせるとか柄になかったけど、よかったね」

「ね。お庭番も、ありがと」

うちのん先輩に急に振り返られて、あわてる。

「えっ、わたしなんにもしてないですけど。あ、侑名か」

うちのん先輩が首をかしげて、わたしの顔を見てきた。

「なんかさー、困ってる人のこと助けたいって思っても、自分が手を出してもいいかなって躊《ちゅう》躇《ちょ》?があるじゃん、ふだん」

「それ、あるね」

実優先輩がうなずいて、ケミカル先輩も同意する。

「超ある。自分、シャイっすから」

「はいスルー」

冷たく切り捨てたうちのん先輩は、一回、芳野先輩を見てから、わたしににっこりした。

「あんたたちお庭番がからむだけで、っていうかいるだけで、わたしたちも動けるんだよ」

なんて答えていいかわからない。

いいこと言われてる気がするけど。

わたしが固まってると、

「ああねー、ワンクッションあるとね」

「行きやすいんだよね」

ってケミカル先輩と実優先輩もうなずく。

ほんとなんて言っていいかわからなくて、芳野先輩を見たら、先輩は吹き出して、

「ごめん。でもアス、その顔」

って言った。

わたし、どんだけ微妙な顔になっちゃってたのか、ほかの先輩たちも笑いだして、しょうがないから一緒に笑った。


「あ、そうだ、二人のどっちか、借りれる消しゴムある？」

部屋に戻って学習室に行く準備をしてたら、恭緒がペンケースを広げて急に言った。

すぐに自分の机の引き出しを開けた侑名が、恭緒に新品っぽい消しゴムを差し出す。

「はい、これ」

「ありがと」

「恭緒昨日、翼たちとコンビニ行ってなかったっけ？　買い忘れた？」

わたしが英語と数学、どっちを学習室に持って行くか迷いながらなんとなく聞くと、恭緒は侑名から受け取った消しゴムを両手で掲げ持って見つめながら答えた。

「行ったし、消しゴム買わなきゃって覚えてたけど、あとで宝田さんのところで買おうと思って買わなかったんだよね。なんか今度からなるべく宝田商店に売ってるものは宝田商店で買いたいなあって。だから限界に近かった消しゴム慎重《しんちょう》に使ってたんだけど、五時間目に砕《くだ》け散《ち》っちゃった」

「そっか」

侑名が短く言って笑顔になった。

「あー、じゃあわたしも次は宝田商店で買おう」

わたしもあのお店の品ぞろえを頑張って思い浮かべながら言ってみる。

だよね。替芯とか消しゴムとか、実力重視っていうか、べつにかわいくなくてもいいものは、これからはなるべく宝田商店から買おう。お店がやっている間はずっと。

消しゴムをペンケースにしまってる恭緒に、侑名が声をかける。

「それ返さなくていいよ」

「え？　いいよ、宝田商店で新しいの買ったら返すよ」

「あげる。それ陽葵《ひなた》が消しゴム福袋《ふくぶくろ》買って、いらないのを全部持たせてきたやつの一個だから」

「そうなんだ、ならもらっとく。ありがと」

「陽葵ちゃん、いろんな福袋買うね」

わたしは感心して言った。

侑名の家はおねえちゃん二人も妹も、めちゃめちゃ服とか雑貨を買うタイプなのだ。とくに妹の陽葵ちゃんは買い物好きで、まだ小五なのにすっごいおしゃれさん。

「ね、あの子は最近ほんとにお金使いすぎ」

そういう侑名は一般的な中一女子にくらべて物欲がなさすぎだと思うけど、女子力高いおねえちゃんと妹が、黙っててもおさがりをくれまくるんだから、欲もなくなるか。

そういう家庭環境《かんきょう》マジでうらやましい。

十一月二十二日（金）

「なんか地域インタビューの放送って、毎年おんなじ日にやってない？　去年もたしか二十二日だった気がする。なぜわたしが日にちを覚えてるかというと、マーク・ラファロ氏の誕生日だからでーす！」

今日のお昼に流される予定のインタビューの話で持ちきりの朝食のテーブルで、睦先輩がトーストをちぎりながらよくわからないことを言った。

?.?.?　ってなってると、はじっこの席で乃亜先輩が肩をすくめた。

「そのマークさんが誰だかは知らないけど、勤労感謝の前日だからじゃないの」

「あ、そーいうことっすか？」

「そっか、勤労感謝の日にあわせてんのか！」

「そーいう意図が！」

三バカ先輩が朝からめちゃめちゃ元気な声で反応して、紺ちゃん先輩も「なるほど」って納得の顔になったけど、

「いや、知らんけど。適当に言った」

乃亜先輩は静かに言って、もぎゅっとオムレツを口に入れて、隣に座ってたミカチュウ先輩が少し笑った。

ミカチュウ先輩、昨日バイトに行った時に、さっそく宝田さんにインタビューが一位に選ばれたこと話したって言ってたけど、宝田さんのコメントは「そうかい」だけだったって。

……超らしいな。

もう、それでこそ、宝田さん、っていうか、ババアって感じする。


昼休みはあえて食堂とかに集まらずに、自分たちの教室のテレビで放送を見て、それぞれのクラスの反応を報告しあおうってことになった。

食堂の大きい画面で寮のメンバーと見たほうが絶対盛り上がるなーと思うけど、事情を知らないクラスのみんなが宝田さんのインタビューを見てどういう反応するかは、やっぱり気になる。

実優先輩は二年四組で四番目に流れるから、わたしは集中できるよう、大急ぎでお弁当を食べ終わってスタンバってる。なぜかわたしが緊張して、マイボトルのお茶をどんどん飲み干してしまった。

教室の天井から下がっているテレビを凝視《ぎょうし》するわたしの視線にただならぬものを感じたのか、目の前に座ってた男子グループが机ごとちょっとずれて視界からはずれてくれた。

正直、一組から三組のインタビューは結構うわの空。それぞれのクラスの一位になっただけあって、まとまってる気はするし、ＢＧＭとか凝《こ》ってるな、くらいは気づいたけど。

「わたしのお茶も飲む？」

倉田さんが気を使ってくれた時、マコちんが声を上げた。

「あ、アスたちのやつ始まったよ！」

わたしのじゃないんだけど！　って、訂正する間もなく画面が変わった。

『二年四組四班・宝田頼子《よりこ》さん（宝田商店）』ってタイトルが出る。

宝田さん、名前、頼子さんなんだ……。

それさえ初めて知った。

頼子か……、もしかして、宝田さんが人に何か頼むのが苦手みたいに言ってたのって、自分の名前の「頼」って字を意識してるのかな。そういうのあるのかな。

インタビューは宝田商店のお店を正面から撮った写真から始まった。

店内に入ったことない人でも、超近所で前を通ったことない人はいないって場所だから、その写真だけで、教室のあちこちで、「あ、ババア」「ババアの店じゃん」と、ババアコールが起きる。

『宝田商店さんは創業九十年以上、この街でも最も長く営業しているお店の一つです。文房具や食品、日用雑貨などを扱っています。みなさんも一度は利用したことがあるのではないでしょうか。宝田頼子さんは、二代目の店主です』

実優先輩の落ち着いたナレーションが、お店の紹介を終えると、パワーポイントの画面が古い家族写真にかわって、宝田さんの略歴が読み上げられる。

家族写真の中の、一番大きい女の子の頭の上に、宝田さんの名前が表示された。

え、これ宝田さん？

あ！　これか！　あとから実優先輩が借りてきたものって！

軍服着てるおとうさんと着物のおかあさんと、制服姿の宝田さんと二人の妹、おかあさんに抱かれた、坊主《ぼうず》頭の幼児の弟。あれ、弟いたんだっけ？

写真の中の、わたしと同じ歳くらいにみえる宝田さんは、今より丸い顔で、この前会った姪っ子さんに少し似てる気がする。

眼鏡のない宝田さんの顔は、眉が真っすぐで賢《かしこ》そうで、イスに座ってるおかあさんの肩に片手を乗せてるところが、いかにも長女って感じで頼もしいけど、背はとても小さい。

でも、あの非・協力的な宝田さんが、よく自分の昔の写真なんか貸してくれたな。そのことに驚き。

「ババアに少女時代とかあったんだー」

「そりゃあるでしょ、信じられないけど」

「結構かわいくね？」

「かわいいか？　まあ昔にしたら目が大きいか」

クラスのみんなが好き勝手なこと言い出したけど、注目が集まった気配がする。

昔の人の写真って、どうしてか目が離せなくなる。

笑ったりポーズつけたりしないで、ただこっちをまっすぐ見てるからか、なんか向こうから見つめられてる気持ちになる。

『戦争で宝田さんのご両親と弟さんは亡くなりました』

実優先輩のナレーションに、教室がざわめく。

「ガーン、かわいそう小さい弟！」

「つうかそこ一行で済ます？」

「はだしのゲンじゃん！　悲劇ー」

家族が死んじゃった時の話が超さらっとだったのは、仕事に関するインタビューだからかもしれないけど、宝田さんが詳しく語らなかったからかもしれない。

みんなの嘆きをよそにナレーションは先に進んで、戦争が終わって、亡くなった親戚《しんせき》のお店が焼け残ったから、生活のために十代だった宝田さんが継いだ、ってところで、画像が変わった。

風景写真というか、街の写真に。

というか、街だった場所の写真だ。

焼け残ったって言いながら、そこに小さく写ってる宝田商店の壁は真っ黒で、かろうじて読める「宝田商店」って看板も、元の位置からはずれてぶら下がってる。

そんなに怖い写真じゃない。死体とかが写ってるわけじゃないし。

だけど、白黒の瓦礫《がれき》の山が、今、自分の通ってる学園の建ってる場所なのに気づいて、引くっていうかショックっていうか……。

知ってる店がテレビに出て盛り上がるーって雰囲気だった教室も、急に静かになった。

わたしはいつの間にか止めてた息を、ゆっくり吐き出した。

教室の後ろのほうで誰かが、

「ババアあの状況《じょうきょう》でよく生き残ったな」

って言って、誰かが、

「不死身だよな」

って感心した声で返した。

ほんとだよ！　さっき画面に映し出された、あの女の子が、あの普通の女の子が、こんなにぐちゃぐちゃにボロボロになった場所で生き残ったのって、ほんとに奇跡みたいだ。

「つーか死にぞこないじゃん。あのババアも親と一緒に死んどけばラクだったのにな」

って、誰だ！

今言ったの誰だ！

わたしはブンって振り返った。

八尾《やお》か。

視界の中で、顔が笑ってるのは八尾だけ。

前からいけすかない男だとは思ってたけど、てめーのセリフ忘れないからな！　おまえみたいなやつが老人のやってる店で万引きとかするんだろうね！　って、憎《にく》しみをこめてガン飛ばしたけど、一番後ろの席でムカつくへラヘラ笑いを浮かべてる八尾とは目が合いやしない。

何か言ってやろうとした瞬間、極悪人《ごくあくにん》八尾の近くにいた小島《こじま》が超びっくりした顔で、

「おまえそんなこと言うなよ」

って注意した。

よく言った！　小島、あんたが言ったことも忘れない。学級委員だから言ったのかもしんないけど、それでも覚えとくから。

怒りに震《ふる》えながらテレビに向き直ったわたしに、マコちんが小声で、

「ババアの足って、もしかして戦争でああなったの？」

って聞いてきたけど、今、画面から目を離せなくて答えてる余裕《よゆう》ない。

せっかくみんなが食いついたのに、宝田さんの若い時の話は案外あっさり終わって、なんか名残惜《なごりお》しいけどインタビューはメインの、お店の話、商売？に関する話に移っちゃう。

何十年の間で、周囲の環境や客層がどういうふうに変わったとか。

昔は食品をもっと扱ってたけど、コンビニやスーパーが増えたし、逢沢学園ができてからは文房具を多く置くようになったってこととかが語られて、写真が白黒からセピア色？に変わって、宝田商店の店内写真が画面に出た。これ誰が撮ったのかな？

めちゃ昭和って感じの写真の中の店内には、たしかに今は売ってない果物とか野菜も写ってる。

なんでも置いてるって感じ。

わたしが掃除した時のお店の中を思い返してると、少し話題が変わった。

『宝田さんは逢沢学園の創立からをすぐ近くで見てきたわけですが、学園の生徒にはどんな印象がありますか？』

え、それ超気になる！

『「昔から邪気《じゃき》がない子が多い印象だった。競争心でピリピリしてないところはいいと思っていたから、姪の息子《むすこ》が中学生の時に学校に馴染《なじ》めないという話を聞いて、逢沢学園への転入を勧《すす》めたこともある。その子は学園に来てからは休まず登校し、今は教師になっているから、水が合ったのだろう。あの時呼び寄せてよかった」ということです。このエピソードをうかがって、わたしたちは、なんだかうれしい気持ちになりました』

ナレーションの実優先輩の声には、ほんとにうれしさがちょっとにじみ出ちゃってる。

え、でもほんとなんかうれしくない？

自分の大切な人を入れたいって、学校としてすごい評価でしょ！

教室でも明るい声が上がった。

「えー、じゃあその人って先輩じゃん。宝田なにさんだろ」

「姪の人の息子なら、苗字《みょうじ》は宝田違うでしょ」

「先生になったってさ、卒業してどこの大学行ったのかな？」

やっぱりみんな自分たちの学校をいいって思われるの、うれしいみたい。

しかも褒めてくれたのが、全然わたしたちのこと好きそうじゃない宝田さんだし。

『宝田さんは、もしこの街に学園ができていなかったら、お店はもっと早くに閉めていただろうともおっしゃっていました。学校というものは、商店街の経済に大きく関わることがわかりました。付近の小学生も登校時にその日学校で必要なものを買えるようにと、開店時間を早めた時代もあったなど、個人商店ならではの地域の人々に寄りそったお店作りについても、今回お話を聞くまでは気づかなかったです』

インタビューはそこから、商品を納品してくれる業者さんのこととか、お店の運営に関わる人たちの話題になって、その中で、逢沢学園女子寮の生徒が代々バイトしてることも紹介された。

ミカチュウ先輩の名前は出さなかったんだけど、教室から、

「知ってる！　あの背の高い先輩だよね」

「わたし行った時、レジその人にやってもらったよ」

とか声が上がった。

思ったより宝田商店利用者って多いのか？

あ、写真、結局こっちにしたんだ。

画面に宝田さんのポートレートっぽい写真が表示されて、インタビューが締《し》めくくりに来たことがわかる。

『仕事をしていて、幸せを感じるのはどんな時ですか？　この質問に、宝田さんは最初、特別には思いつかない、ということでしたが、わたしたちが困ってしまうと、もう一度考えてくださり、「朝、店の鍵《かぎ》を開ける時と夜に戸締《とじ》まりする時には、店の持ち主だった叔父《おじ》さんに顔向けできる気がする」とおっしゃいました』

え、そうなんだ……わたしがその叔父さんだったら、とっくに死んでるのに一日に二回も思い出してくれるとかうれしいな。

そう考えた時、ナレーションが続けて、

『今回、宝田さんの叔父さんのお写真もお借りしたいと思ったのですが、叔父さんとそのご家族の写真は残っていないそうです。わたしたちから見れば、宝田商店はどう見てももう、今回お話をしてくれた宝田さんのお店なのですが、七十年以上たっても元の持ち主である叔父さんへの感謝の気持ちが消えないで日常の中にあるというのはすごいと思いました』

って、わたしの気持ちを代弁してくれるようなことを言った。

わたしは写真の中の宝田さんを見つめた。

先輩たちは最後に使う宝田さんの画像を二枚見くらべて、どっちにするか長い時間迷ってたんだよね。

班にいるっていうインスタ職人の先輩は、「人の顔は、右から撮るのと左から撮るので全然印象が違う」って言ってたんだって。

で、宝田さんの顔は、右からだと厳しい顔で、左からだとちょっとやさしいとこもあるような気もする厳しい顔で、先輩たちはどっちの画像を使うか最後まで散々迷ってたけど、これはたしか、ただの厳しい顔のほうの画像だ。

まあ、こっちのほうが、ふだんの宝田さんを表してるもんね。

わたしたちが知ってる、宝田さんの顔で、でも、今までまっすぐ見たことはなかった、宝田さんの顔だ。

『こういうインタビューなどは苦手だという宝田さんでしたが、今回引き受けてくださったことに感謝します』

実優先輩の最後のセリフが終わって、画面が放送室の司会の先輩たちに切り替わる。

すぐに次の五組の一位が流れ出したけど、まわりの席の女の子たちが、わたしの机に集まってきた。

「アスー、今のインタビュー、昨日先輩たち来てたし、またなにか女子寮が関わってんの？　一位狙ってたんでしょ？」

大沢さんが振り返って聞いてきて、倉田さんが、

「そうだよね。詳しくは知らないけど、なにかの成功おめでとう」

って言ってくれて、まわりの子たちも口々におめでとうって言い出した。

「超ありがとう！」

って答えたけど、わたしがおめでとう言われていいのか？　けど、とりあえずうれしい！

みんなもたぶん何がおめでとうかわかってないだろうけど、昨日の廊下でのわたしたちの盛り上がりを見てたから祝福してくれてんだろうな。

「あのババアにあんな苦労があったなんて見る目が変わっちゃったなー」

ってマコちんが言うと、何人かの子がうなずいた。

「でしょ！　わたしももう最近はババアじゃなくて宝田さんって呼んでんの！」

わたしが言うと、みんな笑って口々に喋り出す。

「いや、ババアはババアだけど」

「まーね、でも人に歴史ありだなー。誰にでも若い時ってあるんだね」

「あたりまえじゃん」

「十代のババアの頑張りにはまいった」

「わたしが今、店やれって言われてもムリだよー。兄弟養えないよー」

「時代が違うけどね」

「ババア、ドラマ化いけんじゃん？」

「それは言い過ぎ！」

マコちんがツッコむとみんなが笑った。

なんか……、なんかこれはいい手ごたえなのでは？

一位になったかいがあったよ！　実優先輩！

寮に帰ったら、報告しなくちゃ、みんなの反応。

さっきイヤなこと言った八尾のいる方角は、ムカつきたくないから見なかった。


「あの秘密兵器！　宝田さんの若い時の写真、あ、戦争の話題で秘密兵器とかアレかな、とにかく、あれ追加したのよかったですよ！」

わたしが力をこめて言うと、

「うんうん、あの写真で、ババアも人の子と思われた感あったね。うちのクラスの菅原《すがわら》とかさ、小四以来あの店で買い物してなかったけど、また行ってみようかなって言ってたよ」

うちのん先輩が言って、ヨネ先輩が実優先輩の肩をガシっとつかむ。

「実優が勇気振《ふ》り絞《しぼ》って写真借りてきたかいがあったな！」

実優先輩は両手を振って否定する。

「全部、小久良のおかげだよ。現在のお店のことだけじゃなくて、ババアの生《お》い立《た》ちを入れようって言ったのも、過去の写真入れるのも、それでいて、あえてお涙ちょうだいにはしないっていうのも、小久良の考えだもん。あの子、ほんとすごい、才能あるよ」

めちゃめちゃ褒められてる小久良先輩は、まだ帰ってきてない。

実優先輩と、うちのん先輩とヨネ先輩が帰ってきたところを、玄関で待ち構えてたわたしたちが取り囲んだのだ。

「うちの担任の先生も超褒めてましたよ。ここ何年かのインタビューで一番良かったって。ええと、なんて言ってたかな、あ、そう、『対象に敬意を払っている』って」

侑名がニコニコして言った。

「うちの教室でも、ほかのクラスのインタビューより、みんな真面目に見てた気がします。男子も冷やかさなかったし」

恭緒が一生懸命言うと、実優先輩は笑った。

「そんな必死に褒めなくてもいいって。でも、あー、もうよかったよ。無事終わって」

「つうか、恭緒、あんた部活いいの？　早く戻んないと陸上部の先輩に怒られるよ」

ヨネ先輩が言うと、

「あ、そうですね」

恭緒はあわてて靴《くつ》を履《は》いて、片足で飛び跳ねながら玄関のドアを開けようとしたけど、ガラスの向こうの人影《ひとかげ》に立ち止まった。

片足で立ったまま、無言でわたしたちを振り返る。

ドアの前に立ってるのが男子だから、開けていいかわからないのだ。

男子二人のうち、見たことあるほうの人が、ドアを開けて入ってきて、恭緒が片足飛びのまま後ずさって戻ってきた。

実優先輩がちらっと管理室を見たけど、誰も何も言わなかった。

そこまで、玄関の中でも一段低くなってる靴ぬぎ場までならギリセーフか。男子禁制の。

続いて入ってきた人の顔を見て、わたしは声を上げた。

「あ、あの時の！」

「え？」

恭緒がわたしを振り返る。

「ほら、宝田商店で会った人！　あの時買い物しに来た！」

わたしが小声で恭緒と侑名に言うと、その男子の先輩は、

「そうです」

って言って、人懐《ひとなつ》こい感じの笑顔を浮かべた。

フレンドリーだな。

もう一人の先輩が管理室をちょっと見てから、かすかにわたしたちに向かって頭を下げた。

「どうも、ちょっとおじゃまします。こいつは五年三組の乾《いぬい》」

自分は名乗らなかったけど、それはべつにいい。

この人、男子寮生だから。

たしか内田《うちだ》先輩。五年生の。男子寮でウッチーって呼ばれてる人だ。

男子寮の中では、比較的マトモっぽい人。

「オレはついてきただけ。こいつが女子寮に一人で行くのは敷居《しきい》が高いって言うから」

……。

なにかなこれ、って先輩たちのほうを見たら、五年の先輩二人組っていう訪問者に、実優先輩たちも無言で顔を見合わせてる。

内田先輩はまあ知ってるけど、しゃべったことないし、乾先輩？　は、ほぼ初対面の男子の先輩だし。

二人とも普通っぽいっていうか、あんまり特徴《とくちょう》のないのが特徴……、とか言ったら悪いか、内田先輩はちょっと体温低そうだけど前髪が少し長いのがしいて言えばかっこいいかな……、乾先輩は……少女マンガの主人公の相手役のイケメン、に親身にアドバイスとかする性格のいい友達、みたいなルックスしてて、二人とも男子の先輩の平均よりイイ人っぽくはあるけど、五年だし男子だし、……どうしよう。

場がシーンとしたなか、内田先輩が乾先輩のお尻を膝蹴《ひざげ》りした。軽くだけど。

「今日のお昼の、宝田さんのインタビュー、作った人に会いたいんだけど」

スイッチが入ったみたいに乾先輩がしゃべった。

わたしたちが一斉《いっせい》に実優先輩を見ると、実優先輩はおそるおそる手を上げた。

「あ、そうなんだ。すげえすぐ見つかった」

乾先輩が言って、また笑顔になる。

わたしたちはつられてヘラヘラ笑った。

なんかこの人、笑うとかわいいな。五年生だけど。

「宝田さんのインタビュー、すごいよかった」

「……ありがとうございます」

実優先輩が小声で言って、侑名が首をかしげた。

「その感動を伝えにわざわざ女子寮まで？　先輩、宝田さんと特別面識があるんですか？」

侑名は誰にでもグイグイいけるな……。

乾先輩は侑名につられて首をかしげて、にっこりしたまま、うーんって言ってから、

「家が近所なんだよね」

って答えた。

……。

「って、それだけ？」

わたしが思わずツッコむと、なぜか内田先輩がため息をついた。

乾先輩が自分ウケみたいに笑っちゃってから、話し出す。

「宝田さん、ガキの頃はたしかにすげー怖い人と思ってたけど、中等部の時、模試に行く途中《とちゅう》にマークシート用の鉛筆《えんぴつ》がないのに気づいて、あせって宝田商店で買おうとしたら、お金が足りなくてどうしようってピンチの時、オマケしてくれたんだよね。あ、もちろん足りなかった分はあとで返しに行ったけど、やさしいじゃん？　なんとなく恩に感じてて」

「ああ……ですね」

ヨネ先輩が義務っぽく返事したし、いい話っぽいけど……それでわざわざ女子寮に？

「それで、今日インタビューあったじゃん。だから、同じクラスのこいつ、内田に、このあいだ宝田さんのお店に行ったときに、女子寮のお庭番と会ったこととか話したら、なんか……、万引

きの話聞いて、なんだよそれって」

お庭番をご存じで……。

「それで女子寮に？」

侑名がいつのまにか外出簿のボールペンで手遊《てすさ》びしながら聞いた。

「ええと、オレもなにか協力できないかなって思って。自分の部屋から、宝田商店見えるんだよね。うちのマンション、真向かいではないんだけどオレの部屋の窓から入り口のとこは見える。だから……よく見える位置に勉強机動かして、ヘンなことがないか見張るっていうか、勉強しながらだから見張るまではいかないけど、まあオレ帰宅部だし」

乾先輩の申し出に、わたしたちは顔を見合わせた。

「なるほど。それはかなり助かります」

うちのん先輩が言うと、乾先輩はまたにっこりして、でもちょっと目をそらした。

「それと、えーと、あと、たまに、このあいだのお庭番の三人みたいに、ちょっと店内で世間話とか、できるようになれればいいなって思ってるんだけど、宝田さんとかと。いいかな？」

「………」

わたしたちはまた無言で顔を見合わせて、内田先輩が管理室のほうを振り返ってから、乾先輩を小突《こづ》いた。

乾先輩は、

「え、みんな、なんか言って」

って、困り笑いになる。

そう言われましても。

「いや、いいも悪いも、わたしたちが許すことじゃないっていうか……」

実優先輩が小さい声で言って、侑名の袖《そで》を引っぱって助けを求めた。

「たしかに店内に人がいるっていうのは犯罪の抑止にはなりますよね」

侑名は腕組みしてのんきな声でコメントしたから、乾先輩の顔が明るくなる。

「疑ってるわけじゃないですけどー」

黙っていたヨネ先輩が急に言ったから、びっくり。

「そこまでしてくれるって、正直、乾先輩にメリットあります？」

みんなに見られて、ヨネ先輩はちょっとかたい声で続けた。

「メリット？」

乾先輩は内田先輩と顔を見合わせて、内田先輩が肩をすくめてみせる。

「せっかくの親切を、疑うのもなんですけど」

ヨネ先輩が正面から言ったのに続いて、

「いい話すぎるっていうか」

「いい話には裏があるっていうか」

実優先輩とうちのん先輩もおそるおそる言い出す。

たしかに！

わたしはまたよけいなこと言わないように両手で口を押さえながら、うなずいた。

わたしたちに超見つめられて、乾先輩は頭をかいた。

「うーん、前からあの店と宝田さんがわりと好きっていうのと、今日のインタビューに感動したっていうのじゃ弱い？」

「ちょい弱」

侑名、おまえ！

率直《そっちょく》すぎな侑名にビビって、恭緒がすごいあせった顔で肩をつかんだけど、乾先輩はまいったなあって感じの笑顔を浮かべて怒ってなさそう。

乾先輩って、ベースがすでにちょっと笑ってる顔なんだけど。

「じゃあ正直に言うと、前からちょっと谷沢さんと話してみたいと思ってたから」

！！！

「え、ミカチュウ先輩と？」

思わずわたしが裏返った声を出すと、乾先輩は落ち着いて答えた。

「うん。だから、メリットあると思う」

「その『話してみたい』は、えーと、ラブ由来ととらえていいんでしょうか？」

うちのん先輩が質問して、こっちの空気が一気に浮《う》き足立《あしだ》った。

みんなの視線が乾先輩に集中する。

「あー、たぶん」

「どこに！　ミカチュウ先輩のいったいどこに魅力を感じたんですか？」

ヨネ先輩が大声を出したけど、え、

「その言い方、ミカチュウ先輩に失礼じゃないすか？」

わたしがツッコむとヨネ先輩はめずらしく動揺しまくって、早口でまくしたてた。

「いや、だって！　わたしたちは知ってるよ！　ミカチュウ先輩の素敵さを！　けど、乾先輩は
さあ、話したこともないのにって意味でだよ！　わかるだろ」

乾先輩に視線集中パート2。

慎重に乾先輩が口を開く。

「あー、うーん、どこにっていうのの答えだと、なんだろう、実直な感じ？」

「……実直って女子を褒める言葉だろうか」

実優先輩がつぶやいて、乾先輩は急にテレた顔になる。

え？　ここで？

「うーん……実直って、すごい美徳じゃん」

「わかる……それはわかります」

ヨネ先輩の同意はすごくテンション低い声だったけど、

「だよね！」

って乾先輩はうれしそうにしたから、ヨネ先輩が超微妙な顔になる。

微妙な顔したのは内田先輩もだった。

「え、つうかおまえそうなの？」

「わりい、べつに言わなくていいかと思った」

「べつにいいけど、急に言うからちょっと引いたわ」

「引かなくてもいいだろ」

男の先輩二人はしばらくごにょごにょ言ってたけど、わたしたちに無言で見つめられてるのに気づくと、身の置き所に困った感じにドアを振り返ったり管理室を見たりしたので、わたしはとりあえず、ダメージの少なそうなうちのん先輩に目で合図した。

うちのん先輩が咳払《せきばら》いして、

「えーっと、自由だと思います。許可とかいらないですよ。先輩が宝田商店に行くのは。だよね、実優」

って言うと、やっと落ち着いてきた実優先輩が、

「うん、ていうかそれがインタビューの狙いだったので。お店のことを気にかけてほしいっていうのが。……ミカチュウ先輩のことはわたしたちにはなんとも言えないですけど……」

って言いながら、ちらっとヨネ先輩を見た。

ヨネ先輩は無言で超超超微妙な顔になってる。

まあ、ミカチュウ先輩ファンとして乾先輩の出現は複雑だよね。

「そっか、そうだよね。ありがと。あと、ごめん、へんなこと聞きに来て」

乾先輩の言い方はヨネ先輩の態度がヘンなことに気づいてるっぽいけど、感じよくって、さわやかだった。

これはちょっと、ミカチュウ先輩への接近を阻止《そし》する理由は浮かばないな。

わたしたちはたぶんそれぞれいろいろな考えで頭がいっぱいになってそれぞれ黙ったから、乾先輩と内田先輩は潮時っぽくなって、挨拶をして帰って行った。

二人の姿が見えなくなると、一番に口を開いたのは切り替えの早い侑名だった。

「乾先輩の自宅の窓からの見張り学習って願ってもないお話じゃないですか？　寮の日課にしば

られてると、いつも宝田さんのとこに入《い》り浸《びた》るとか、わたしたちにはムリですもん」

「たしかに」

うちのん先輩が同意した。この人らは合理主義なのだ。

「えー！　乾先輩がどんな人か、まだわかんないじゃん！」

ヨネ先輩が急に子どもっぽく不満の声を上げて、恭緒が、

「今の感じではいい人そうでしたけどね」

って久しぶりに発言した。

「うーん、誰か五年の先輩に評判を聞こう」

実優先輩が言って、わたしたちは床に放り出してたバッグやリュックを持ち上げて、そろって談話室をのぞきに行ったけど五年生がいなかったので、一回解散して食堂に行った時に誰かに聞こうってことになった。

「あ、そういえば恭緒部活遅刻《ちこく》じゃん？」

実優先輩に言われた恭緒は顔色を変えて走って行った。

「ああ、乾くんなら信用できるよー。わたし三年の時一緒のクラスだった」

鳥ちゃん先輩が言った。

さすがに男子には変なあだ名つけないいんだね。

食堂に来て見つけた五年生、鳥ちゃん先輩と睦先輩に男子の先輩の訪問の報告を一気にして、乾先輩の身辺調査に入ると、先輩たちはちょっと驚いた顔をしたけど、わたしたちみたいには動揺しなかった。

「放課後に自分の部屋の勉強机ってさー、乾って塾《じゅく》とか行ってないんだ、意外。頭良いのに」

睦先輩が言うと、鳥ちゃん先輩が軽く答える。

「頭良いから行かないいんじゃん？」

「必要ないってこと？　かっこいーなーオイ！　っていうか、さっきの話、ウッチーが付《つ》き添《そ》ってきたこともうちょっと詳しく！」

「睦先輩、そこは今そんな重要じゃないんですけど」

ヨネ先輩が暗い声で言って、気を使った実優先輩が口をはさんだ。

「女子寮に一人で来るのはって、男子寮生の内田先輩に頼んだらしいですよ。乾先輩がミカチュウ先輩に、その……好意を持ってることは知らなかったみたいで、内田先輩もびっくりしたみたいでしたけど」

「なにその関係性萌えるんですけど」

睦先輩の悪い病気が出たけど、全員がナチュラルに無視した。

鳥ちゃん先輩が腕組みした。

「乾くんの申し出はありがたく受けとくのがいいんじゃない？　しかしそれは別として、ミカチュウ、鈍感《どんかん》だからなー」

「あの子の勤労スケジュールに彼氏とか割りこめないよね。ミカチュウって、女子とだって寮生以外とそんな付き合いないじゃん、クラスの子とか」

睦先輩が出した『彼氏』ってワードにわたしがヨネ先輩をチラ見すると、完全に顔がこわばってる……。

「だなー、まずはお友達からだよ」

鳥ちゃん先輩が言って、わたしたちを見回したので、なんとなくテーブルに顔を寄せ合う。

「ミカチュウ本人には言わないほうがいいよ」

鳥ちゃん先輩の言葉に恭緒がきょとんとした顔で聞いた。

「え、なにをですか？」

「だから、乾くんに好意持たれてること」

鳥ちゃん先輩が言って、睦先輩が声をひそめて付け足す。

「ヘンに意識しちゃったら、上手くいくもんもいかなくなるってこと」

さすが五年生、大人だ。

鳥ちゃん先輩と睦先輩っていう、そんなラブっぽい話のイメージない人でもこの気遣《きづか》い。

睦先輩は男女じゃない恋愛《れんあい》の話なら超してるけどね。

「あー……」

「なるほど……」

実優先輩とうちのん先輩がつぶやいて、侑名がニコニコして、恭緒がぼんやりした顔してるなか、わたしはヨネ先輩の反応が気になっちゃうんだけど。

「あ、噂《うわさ》をすればだよ、ミカチュウ帰ってきた」

睦先輩が言って、手を上げた。

テーブルに来たミカチュウ先輩に、わたしたちはあわてて今日のお昼のインタビューのクラスでの反応をしゃべりまくった。

噂話してた後ろめたさより、話したいからって気持ちでだよ。

寮に帰ってきてからも、みんなが廊下や談話室で会うたびインタビューの成功を喜び合ってたけど、やっぱりミカチュウ先輩がどう思ったかが重要！

ミカチュウ先輩は夕ご飯を食べつつ、いつも通り口数少なく静かにうなずきながら報告を聞いてた。

みんなが気がすむまで話して、鳥ちゃん先輩と睦先輩も自分のクラスの友達の反応を教えてくれると、最後に実優先輩が、両手をぐっと組み合わせて言った。

「これで、なんか変わるといいんですけど」

「みんな、ありがと」

ミカチュウ先輩は短く言って、手元のお茶を見つめた。

「宝田さん、絶対口に出しては言わないだろうけど、今回のこと、うれしかったと思う。みんながお店のこと守ろうとしてくれてること」

そうかな？　そうだといいけど。

インタビューとかお店に行ったこととか、宝田さんのためにっていうよりミカチュウ先輩のために、わたしたちが勝手にやったことだけど、宝田さんが喜んでくれたなら、それは、そのほうがいい。

「あ、小久良は？　小久良にもお礼言わないと」

食堂を見回したミカチュウ先輩に、ヨネ先輩が答える。

「あー、あいつなら、なんか今回のことに感動して部屋にこもって小説書いてます。チームワークとか興味なかったけど、そういうのもいいって思ったとか言って、ガラにもなくスポ根ものを書き始めたみたいで」

「そうなんだ……凡人には理解できない飛躍《ひやく》だけど、いいね。あ、実優の班の人たちにも、ほんとは直接ありがとうって言ったほうがいいんだろうな。いろんな人に協力してもらったよね」

「伝えておくので大丈夫です！　それにもうみんなかなり満足してるし」

実優先輩がうれしそうに握りしめてた手をニギニギして、ずっと浮かない顔だったヨネ先輩もちょっと笑顔になった。

のに、

「あ、そういえば、ミカチュウ、うちの学年の乾ってわかる？」

え、睦先輩、話が違わない？

わたしたちがギョッとした顔をすると、睦先輩はこっそり、まあまあってジェスチャーをした。

「男子の？　たしか、三組の。わかるけど、なに？」

ミカチュウ先輩は明らかに『なんの話？』って表情を浮かべて答えた。

「その乾くんがね、お庭番がババアと話してるとことかー、それとその前にもミカチュウと一緒にいるとことかー、をー見てー、ね、アス」

えっ！　って睦先輩、ノープランで話し出して、そこでパスしてくる？

ミカチュウ先輩の『？？？』って顔に、わたしの頭がフル回転する。

「えっと、乾先輩、宝田さんのファンらしいっすよ。なんかおしゃべりとかしたいんですって！」

「えっ、そうなの？　宝田さんと？　……どうしてまた」

ミカチュウ先輩の当たり前の疑問に、わたしが言葉に詰《つ》まると、恭緒があせってフォローした。

「えーっと、今日のインタビューで感動したんじゃないですか？」

「あとなんか、前にババアに親切にされたのに、なんていうか、恩？を感じてるっぽい、です」

実優先輩も早口で付け足した。

「恩……」

「そうそう、今時めずらしい、年配者を敬う気持ちのある感心な若者じゃないですかー」

侑名がスラスラ言うけど、どういう目線での発言だそれ。

「あー、まあ、そうだね」

肯定《こうてい》しながらもミカチュウ先輩は、困惑顔で唇を指でこすった。

「ミカチュウがいいなら、これからたまにお店に寄らせてもらいたいって」

黙って笑ってた鳥ちゃん先輩が、笑いを飲《の》み込《こ》んだ声で言った。

あ、そうだよね、乾先輩がお店に顔を出す前フリをしてあげてんのね、先輩たち、さすがだ。

そういう意図か。ちょっとムチャ振りされたけど……。

「うーん、べつにいいんじゃないの、わたしが断る権限はないし」

「ほら、宝田さんと二人きりより、ミカチュウ先輩のバイト中のほうが、三人のほうが会話も弾《はず》むっていうか、そういう感じですよ、きっと」

わたしがあわあわと言うと、ヨネ先輩が暗くつぶやいた。

「弾むか？」

うちのん先輩がテーブルを叩いた。

「ちょっと！　ヨネは黙ってて。とにかく！　ミカチュウ先輩からも、ババアにそれとなくいいふうに言っといてくださいよ、乾先輩が顔出すこと」

うちのん先輩の突然の剣幕《けんまく》に、ミカチュウ先輩が苦笑いになる。

「いいけど、……なんか変わってるね、乾くんって」

「で、ですよねー」

わたしが半笑いで言うと、恭緒が気まずさのごまかしに、みんなの湯のみにお茶を注ぎ出した。

乾先輩……ミカチュウ先輩への恋心《こいごころ》はバラしてないけど、なんか熟女好きと思われてたらゴメンです。

にしても乾先輩とミカチュウ先輩かー。

ふだんだったら、わたし、断然ラブい話のほうに食いつくんだけど……。

なんかもうちょっと時間がたったら、乾先輩の静かな片思いにときめいてくるかもしんないけど、今はどうしてか恋愛より、宝田さんとミカチュウ先輩の女の友情のほうが、グッときちゃうな。

四章「真冬の怪談《かいだん》」

十二月十四日（土）

大水槽《だいすいそう》のトンネルの中をエスカレーターで上っていくと、バスで山道に行った時みたいに空気が急にみちっとした。

バス……遠足、日光……眠《ねむ》り猫《ねこ》……とか考えてたら、前にいた恭緒《たかお》が急にしゃがんだ。

「え、なに？　立ちくらみ？」

わたしがあわてると、

「あ、エスカレーター終わるよ」

侑名《ゆきな》が冷静に言って、とっさに素早《すばや》く恭緒のリュックをつかんで引っぱり上げた。

めまってても運動神経のいい恭緒は、タイミング良く無事エスカレーターを降りたけど、日に焼けた顔が少し白く見える。

「だいじょぶ。一瞬《いっしゅん》クラッときただけ」

「座《すわ》る？」

「平気平気。歩いたほうがよくなる。ガラスに酔《よ》ったんだと思う」

「水族館酔う人がいるってほんとだね、遠足とかでは感じたことなかったよー」

「海の中にいるみたいでキレイだけどね」

「恭緒マジ平気？」

「外の空気吸いに行く？　あ、でもあそこの空気ちょっと生臭《なまぐさ》かったか」

「ほんと平気。ついでに、もうお昼食べよう」

「恭緒、気持ち悪いんじゃないの？」

「気持ち悪いとかじゃなくて、めまっただけ。っていうかおなかすいてるせいもあるかも」

「食欲あるなら大丈夫《だいじょうぶ》か」


今朝、朝食を食べてる時、急に、テストも終わったし冬休みに帰省する前にどっか行っとくなら絶対今日でしょ！ってなって、急遽《きゅうきょ》水族館に来たんだけど、こういうの東京に住んでる！って感じだし三人で遠出するの久しぶりで楽しい。

魚と、意外にたくさんいる魚以外の生き物を見てキャーキャー言った。

恭緒のめまいはちょっとあせったけど、休憩《きゅうけい》して、すごくおいしいわけじゃないけど外で食べるからおいしいみたいなランチを食べたわたしたちは、全種類の生物を絶対見逃《みのが》さないように午後の部に出発した。

暗がりから「侑名?」って疑問形の声がしたのは、深海魚のゾーンをフラフラしてた時だった。

振《ふ》り返《かえ》ったら同い年くらいだけど、服装がちょっと高校生っぽい女の子が二人立ってる。

「あれー、斉木《さいき》。ひさしぶり」

「やっぱり侑名だ。髪《かみ》茶色いし後ろ姿でもすぐわかったよ。もー! 卒業式以来じゃん!」

侑名と知り合いなのは、「斉木さん」だけみたいで、もう一人の子とわたしと恭緒は、ひさびさの再会なんだねと、あいまいな笑顔《えがお》を交《か》わした。

侑名が、「寮《りょう》で同室の子たち」とわたしたちを紹介《しょうかい》すると、斉木さんも、一緒《いっしょ》にいた子を「テニス部の相方」って紹介してくれた。

あー、やっぱテニス部の子って大人っぽいね。侑名と同じ小学校ってことは都会の子だし。海の生物相手にも気を抜《ぬ》かない格好の二人と自分をつい比べちゃう、せめてちがう靴下《くつした》履《は》いてくるんだったー。

「高坂《こうさか》ちゃんとか元気?」

侑名が首をかしげて聞くと、斉木さんはテンション高く答えた。

「元気元気！　サヤとかユミカも元気だし。いまだにみんな、侑名も中学一緒だったらなって言ってるよ」

「またまたー」

「ほんとだって。文化祭で劇やった時とかさ、侑名いてくれたら、盛り上がんのにって」

「劇やったの？　観に行けばよかったな」

「そうだよ、あ、あとリョウが漫才《まんざい》やったんだよ。超《ちょう》ウケた。え、侑名聞いてない？」

侑名が反応するまでに、ちょっと間が空いた。

ほんの少しの間だけど、そういうこと、侑名あんまりないから、わたしと恭緒は、あれって顔を見合わせた。

けど、すぐいつもの完璧《かんぺき》な笑顔に戻《もど》って、侑名は明るく言った。

「漫才？　はずかしいなー、あいつ笑いのセンスないもん」

「そんなことないって！　めちゃめちゃウケてたもん」

斉木さんはケラケラ笑ったけど、？？？　ってなってるわたしたちをチラッと見て「ヤバかった？」みたいな顔を侑名に向けた。

なんだかよくわからないけど。これって、女子がよくする、あ、これ内緒《ないしょ》だった？　的なやつな気がする。

わたしと恭緒を見る斉木さんのこの感じ、内緒のことがあるのがうれしいって優越感《ゆうえつかん》？

でもまあ、こういうのわかる。侑名はどこにいたって特別だから。

誰《だれ》でも侑名と仲良くなりたいって思うし、侑名と仲いいってことを自慢《じまん》にしちゃうとこある。

きっとこういう感じ、わたしもふだんすごくやってる、やっちゃってる。

気をつけよ。

「漫才の動画、高坂が持ってるから、見せてもらいなよ。侑名冬休みには帰ってくるんでしょ、集まろ！　ほかの学校に行った子で誰か会いたい奴《やつ》いたら声かけとくし」

斉木さんが早口に言って、侑名とスマホの画面を見始めたから、斉木さんの相方さんが恭緒とわたしに、ちょっとぎこちなく話しかけてくれた。

「わたしたち今来たとこなんだ」

「そうなんだ、回ったなかではカワウソとかかわいかったよ。ご飯タイム見れたんだけど」

わたしが言うと、斉木さんのお友達は、

「え、何時からいるの？　もしかしてもうほとんど見終わったの？」

って、がっかりした声を出した。

あー、なんとなく、これから一緒に回らずにすむのホッとしちゃった。

いや、二人とも全然嫌《きら》いなタイプとかじゃないんだけど。

「ほら、寮だと門限あるから！　なんでもスタートが早いの、わたしら」

あわてて言ったわたしに、斉木さんの顔が、ぐりんってこっちを向いた。

「門限って何時？」

「あ、七時半」

恭緒が答えて、斉木さんとお友達は顔を見合わせて目を大きくした。

「なにそれ、きびしーい！」

「え、寮の話とか超聞きたいんだけど」

二人の盛り上がりに人見知りして苦笑いしてる恭緒に、斉木さんが言う。

「にしても背、高いね。さっき侑名見つけた時、一瞬男子と一緒かと思っちゃった。彼氏《かれし》かなって」

「あー、よく言われる。あ、えっと男子と間違《まちが》われるってほう……」

恭緒がヘラヘラ答えた。

まあ、恭緒は寒くてもマフラーをしない派だから、ショートカットで長い首が丸出しになっててふだんより背が高く見えるし、今日みたいに制服じゃないと、たしかに男子に見えないこともないんだけど、恭緒と侑名がカップルなら、わたしは何なんだ、モブ扱《あつか》い？

ってちょっとムッとしたわたしに、斉木さんが笑顔を向ける。

「っていうか、私立の人って大人っぽいね。逢沢《あいざわ》学園キレイな人ばっかりじゃん」

あ、ごめん斉木さん超いい人かも。

わたし年上に見られたことないし、百パーおせじだろうけど、ほめ言葉に弱いわたしは一瞬で評価を変えた。

まあね、そうだよね、出会って何秒とかで人のこと決めつけちゃダメだ、って、寮に入って超実感したもんね。

人って、第一印象通りの人もそうじゃない人もいる。


斉木さんとお友達とは、深海魚ゾーンの終わりでバイバイした。

話しかけられる前に、帰る前に売店に寄ろうって話してたのを思い出して、かわいいグッズ満《まん》載《さい》の売店に来たけど、なんか……会うと思ってないとこで会うと思ってない人に会うと、気持ちが揺《ゆ》さぶられるな。ジェットコースターみたいに。さっきはギューンって上がってたけど、今はなんか下がってシュ一ンって。

深海魚の暗いとこから、キラキラした店内に来たせいなのかもしれないけど、目がシパシパしてヘンな感じ。

侑名は昔の同級生と予期せぬ再会をした張本人なのに、完璧《かんぺき》いつも通りにキモめの生物のフィギュアをひやかしたりなんかしてたけど、恭緒がまだ心ここにあらずって感じに、ぬいぐるみをなでてるのに気づくと、わたしのほうを見て、肩《かた》をすくめて唐突《とうとつ》に言った。

「斉木ちゃんがさっきしてた話のリョウってね、バカ兄のこと。お調子もんなの」

「あー、そういえばおにいちゃんもいるって言ってたよね。すごいね、藤枝《ふじえだ》五兄弟。リョウっていうんだ。かっこよさげな名前」

わたしが反応すると、

「おにいちゃんなんてもんじゃないけどね。わたしより背低いし」

侑名が顔をしかめて言った。

侑名が人のこと下げるのなんて超めずらしい。男の兄弟ってそういうもの？

「男子は身長、二十三歳《さい》まで伸《の》びるってよ」

覚醒《かくせい》した恭緒が謎《なぞ》にフォローするけど、

「それ何情報？」

って、わたしが聞くと、あれ、陸上部のＯＢの人だっけ？　先生だっけ？　とかって真剣《しんけん》に悩《なや》みだしたから、侑名がウケた。

やっと、ふだんのわたしたちに戻った感じ。

……だからよけいに、さっき、斉木さんたちと話してた時、侑名が一瞬止まったのって、なんだったんだろうって思うけど、わたしも恭緒も、そういうとこグイグイ追及《ついきゅう》できるタイプじゃない。

少し気になるんだけど。

微妙《びみょう》な気持ちを持てあましてると、侑名が明るくレジの方向を指さした。

「あ、恭緒、キーホルダー見たいって言ってたよね、あれなんか水族館土産《みやげ》の定番っぽくていいんじゃない？」

「ほんとだ、見る見る」

恭緒が言って歩き出すから、

「恭子《きょうこ》さんに？」

って、わたしが聞くと、恭緒は黙《だま》ってうなずいた。

いつも手紙の封筒《ふうとう》の名前を見てるせいか、わたしたちはなんとなく、恭緒のおかあさんのことだけ、名前で呼んじゃう。

っていうか、わたしたちで恭子さんのこと話す時、……なんか親じゃなくて、なんとなく、姉《し》妹《まい》とかのこと話してるみたいな感じになっちゃうのって、ヘンだよね……。

レジ横の回転棚《かいてんだな》にいっぱい下がってる海の生き物のキーホルダーは超いろんな種類があった。

どれもリアルだし、大きさが小指くらいのもあって、これは手紙に入れて送れそう。

一番かわいいのを探すのに三人で何分か集中した結果、恭緒はイルカとペンギンとアシカのキーホルダーを手のひらに乗せた。

「迷う……」

「その三つどれもかわいいから、恭子さんが好きそうなのにすればいいじゃん」

「うーん。おかあさんと水族館来たことないから、水の生き物でなにが好きか知らなくてさ」

恭緒は眉間《みけん》にシワを寄せて、本気で悩んでる。

「恭子さん、動物全般《ぜんぱん》ではなにが好きなの？」

恭緒の指先をつまんでのぞきながら、侑名が聞いた。

「猫かな。でも水族館にいないし」

「このなかで一番猫に近いって言ったら、アシカかな」

「そのアドバイスは適当すぎるだろ、侑名」

わたしのツッコミを無視して侑名は、

「でもやっぱり王道はイルカかなあ」

って言うから、もう、

「恭緒が好きなのでいいんじゃん？」

「そうだよ。恭緒どれがいいの？」

「うーん、イルカかな」

「じゃ、イルカで決定。恭緒とおそろいで買えばいいよ」

侑名が断定して、わたしはイルカの群れに手を伸ばした。

「そうとなったら、こんなかで、もう一個一番かわいいイルカを選べ」

「目の印刷がズレてないやつね」

「口も曲がってないやつを」

わたしたちは、しばし真剣にイルカを選別した。

「手紙にさ、キーホルダー入ってたら、恭子さん超うれしいよね」

侑名がイルカを選ぶ恭緒の肩にアゴを乗せたままつぶやいて、わたしに笑いかけた。

こういう時の侑名の表情っていうか雰囲気《ふんいき》？　ほんと、好きになるなっていうのが無理って思う。

さっきの斉木さんのうれしそうな表情を思い出して、そのあと数納《すのう》の顔が浮《う》かんで、わたしたちばっか間近でベストショットを見まくって悪いのうと心の中で謝《あやま》っておいた。

「侑名も、なんか、お土産買わないの？　わたしだって帰省用にクッキーかなんか買うよ」

「ここ、同級生に会うくらい近場だし。それにうちの家族は、キャラものは好かんので」

「キャラものか？　これ」

「あ、千絢《ちひろ》がヌードボールペンは集めてるんだった、売ってるかな」

「ねえよ、健全な水族館には」

「でも水つながりでビキニのくらいはあるかも。店員さんに聞いてみようかな、すいませーん」

「バカ！　ごめんなさい、なんでもないです！」

わたしがあわてて侑名の口を押《お》さえてしゃがむと、恭緒の指先で、選び抜かれたイルカが二匹《ひき》、クルクル回っていた。

十二月十五日（日）

「ほら恭緒ー行くよ、もう時間だってば！　その本、返すの明日でいいんでしょ。また夜にでもゆっくり読めばいいじゃん」

あと二分で十一時半だから、わたしが足踏《あしぶ》みして急《せ》かすと、渋々《しぶしぶ》マンガを閉じた恭緒は、二段ベッドのはしごを降りてきながらつぶやいた。

「だって怖《こわ》いマンガ夜読むとか怖い……」

「えー、今さらなに言ってんの？　あんたすごい怖い話好きなのに」

「好きでも、怖いマンガは自然光の中でしか読めないんだよ」

「なんじゃそりゃ！」

わたしたちがごちゃごちゃ言いながら部屋から出ると、先に廊下《ろうか》に出てた侑名が、睦先輩《むつせんぱい》と立ち話してた。

「あんたら日曜に罰日《ばつにち》だって？　ついてないよね」

「でもまだ配膳《はいぜん》手伝いでよかったですよー」

わたしが答えると、侑名もうなずいて上の階を指さした。

「ワダサクたちなんて、この寒いなか草むしりしてましたよ、先週」

二学期も終わりに近づいて、みんなの罰日がたまりまくって、日番を増やすだけじゃ全然消化できなくなったから、最近の罰日はバリエーション豊富。

副寮監《ふくりょうかん》先生は今回のわたしたちの罰日を言《い》い渡《わた》す時にも、もうやらせる用事も尽《つ》きるって嘆《なげ》いてた。

でも、だって、普通《ふつう》に生活してると寮の規則に違反《いはん》しないって難しくない？ですか？って話。

「ていうか、もう配膳の時間じゃないの？　いいの？」

睦先輩が手に持ってたスマホを持ち上げたから、

「いくないです！」

わたしたちはあわてて食堂にダッシュした。

テーブルをふきんで撫《な》で回《まわ》しながら、わたしはため息をついた。

たしかに十二月の草むしりにくらべたら、食堂の配膳手伝いは楽勝だけど、なんか、ここんとこついてない気がする。

そもそもテストの前後にはなにかしら事件が起こる。

テスト期間はみんなストレスでおかしくなるし、わたしたちがちょっと羽目を外したのも、しょうがない。

そう、全部テストが生徒に与《あた》えるプレッシャーのせい！

次のテーブルに移りながら、回想する。

あの日の夜、先週の期末テスト最終日の前夜の午後十時二十二分、わたしたちは暗闇《くらやみ》の中で頭を抱《かか》えていた。

部屋の電気のスイッチが、めりこんだのだ。

そして、戻らない。

このやばすぎる状況《じょうきょう》は、えっと、テスト勉強のストレスとか、集団心理の盛り上がりとか、青春のうやむやとか、とにかく……思春期には避《さ》けられない事態だと、言えないこともない、あと単純に寮がボロすぎ、と、わたしたち三人は言い合ったけど、それが寮監先生への言い訳にならないことはテンパった頭でもわかっていた。

そもそもなぜスイッチが壊《こわ》れたのか。

うちの部屋で、最近のストレス解消って言ったら、「タンバリンごっこ」で。

ああ、冷静になると、バカらしいんだけど。

要するに、夜十時過ぎ、期末の勉強に心底疲《つか》れたわたしたちは、学習室から戻ってきて勉強を続けようとしたものの、息抜《いきぬ》きをしようってなって、侑名のｉＰａｄで、「Can't Get Enough」ってサイコーな曲を、隣《となり》の部屋に文句言われないギリギリのボリュームでかけて、空き箱のフタをタンバリン代わりに踊《おど》り狂《くる》ってたんですね（箱は手で叩《たた》くと音がデカすぎるから、腰《こし》で叩くのがコツ）。

何回かやったけど、これは最高にアガる。髪がぐちゃぐちゃになるしお風呂後《ふろあと》なのに汗《あせ》かいちゃうけど、たいていのサエない気分は、これで吹《ふ》っ飛《と》ばせる。

タンバリンごっこの最中に、部屋に誰か入ってきたら、エアギターよりイカれて見られるのは確実だけど。

で！

それでどうして、わたしたちだけじゃなく、スイッチがイカれたかっていうと！

ライブには、ストロボライトの点滅《てんめつ》がつきものだから！

……電気のスイッチを、高速でカチカチすると、すっごいイイ感じの照明効果が、もう、最高！　に！　楽しーい！　から……さ、……。

あーもう、すっごいバカ。

「一時の快楽に身を任せてしまったばかりに……」

電気の点《つ》かない暗い部屋の畳《たたみ》で、わざとらしく女座りした侑名が言って芝居《しばい》がかったため息をついたけど、わたしと恭緒には、ふざけてる余裕《よゆう》はない。

「わたしショックで今日覚えた分の英単忘れた……」

「アス、電気が点けば思い出すよ、きっと。ああ、でも歴史、あと十三回は読まなくちゃなのに……」

タンバリンごっこの前まで、恭緒は、超真面目に歴史の教科書を黙読《もくどく》してた。

塾《じゅく》に行ったことがないっていう恭緒の勉強法はシンプルで、「なんでも三十回読む」なの。でも、三十回読むって、恭緒みたいに実際にやれる子は少ないから、すごい勉強法かもね。確実だしさ。シンプルイズザベスト。

っていうのは置いといて、デスクライトを点ければ、勉強の続き、できないこともないけど、器物損壊《きぶつそんかい》の罪に怯《おび》えるわたしたちには、取調室を思わせるスポットライトは眩《まぶ》しすぎる。つうか、勉強できる精神状況にない。

「せめて電気点いた状態で壊れればよかったのにね」

侑名がのん気な声で言うけど、

「点きっぱなしっつうのも、ヤバイでしょ、消灯があるもん」

「あ、そうか」

「だいたい侑名は物事に動じなすぎ！　あんたみたいのが稀代《きたい》の悪女になって国を傾《かたむ》けるんだよ！」

私は座布団《ざぶとん》を抱《だ》きしめた。

「え？　なにその言いがかり。傾けないし国とか」

侑名はマジでのん気な声で言ってくる。

「もうアス！　落ち着きなって！　ほんと意味わかんないよ、それ」

恭緒が言いながら、ライト付きペンをカチッと押した。

光るキティちゃんに照らされた恭緒の顔は、真剣。

「アスが、あんまりパニくるから、こっちが落ち着いたよ。考えるべきことは、スイッチが壊れた嘘《うそ》の理由だよね、怒《おこ》られないようなの」

「怒られないようなって、どんな？」

「とりあえず、気がふれたみたいにカチカチして踊ってたってのは論外でしょ」

「私が寮監先生だったら、キレるな、その理由。罰日三日だよ」

「それやって許されるのは、五歳までだよね。コーちゃんでギリ」

「そっ！　そこで先生たちも納得《なっとく》の、不可抗力《ふかこうりょく》っぽい理由を、思いつけ！」

「はい！　転んで頭から突《つ》っ込《こ》んだら、めり込《こ》みました！」

「どうかな、それ、信じる？」

「その場合、頭に傷がないとじゃない？　それか、たんこぶ」

「なかなか一撃《いちげき》では壊れなくない？」

「まあね、この部屋に真央《まお》でもいたなら、それも可能だけど」

「ああ、真央！　破壊《はかい》の神か！」

「真央が部屋にいたって言ったら、今度は他室訪問で怒られるって」

「テスト前じゃなかったらなー、しばらく電気点かなくても節電生活って自分に言い聞かせるのに」

「わたし、やだ。目悪くなるもん」

「侑名なんか眼鏡っ子になっちゃえ！」

「さっきからなんでわたしばっか攻撃《こうげき》すんのー」

「どっちにしても、毎晩うちの部屋が電気点かなきゃ、みんなが不審《ふしん》がって、すぐバレるよ」

ケンカしつつ、わたしたちが、三分で考えた設定は、こうだ。

テスト勉強中特有の部屋の模様替《もようが》え欲求に従い、棚を動かしてたら、誤ってスイッチにぶつけて、壊しちゃったみたいなんですっていうの。

点呼まで時間がないから、デスクライトだけの薄暗《うすぐら》い中、猛《もう》スピードで模様替え途中《とちゅう》っぽく、部屋の中の物を動かした。

「痛ーい！　小指ぶつけた！」

「アス、声が大きいって」

「もう！　なんでこんなことになんのー！」

「やはり日頃《ひごろ》の行いが……」

「はあ？　行いで言ったら侑名のせいじゃん。恭緒もわたしも悪いことしてないもん」

「あらあ、アスさん、こんなイノセントガールをつかまえて？」

「む、か、つ、くー！」

「アス、侑名、ふざけてないで早く！」

さんざん罵《のの》り合《あ》って急いで動いてあわてて現場を作って、管理室に行って寮監先生と副寮監先生に演技して……。

それで結局どうなったかっていうと。

はい、バレました。

わたしのキョドり方で。

その結果がこれだよ！

全部のテーブルを拭《ふ》き終《お》わったわたしは、回想を終えていつもは手を洗うだけの水道で、ふきんを力一杯《ちからいっぱい》ゆすいだ。

ふきんをきつくしぼりあげた時、後ろで派手な音がした。

振り返ると、テーブルの向こうで食堂のおばさんがケースごと箸《はし》を落としてばらまいちゃってる。

床《ゆか》に散らばった箸の中に、恭緒がおそるおそる足を踏《ふ》み入《い》れる。

「この光景、なんか現代アートっぽいね」

侑名が放射状に散らばった箸を眺《なが》めて、うっとりした。

「そんなん言ってないで、早く拾いなって」

わたしもあわてて駆《か》け寄《よ》って箸を集めるのに参加すると、箸を落としたおばさんと目が合った。

「ごめんね、仕事増やしちゃって」

「そんなそんな」

やさしそうっていうか、ちょっと気の弱そうなおばさんに答えながら、侑名が差し出してきたケースに恭緒と一緒に拾った箸を押《お》し込《こ》んでると、調理場から別のおばさんが手を拭きながら出てきた。

「あーあ、ありがとね。許してやって。この人悩みごとあんの」

いつも声が大きいなって思ってるおばさんが、箸を落としたおばさんの肩にバンって手を置きながら、わたしたちに苦笑いしてみせる。

「ほら、そういえば、この子たち、なんだっけ？　時代劇みたいなね、お目付け役？」

「お庭番です」

恭緒が訂正《ていせい》する。

「そうそう、お庭番！　吉沢《よしざわ》さんも相談すればいいじゃないの、サトミちゃんのこと」

？　サトミちゃん？　誰？

わたしたちが顔を見合わせると、箸を落としたおばさん（吉沢さん？）が、あわてて両方の手を振《ふ》った。

「いいのいいの、拾ってくれてありがとうね。次、お茶のやかん運んでもらえる？　もうみんながお昼に来ちゃう時間だから」

「え、あの」

いいのかなって思ってたら、騒《さわ》がしい声が近づいてきて、先輩たちが食堂に入ってきた。

「おー、罰日ども、お勤めご苦労さん！」

睦先輩が手を振ってくる。

「今日は一〇一なんだ、するってえと、うちの部屋の罰日は来年に持《も》ち越《こ》しか」

「あー、今年のうちに罪を償《つぐな》ってすっきりしときたかった！」

「来年だと雪かきに当たる可能性あるじゃん、最悪！」

「しっかり働けよ。罪人ども」

先輩たちが口々にガラ悪く言って、

「はーい、今お茶をお持ちします」

って侑名がノってみせる。

振り返ったら、おばさんたち二人はいつの間にかもう、調理場で忙《いそが》しく働いていた。


やっぱり罪を償うって気分いい。

昼食後、わたしたちは談話室で自由をかみしめて、とくにおもしろい番組ないのにダラダラとテレビ見てる。

向かい側のソファーでは、ユイユイ先輩と由多《ゆた》先輩がアイドル雑誌を眺めてて、平和だ。

由多先輩って寮の中ではかなりアイドルに詳《くわ》しいほうで、さっきから最近人気だっていう、読者モデル？ かなにかのユニット？ のブレイヴってグループの男の子のことを熱く語ってるけど、ユイユイ先輩は超いい加減な合いの手を連発してる。

三バカ先輩たちは芸能人にあんまり興味ないから。

しおりん先輩とマナティ先輩は今日も外出してるんだと思う。

三バカ先輩は三人とも、学校でも寮でも人気者だから、ユイユイ先輩は他の二人がいない時でも、こうやっていつも誰かと楽しく過ごしてるんだけど、わたしが、なんかさびしい。

そろってない三バカ先輩を見ると。

まったりした空気の談話室に、ノックの音が響《ひび》いた。

開けっ放しの出入り口に立ってたのは芳野《よしの》先輩だった。

「ちょっと混ざっていい？」

「もちろんです！」

「どうぞどうぞ」

わたしたちは口々に言って、席をつめた。

ソファーに腰かけた芳野先輩に、由多先輩が雑誌を抱きしめて聞く。

「えーっと、もしかして、お庭番案件ですか？　ユイユイはまだしも、わたし席外したほうがいいです？」

「あ、全然。むしろ由多にも聞いてもらったほうがいいかも。……三年生の話だから」

芳野先輩がおだやかに答えたから、由多先輩はユイユイ先輩と顔を見合わせながら、浮かせてたお尻《しり》を戻した。

「一年生はわからないと思うけど、由多もユイユイも、三年の吉沢聡美《さとみ》さんって知ってるよね。さっき食堂で、吉沢さんのおかあさんに相談を受けた話があって、あ、食堂で働いてるんだよね、吉沢さんのおかあさん」

「え、もしかして、さっきの人？」

わたしが思わず言うと、恭緒もびっくりした顔で、「アスが箸拾ってあげた人？」って言って、侑名が、「あの髪が長い人ですか？　一番静かな感じの」って聞いた。

「そう、たぶんその人。食堂、にぎやかな人が多いもんね」

芳野先輩がにっこりして言った。

「ていうか、あの人、吉沢さんのおかあさんなんですか、それにびっくり！　同級生のおかあさんに食事作ってもらってたのかー、三年目の真実！」

ユイユイ先輩がおおげさに目を丸くする。

「吉沢さんが食堂で働き始めたのは、娘《むすめ》さんが入学する一年くらい前からだったかな、もう結構長いよね」

芳野先輩がアゴに握《にぎ》りこぶしをあてて記憶《きおく》をたどりながら言った。

由多先輩も真似《まね》してアゴをさわりながら目を細める。

「あんま似てなくないですか？　二人ともそんな……まじまじ見たことないけど。でも食堂のおばさんたちって、あの帽子《ぼうし》かぶってるとこしか見ないから、取れば印象変わるかな？」

芳野先輩は、わたしたちを見回してから、話を続ける。

「それでね、さっきお庭番にも言いかけたらしいんだけど、吉沢さん、娘さんの学園での生活のことで困ってることがあって、仕事帰りに相談してくれたんだよね」

わたしたちに言いかけたのは別のおばさんだったんだけど、話が進まないから黙っておいた。

「吉沢さんの娘さん、今回の期末で成績が急にすごく下がっちゃったそうで、悩みがあるかららしいんだけど、そのことで今、家でギクシャクしてるんだって」

芳野先輩の始めた話に、由多先輩が、

「えー、吉沢さんって超真面目な子ですよ。成績下がるなんて信じらんない！　ね、ユイユイ」

って言って、ユイユイ先輩もうなずいた。

芳野先輩は先輩たちの反応に、少し首をかしげて言う。

「聡美さんって、おとなしい子らしいね。クラスに相談できるような友達がいないから、話だけでも聞いてやってほしいっていうふうに、頼《たの》まれたんだよね」

「友達いないいっけ?」

「いるじゃん及川《おいかわ》さん。いつも一緒にいる」

ユイユイ先輩と由多先輩が顔を見合わせて言った。

「それが……」

芳野先輩がめずらしく言葉を濁《にご》して考え込んで、三年の先輩たちをしばらく見てから、わたしたちに顔を向けた。

「話は変わるんだけど、一年生、うちの学園七不思議って、知ってる? 七つ全部知ると、死んじゃうだか消えるだかっていうやつ」

芳野先輩の突然《とつぜん》の話題変更《へんこう》に、ずっと神妙《しんみょう》だった恭緒の顔が輝《かがや》いた。

「え、え、え! なんでここで怪談なんですか?」

うわずりながら超キラキラしてる恭緒に、芳野先輩が苦笑いで答える。

「それが、その怪談のせいらしいんだよ。吉沢さんの成績落ちたの」

「えええ?」

意外な理由に、わたしたちの声がそろう。

「ここから登場人物が一人増えるんだけど、うーん、とくに三年、まだあんまり広めないでもらえるかな、この話。ナイーブと言えば、ナイーブな話なんだよ」

芳野先輩の声が小さくなって、

「もちろんです」

由多先輩が勢いよくうなずく横で、ユイユイ先輩が人さし指を立てた。

「もしかして、及川さん」

「……そう、その及川さんが悩みの種なんだって」

「マジで？　あの霊感少女《れいかん》・及川さんっすか！」

由多先輩が叫《さけ》んで、侑名がわたしたちのほうを向いてささやく。

「霊感少女？　なんかパワーワード出たね」

ほんとだよ、なにそれワクワク！

芳野先輩が話してくれた、食堂の吉沢さんからの依頼《いらい》……依頼なのかはまだわからないけど、相談内容っていうのは、こうだ。

食堂で働いてる吉沢さんの娘さん、三年生の吉沢聡美さんは、真面目でおとなしい生徒で成績も良かったんだけど、今回の期末で、すっごく順位が落ちちゃったんだって。すごくってどれくらいだろ二十番くらいかな？　それで両親が、成績が急に落ちた理由を問いただしたら、「学園七不思議を全部知っちゃったから、もう自分は死ぬんだし、一生懸命《いっしょうけんめい》勉強したってムダ」っていう、驚《おどろ》きの返答で、なんか吉沢さんのおじさんは怒っちゃうし、おばさんはただただ困惑《こんわく》だし、聡美さんはその後多くを語らずだしで、家の中は雰囲気最悪になって、おじさんの怒《いか》りの矛先《ほこさき》は、聡美さんのただ一人らしい親友?の、クラスメイト、及川さんに向かっちゃったんだって。娘がヘンになったのは、全部、変人の友達のせいってことになったわけ。娘が急に七不思議とか怪談とか非現実的なこと言い出したのは、及川さんの影響《えいきょう》としか考えられないからって。

その及川利沙《りさ》さんって先輩、わたしたちは知らないけど、三年生の間では有名な、幽霊《ゆうれい》が見えるって噂《うわさ》の、口を開けば怖い話ばっかりの霊感少女!なんだそう!

……マジでなにそれ!

なんかすごい話になってきたぞ。

話を聞きながら隣を見ると、案の定、恭緒の目が輝いてる。

吉沢さん親子のピンチに遠慮《えんりょ》して何も言わないけど、怪談とか幽霊ってワードに、たぶんめちゃめちゃテンション上がってるなこいつ。

予想外の方向に転がっていった話を消化するのに一生懸命なわたしたちに、芳野先輩が、思い出したみたいに付け足した。

「ちなみに盟子《めいこ》はこの件にはノータッチになると思う」

え、なんでですか?　って聞こうとしたとたん、

「盟子先輩怖い話苦手ですもんね」

由多先輩が当然って顔で相づちを打った。

「え、意外すぎる……」

「そうなんですか?」

わたしと恭緒が同時に声を上げると、由多先輩はあわてて口を押さえながら言った。

「やべ、忘れて。バラしたことバレたら、わたしが消される」

おおげさな由多先輩に苦笑いしながら、芳野先輩が思いついたみたいに、

「吉沢さんと及川さんと同じクラスなのって、寮では誰?」

って聞いた。

ユイユイ先輩と由多先輩が顔を見合わせる。

女子寮の三年生は、ええっと……十一人か、わたしが頭の中で指を折って計算してる間に、

「六組だから、ララとタミラです」

由多先輩が答えて、

「ラが多すぎねえか?」

ユイユイ先輩がつぶやく。

「たしかに……」

恭緒が真面目な顔で言ったから、侑名とわたしもちょっとウケた。

ララ先輩は木下彩良《きのしたさら》だから、ほんとはサラなんだけど、彩希《さき》先輩っていう双子《ふたご》の妹とセットで、あたりまえみたいにキキララって呼ばれてる。

タミラ先輩は、中田実良《なかたみら》のヘンな省略でタミラ。

結果ラが多いな、マジで。

ララ先輩とタミラ先輩って、同じクラスなんだ。

先輩たちって人数多いから、誰と誰が同じクラスとか全員分はなかなか覚えられない。

「ララとタミラか……、二人にクラスでの吉沢さんの話を聞いてみたいな」

芳野先輩がゆっくりつぶやいて、ユイユイ先輩が張り切って立ち上がった。

「ですね！　キキララはさっき出かけてったの見たような気がしますけど、タミラは部屋にいるんじゃないかな。呼んできまっす！」

ユイユイ先輩が飛び出していった廊下を眺めて、由多先輩が腕《うで》を組んだ。

「ララとか、まあ、人当たりはいいしな。吉沢さんみたいにおとなしい人にも話聞いてこれるんじゃないですか？」

「そうだね」

芳野先輩が言って、わたしは思いついて聞いた。

「わたしたち……、あ、お庭番、は、聞きに行かなくていいんですか?」

「うーん、吉沢さんって、人見知りっぽいからな。ここは知り合いが行ったほうがいいかも」

目を細めて答えた芳野先輩に続けて、由多先輩も言う。

「それに日にちがないよ、今日もう十五日だよ。あとちょっとで冬休みじゃん」

「まあ、そうですね。吉沢さんのおうち、クリスマスと年末とお正月をそんな空気で過ごすなんて、かわいそう」

侑名が言うと、

「吉沢家の明るい年越《としこ》しのために、ちゃちゃっと解決しよう」

って由多先輩は簡単に言うけど、そんな冬休みまで、あと、五日?とかしかないけど。

わたしと恭緒が顔を見合わせた時、ユイユイ先輩がタミラ先輩を連れて戻ってきた。

会釈《えしゃく》したタミラ先輩に芳野先輩が声をかける。

「ごめん、寝《ね》てた?」

「寝てないです……寝ぼけた顔ですみません」

「いや、こっちがなんかごめん」

そう言って自分でちょっとウケた芳野先輩に、タミラ先輩も笑顔になって、肩までの真っ黒なくせっ毛がはねてるのを両手でなでつけた。タミラ先輩って、幅広《はばひろ》の二重でまぶたがくぼんでるタイプだし、テンションも低いほうだから、どうしても眠そうに見えちゃう。

芳野先輩は、吉沢さんの話を最初からタミラ先輩に説明した。

ユイユイ先輩と由多先輩が要所要所で、二回目に聞くのにおおげさなリアクションをとる横で、タミラ先輩はほとんど無反応だったけど、及川さんの名前が出た時だけ、一瞬唇《くちびる》を曲げた。

「タミラ同じクラスならさ、吉沢さんの写真とかないの？」

説明が終わったタイミングで由多先輩が聞くと、タミラ先輩はパーカーのポケットからスマホを出した。

「わたしあんまり写真撮《と》んないんだよね。ああ、でもたしかこの間の打ち上げの集合写真が送られてきた中に……あった、この子」

「小さいよ」

ユイユイ先輩のツッコミにタミラ先輩が画像を拡大してくれて、芳野先輩とわたしたちがのぞきこむと、由多先輩が指さす。

「そう、これが吉沢聡美さん」

吉沢さんの娘さんは髪を一本にしばってて、真面目そうな、おとなしそうな、なんていうか、普通の人だった。地味って言えば地味だけど、困ったみたいな笑顔してて、感じが悪くはない。

そんなに友達がいない人には見えない。霊感少女一人しか友達がいない人には。

っていうか、

「及川さん、じゃなかった、及川先輩は写ってないんですか？」

わたしが聞くと、タミラ先輩はしばらくカメラロールを遡《さかのぼ》ってから、

「ないな」

ってつぶやいた。

「写真に写ると魂《たましい》取られちゃうっていうタイプですかね？」

恭緒が真剣な顔で言い出したから、タミラ先輩が片方の眉《まゆ》を上げて、「は？」って顔になる。

まあなー、タミラ先輩って、霊《れい》とか興味なさそうな感じする。

「成績……順位落ちちゃったのが今回だけなら、次回は頑張《がんば》ろうねで済まないんですか？」

侑名が首をかしげて聞くと、芳野先輩は、「んー」って言って腕を組んだ。

「吉沢さんのおとうさんが、以前から及川さんのことをよく思ってなかったみたいなんだよね。聡美さんの学園生活がうまくいかないのは、全部悪い友達に捕《つか》まったせいみたいに考えて、高校からは公立に行かせればいいって話にまでなってるんだって」

「えー！　それはー」

わたしが声を上げると、恭緒も、

「せっかく入ったのに……」

ってつぶやいて、侑名も口をへの字にしてみせた。

学校をかわる話まで出てるとは。

芳野先輩はわたしたちの不満顔を見回して、腕組みを解いて言った。

「うん、だから、吉沢さんは、あ、食堂の吉沢さんね、まぎらわしいな、みんな吉沢さんで。おかあさんの吉沢さんは、自分は逢沢学園を好きだし、ここでダメなら他の学校に行ったって、順応できないだろうし、やめさせたくないって、相談されたんだよ」

由多先輩が顔をしかめる。

「それっておかしくないですか？　子どもの進路の決定権はおじさんにあるわけ？　お金の出所で言ったら、おばさんも働いてるじゃないですか、うちで」

「そうなー。ていうか吉沢さん、あ、吉沢聡美さんはどう思ってるのか」

ユイユイ先輩がめずらしく真面目なトーンで言って、タミラ先輩は一瞬眉間にシワを寄せてから、無言で芳野先輩を見つめた。

芳野先輩は唇を人さし指で何回か叩いてから、静かに口を開いた。

「吉沢さんは、娘さんが何事も深くは話してくれないから困ってるんだって。おじさんが、及川さんといつも一緒にいるのは他に誰も友達がいないからしかたなくだろうって言っちゃってから、もう、なんていうか、対話自体が無理になったって。まあ、そうなるかもね、そんなふうに言われたら」

最後のとこ、めずらしく芳野先輩が顔をしかめながら言ったのを聞いて、由多先輩が頭を抱える。

「それは吉沢さんも心のシャッター下ろすわー」

わたしたちも、なんかため息。

さっきの吉沢さん（娘）が写ってる画像をもう一回出して眺めながら、タミラ先輩がつぶやいた。

「好きで二人でいるのかと思ってた」

「吉沢さんと及川さん？」

芳野先輩が聞くと、タミラ先輩は「はい」とだけ答えて、スマホをポケットにしまった。

由多先輩がユイユイ先輩の顔を見たけど、ユイユイ先輩は変顔とかしてみせてるし。

うーん、なんか。

どうなんだろうな。

知らないけど、もしも二人が、吉沢さんのおじさんが言うみたいに、クラスで余ってるからって理由で二人でいるんだったら悲しい。

みんなが微妙な雰囲気で盛り下がったのを見回して、芳野先輩が両手を軽くパンッってして言った。

「まあ、保護者からの依頼っていうのはレアケースだけど、わたしたちにできることがあるか考えてみようか」

「いやいや、これはどう考えても女子寮の出番ですよ！」

ユイユイ先輩が元気な声を出したから、思わず質問しちゃう。

「そんな理由で転校なんてっていう、愛校心的な意味でですか？」

「それもある。しかしまず、毎日おいしいご飯を作ってくれてる人の頼みを、断る理由ないっしょ」

うーん、さすがユイユイ先輩、動く理由がシンプルだ。

十二月十六日（月）
三者面談やっぱちょっと緊張《きんちょう》したー。小学校の時とは違《ちが》うな。
おかあさんは電車の時間があるからもう帰った。
ほんとは駅前で二人でお茶したかったのに、今食べたら寮の夕食が入らなくなるからダメって言われた。ドーナツくらい食べたって夕食に影響ないのに、おかあさん、しばらく一緒に暮らしてないからって感覚狂って、わたしのこと小さい子みたいに思ってんのかな。

駅まで一緒に行って、おかあさんが階段を下りる時に名残惜《なごりお》しい雰囲気出したけど、わたしはなんだか恥《は》ずかしくなって、「あと一週間もたたないで冬休み帰省するんだし」って言ったら、薄情者扱《はくじょうものあつか》いされた。「あんたは外面《そとづら》ばっか良くって」とか言って。

三者面談で先生に、友達が多くて社交的って褒《ほ》められたせいだ。

おかあさんはうれしそうだったし、わたしも当然いい気になったけど、だけど、あれって、吉沢さんの家や……恭緒のとこにくらべたら、わたしんちなんてなんの議題もなかったし、あんまり話すことなかったから、先生は時間つぶしに良《い》いふうに言ってくれただけな気がする。

恭緒の家はおばあちゃんが来た。

さっき学園の廊下でちょっと会ったけど、挨拶《あいさつ》しかしなかった。

恭緒のおばあちゃんにフレンドリーに振《ふ》る舞《ま》うのがいいのか、お上品にいい子ぶるのが正解なのか決めかねるんだよな。恭緒のおばあちゃんには、良く思われたい。いい友達と一緒の部屋で、恭緒のこと安心だなと思われたい。そう思うとなんか緊張しちゃう。

今日、面談の前に一度寮に帰ったら、いつもの藤色《ふじいろ》の封筒で、恭緒に手紙が来てた。恭子さんから。

水族館で買ったキーホルダーを同封《どうふう》した手紙とは、行き違いになっちゃったらしい。

恭緒は、おばあちゃんとおじいちゃんには、恭子さんの手紙のことは話さない。

わたしも中身を見せてもらったことはないけど、恭緒がたまに教えてくれる感じでは、恭子さんの手紙の主旨《しゅし》は、いつも同じ。「会えなくてさみしい」ってこと。

それは本当にそうだと思うんだけど、手紙を受け取るたびに少し動揺《どうよう》する恭緒が、かわいそうだ。

って思うのは、恭子さんに悪いかな……。

とか考えながら歩いて帰ってきたら、寮の玄関《げんかん》で笑って話してる恭緒と侑名が目に入った。

……恭緒の家のことは、とりあえず今は忘れとこ。

「おかえりー、アス。三者面談おつかれ」

侑名が明るく言って、恭緒も笑って、「おかえり」って言ってくれた。

恭緒が沈《しず》んでなくてよかった。

わたしと恭緒は三者面談、初日だったけど、侑名は明日なんだよね。

「疲れてないけどさー」

「アスはそうだろうね」

恭緒が言って、腕組みして続けた。

「吉沢さん、っていうか吉沢先輩のうちも今日なんだよね。三者面談の時に家がそんな感じでさ、つらいね」

恭緒も同じこと思ってたんだ。

「ね、成績が急降下の直後の三者面談とか、針のムシロじゃん」

わたしが靴《くつ》をしまいながら同意した時、由多先輩が階段を下りてきた。

「あ、やっぱあんたたちだ。今さ、集会室でタミラたちが今日、吉沢さんに接触《せっしょく》してきた話聞くことになってるから一緒に来ない？」

由多先輩の誘《さそ》いに、わたしたちは顔を見合わせた。

「行く行く行きます！」


四階まで階段を駆け上がると、集会室のテレビから遠いほうの座卓《ざたく》で、タミラ先輩とキキララ先輩とユイユイ先輩が待ってた。集会室は第二談話室でもあるから、由多先輩やタミラ先輩みたいな三、四階の住人は、こっちにいることが多い。

「アス、制服のままじゃん。今日面談だったの？」

部屋の隅《すみ》の座布団の山から座布団を一枚取って近づいたわたしに、ララ先輩が言う。

「あ、はい。先に終わってすっきりです」

答えながら見てみれば、わたし以外はみんなもう部屋着に着替《きが》えてる。

でも話を聞《き》き逃《のが》したくないから、このままでいいや。

「吉沢先輩も今日面談だったんですよね？　じゃあ昼休みに話したんですか？」

タミラ先輩の隣に座布団を置きながら、侑名が聞いた。

「昼休みは無理だって。吉沢さんと及川さん、いつも二人でお弁当食べてるから、吉沢さんだけ引っぱってこれないし」

ララ先輩が答えて、タミラ先輩が続ける。

「だから、面談の直前に悪いかなと思ったけど、放課後すぐにつかまえた。二人とも帰宅部だしさ、放課後はいつも一緒ってことでもないらしいから、及川さんが先に帰ったところをみはからって、面談までの時間に、手近な音楽室で少し話した」

そこで言葉を切って、タミラ先輩は隣の侑名に向かって、前髪《まえがみ》を両手で上げてみせた。

「で、吉沢さんにすごい警戒《けいかい》されて傷ついたんだけど。わたしって怖い？」

キキ先輩と由多先輩が声を上げて笑ったけど、タミラ先輩は顔をしかめたまま無言なので、侑名が、「ぜんぜん怖くないですよー」って言いながら前髪を下ろしてあげて、恭緒とわたしも「怖くないです」ってハモった。

タミラ先輩の傷心を声に出して笑わないけどウケた顔してたララ先輩が表情を変えて、

「確かに話したの今日が初めてだけどさ、いじめられてたこととかあるのかなあ、吉沢さん」

って、つぶやく。

ララ先輩と並んで座ってるキキ先輩があきれた顔した。

「つうか今何月よ？　同じクラスになってから十二月まで一回も話してないのに急に話しかけたらビビられもするわ」

「やっべえ、キキから正論」

「面と向かってビビられたのは、わたしじゃないからなんとでも言えるよね」

「わたしがビビられたら、キキだって避けられるからね。顔同じなんだから」

キキララ先輩たちは声がそっくりだから、二人が一緒にしゃべり出すと脳が混乱する。

双子で顔の中身は似てるけど、髪型《かみがた》がララ先輩がロングでキキ先輩がショートだから間違えることないいんだけど。

そして髪型とか寄せていってるけど、ほんとはキキララよりペコちゃんに似てる。

まず目が大きくてキョロっとしてるんだよね。

「こう言ったら悪いけど、吉沢さんて典型的なモブキャラだよね」

キキ先輩が言い出して、ララ先輩が、「ひっど！」って言って妹の頭をひっぱたいた。

「なんでも映画に当てはめんなよ。これだから映像部は」

タミラ先輩も苦い顔で言って座卓の下でキキ先輩を蹴《け》る。

叩かれて蹴られても平然とした顔のキキ先輩に、由多先輩が口をとがらせる。

「たいていの人間はモブじゃん。自分らが双子でちょっとキャラ立ちしてるからってさー」

キキ先輩は超非難されてるのに、ヤレヤレって両手を上げるアメリカ人みたいなポーズをとってみんなを見回してから、ララ先輩の肩を抱いた。

「双子ってことは徹底的《てっていてき》に利用していくからね。だいたい、わたしたちがこのモンワリした中途《ちゅうと》半端《はんぱ》な天パをどうして縮毛矯正《しゅくもうきょうせい》しないと思ってんの？　キャラ作りですから！　リトルなツインのスターズですから！　美をあきらめてのキャラ優先！」

「知らねえよ」

タミラ先輩が吐《は》き捨《す》てて、ユイユイ先輩がウケて畳に転がりながら指さす。

「リトルって、キキララそろって百六十八センチあるじゃん」

「ユイユイ、あんたそんなん言うけど、今までわたしら双子ってことで散々チヤホヤされてきたのにさあ、ここじゃ同じ学年にあんたら三つ子がいるし、もう台無しよ」

キキ先輩が立ち上がって言って、引っぱられて立ったララ先輩も、

「双子の価値暴落よ」

って、なぜか参戦する。

二人が立つと、やっぱりデカい。さすが百六十八センチ。

ユイユイ先輩は寝たまま足を組んでみせて、

「わたしたち血一つながってないしー。勝手にライバル視すんなって」

って、あおる。

「でも三つ子キャラ立ってんじゃん。うらやまし」

「ララ、わたしたちはわたしたちでがんばろ。ただの双子じゃない、双子の映画監督《えいがかんとく》とか超キャッチーだもん」

「まあね、しかも女だし」

キキララ先輩はなぜか勝手に仲直りして抱《だ》き合《あ》った。

二人は映像部で映画を作るのに青春をささげてるせいか、ちょいちょいおおげさ。

キキ先輩が腰を下ろしながら言う。

「だけどさー、今までならララだってモブとか言ってたよね確実に。今回やさしいじゃん」

キキララ先輩はそういえば、シンクロほどとは言わないけど、たいていいつも意見が同じだったかも、今まで。

ララ先輩は首をすくめて口をへの字にしてみせた。

侑名が二人を見くらべて笑って言った。

「不思議。一回話しただけなのに、吉沢先輩が、キキ先輩には他人で、ララ先輩にとっては、もう他人じゃないんですね」

そう言われたララ先輩は一瞬きょとんとしたあと、「むむむ」とか言って、机につっぷして考えこんだ。

キキ先輩が首をかしげて、タミラ先輩が無言でララ先輩の座卓に広がったフワフワの髪を見下ろして、由多先輩がちょっと笑って、ユイユイ先輩が勢いよく飛び起きて正座した。

キキララ先輩の騒ぎが収まったから、恭緒がソワソワ聞いた。

「それで吉沢先輩の悩みって、やっぱり学園七不思議を知っちゃったことだったんですか？」

「そうだって言ってたよ、ね、タミラ。七不思議でさ、将来を悲観？っていうかなんか人生色々どうでもよくなってきちゃって、勉強に身が入らなかったら、成績下がって家でモメてて、それも含《ふく》め、気が滅入《めい》るみたいな？」

ララ先輩が顔を上げて一息に言って、タミラ先輩が渋《しぶ》い顔でうなずく。

「そんな感じのこと言ってたけど、どうだろ、急に話しかけてきた奴に本心なんか話さないよね」

「タミラとわたしがさ、まずなんで首をつっこむかを説明するのに手間取ったからね、寮とかお庭番とかの説明でしょ、相談してくれた吉沢さんのおばさんが告げ口魔《ま》にならないように気も使ったし、及川さんのこと、ほんとはどう思ってるかも今の時点ではわかんないし」

ララ先輩が指を折りながら早口に言うから、

「ですよねえ」

って、わたしも指を広げて折った。

「吉沢さんからは、おばさんから聞いた以上の情報は得られなかったかな。確認《かくにん》しただけ？　そんな感じ」

タミラ先輩が眉間にシワを寄せて言って、ララ先輩を見る。

「あ、高校、別のとこ行きたいわけじゃないとは言ってたよね。吉沢さん、自分からは話さないから、イエスかノーか、アンケートとってるみたいになっちゃった」

ララ先輩が言って、腕組みした。

「やっぱおとなしいよね、吉沢さんって。マジでほんとはどういうふうに思ってるのかな」

由多先輩がつぶやいた時、ユイユイ先輩が急に、「ジャーン」って叫んでノートを座卓の上に置いた。

「え、これ乃亜《のあ》先輩のノートじゃないですか！」

表紙の字を見て恭緒が目を輝かせて言って、侑名も身を乗り出した。

「はーい、そうでーす。我が寮の誇る記録者・乃亜先輩に借りてきましたー！」

ユイユイ先輩が自慢げに敬礼するのを無視して、みんなノートに群がる。

「ちょっと無視すんなよ。ここ、ここ、このページ、乃亜先輩が付箋貼《ふせんは》ってくれてるとこに、ちゅうもーく！」

ユイユイ先輩がそう言って開いたのは、「逢沢学園七不思議」ってページ。

なるほど！

乃亜先輩のクセがあるけどきれいな字で、リストになってるのは、えっと、七不思議のタイトルと、内容、あと名前や学年やクラスが書いてあるのは、たぶん話してくれた人のデータだよね。

詳しいー。

『鏡の中からの歌』

『モーツァルトの陰口《かげぐち》』

『真夜中の校内放送』

『本棚《ほんだな》の三段目右から十四冊目』

『秘密の降霊《こうれい》サークル』

『百円悪口』

『真ん中の一人が消える』

『増える小鳥の像』

『四年三組の担任は幽霊』

とかとか、あー、もう、めっちゃ興味深いんですけど！

「じっくり読みたい、というか借りたいです……」

恭緒がうっとりした声で言う横で、

「つうか七個どころか三十八個もあるじゃん！」

指でなぞって数えてた由多先輩が叫んだ。

「どれが本物？」

ノートから顔を上げたタミラ先輩がユイユイ先輩に聞くと、

「知らん。しかも、これで全部じゃないらしいよ」

って、なぜか胸を張るユイユイ先輩。

「ここ、日付見ると、書いたの約二年前ですもんね、今はまたさらに変わってるかも」

侑名が冷静にノートをめくってタイトルの横の日にちをなぞってみせて、

「ありえるー」

キキ先輩が同意した。

「うちってプールがないから、やっぱり水系弱いですよね」

「恭緒、あんたやばい、のめりこみすぎ」

まだノートに夢中でヘンなこと言ってる恭緒に、ララ先輩がツッコむ。

「七不思議って、みんな多めにあるものなんじゃ？　うちの小学校でさえ十個とかありましたよ」

わたしが思いついて言うと、いつのまにか立ち上がってウロウロしてたユイユイ先輩が手を叩いて言った。

「あー、七不思議って言えば、うちの小学校付近には、一輪ババアっていう人が出た」

「え、なにそれ実在する人物？」

タミラ先輩が眉をひそめる。

「ふつうに実在。家も知ってる。なんか白髪《しらが》のおばあさんなんだけど、子どもを見ると一輪車で追いかけてきて、くさった果物をぶつけてくる」

「こわ」

「……激ヤバじゃん」

「つうか老人が一輪車乗ってるって時点で超怖いわ」

「想像だけで夢に見ちまう」

どよめく一同。

マジ怖いんですけど。

「そういえば小五の時、学校で怖い夢見ないお守りが流行《はや》ったことありましたよ」

わたしがもう一個思い出して言うと、

「なにそれ」

恭緒が目を大きくする。

「えっと、隣のクラスだった大河内綾乃《おおこうちあやの》ちゃんって子のー、おにいちゃんが持ってるベルトのバックルにおじさんの絵がついてるんですけど、金属で立体で。それに紙をのせて色鉛筆《いろえんぴつ》でこすると絵が浮《う》き上《あ》がって量産できるから、みんなそれもらって、枕《まくら》の下に入れたりしてたんですよね」

「ちょっと待って、バックルについてるおじさんって誰?」

由多先輩に聞かれたけど、

「名前知らないですけど、ヒゲのー」

「サンタクロース?」

「サンタならわたしもわかりますって。それにサンタっておじいさんじゃないですか、おじさんじゃなくて」

おじいさんのわりに激務だよな、サンタ。

とか一瞬気がそれた時、侑名が人さし指を立てて、

「ヒゲでベレー帽かぶってる?」

って言った。

「あ、かぶってたかも」

「ゲバラじゃないかな」

侑名の言葉に、タミラ先輩がうなずく。

「あー、ゲバラか」

「え、誰？　有名人？」

あわててわたしが聞くと、侑名は首をかしげてにっこり言った。

「おしゃれアイテムになるヒゲの男と言ったらゲバラでしょ」

「なにそれ当然みたいな？」

困惑するわたしに、ララ先輩が、

「アスもそのお守り、枕の下に入れてたわけ？」

って笑う。

「あー、わたしはもらわなかったんです。怪談より知らないおじさんのあぶりだしのほうが怖いですから」

わたしが答えると、ユイユイ先輩が、

「それあぶりだしじゃねーけどな」

って言って、

「あんた流されやすいわりにそういうとこあるよね」

って由多先輩が微妙な顔で言って、どういう意味？

わたしたちの話に笑ってた恭緒が、またノートに目を戻して、「あっ」って小さい声を上げた。

「なに？」

ユイユイ先輩が身を乗り出す。

「これ、『女子寮地下の防空壕《ぼうくうごう》』って、防空壕あるんですか？　この下に？」

「ねえよ」

「ないよ」

キキ先輩とララ先輩が声をそろえてツッコんだ。

由多先輩が急にノートを持ち上げる。

「あ、ねえ、わたし思いついちゃった！　女子寮に吉沢さん呼んできてさ、防空壕ないって見せてあげれば、学園七不思議なんて嘘じゃんってなるんじゃない？　効力なくなるっていうか」

「ああ、まあね。実際自分の目で見ればね」

ララ先輩がアゴに手をあてて目を細めた。

「それにこの防空壕の話を及川さんも知ってるなら、あの人、女子寮に興味あるってことでしょ。寮に呼んじゃえば、及川さんのことも、どーにかできるかも」

興奮してる由多先輩に、

「どーにかって、具体的にどうするの？」

タミラ先輩が水を差して、キキ先輩も、

「それに吉沢さんや及川さんのこと、どうやって寮内に入れればいいわけ？」

って言い出した。

「外部の人間を寮に入れたりしたら、超ギルティ」

ユイユイ先輩が両手で大きく×を作って宣言して、ララ先輩が、

「もう罰日はたくさんだ！」

って頭を抱えた。

キキララ先輩は何気に罰日の常連だから。

キキ先輩が、頰杖《ほおづえ》をついてみんなを見回した。

「わたしはクラスが違うからわかんないんだけど、結局さ、はっきり言って、吉沢さんが及川さんに一対一で捕獲《ほかく》されてる状況が悪いわけ？」

「えー、あんたそういう言い方……」

ララ先輩が言葉を濁して、タミラ先輩が顔をしかめる。

キキ先輩が二人をじっと見て続ける。

「クラスも違う他人のわたしが知ってるのは、及川さんは嘘つきって噂だよ。嘘つきなの？」

「知らないし」

「わたしも知らない」

タミラ先輩とララ先輩が短く答えて、黙る。

雰囲気悪くなったのを察して、由多先輩が、

「にしても、及川さんは、小学生の時なら人気者になれたかもね、怖い話で」

って苦笑いで言った。

「中学だとダメですかね？」

恭緒が真剣な声で聞く。

「三年にもなると人気ないかなー、わたしもちょっと人に聞いてみたんだけど、及川さんって、口を開けば現実離《げんじつばな》れした話ばっかり、要は怪談とか心霊話《しんれいばなし》を、一方的に話してくるタイプみたい。みんな最近はリアルな話題が好きじゃん、とくに女子は」

由多先輩がほっぺたをかきながら答えると、恭緒は納得いかないって顔になって、しばらく考えてから、

「わたしには人気ですよ」

ってつぶやいて、納得いかない顔を下に向けて乃亜先輩のノートをなでて付け足した。

「……ほんと、わたしだったらいくらでも聞くのに怖い話」

なんか、恭緒が及川先輩の友達になってあげれば解決なのかも……。

急にしんみりした空気に、なにかフォローしたほうがいいか考えてたら、

「それだ！」

ララ先輩が突然ボリュームマックスで叫んだ。

「なに？」

驚いて言ったキキ先輩の腕をつかんで、ララ先輩が早口にまくしたてる。

「キキ、このあいだのババアのインタビュー褒《ほ》めてたじゃん？」

「それがなに？」

「だから、あの時さ、なんでもエンタメにすればいいって話になったじゃん！　勝手にクラスの子が話してくるホラー話は迷惑《めいわく》だよ、でもテレビでやってる心霊特番は、みんな喜んで見るわけじゃん？　だったら、及川さんには怪談のプロになってもらおうよ！　嘘つきじゃなくエンターテイナーに！　及川さんが嫌われ者の変人じゃなくて人気者だったら、吉沢さんのおじさんも、娘の友達として文句ないでしょ！　名案！」

「なにそれいきなり。また映像部の妄想《もうそう》？」

タミラ先輩は渋い顔で口をはさんだけど、キキ先輩の目が輝きだした。

「それアリ！　ララ冴《さ》えてる！　さすが我《わ》が姉！」

抱き合うキキララ姉妹。

「怪談のプロって？　今……冬ですよ、季節外れすぎません？」

いまいち理解できなくて、キキララ先輩を見上げて、わたしが聞くと、なぜかユイユイ先輩が飛びはねて、

「そうか！　冬だから、クリスマス会があるじゃん！　じゃあ特別ゲスト及川さんに、怪談やってもらう？　やってもらっちゃう？」

って叫んだ。

侑名が無邪気《むじゃき》にパチパチ手をたたいて、つられた恭緒も拍手《はくしゅ》する。

え？

えー！

及川先輩、まだ会ったこともないんだけど！

「クリスマス会なんて、部外者が入れるわけないじゃん。コーちゃんだけだよ、特別ゲストは」

タミラ先輩が冷静に言い出した。

そう、コーちゃんは、男子寮と女子寮のクリスマス会、両方出れるらしい。子どもはトクだ

ね。

「そういえば、すっごく昔だけど、寮のクリスマス会、男子寮と合同だった時代あるらしいよ」

由多先輩が脱線《だっせん》した。

「ギャー不潔う！」

キキ先輩が叫んで、

「……不潔ってあんた」

タミラ先輩があきれる。

「つうかマジ男だけでクリスマス会とかよくやるよ」

「ララ先輩、その発言は差別じゃ……」

わたしがおずおずツッコむと、今度はタミラ先輩がキリッとなる。

「まあ当時は知らないけど、今のうちらに、クリスマス会を男子寮と合同にするメリットはないね、はっきり言って」

「はっきり言うなー」

「まあ、そうなんですけどー」

タミラ先輩の発言に先輩たちが口々に喋《しゃべ》りだす。

「うれしい人も一部いるんじゃん？」

「誰？」

「それは言えませんなー」

「女子寮に男子寮の生徒と付き合ってる人がいるって噂、冗談《じょうだん》と思ってたけどもしかしてマジなんですか？」

「知りませんなー」

「超話がそれてますけど……」

恭緒が勇気を出して訴《うった》えると、由多先輩が急に顔を引き締《ひし》めて畳を叩いた。

「それはそうと！　うちのクリスマス会に怪談が割り込めるかって話だろ」

「じゃあレク神にプログラム確認しようぜー！」

ユイユイ先輩が明るく手を上げる。

レク神っていうのは、島津星未《しまづほしみ》先輩のこと。

星未先輩も三年で、あ、そう、由多先輩と同室で、なんか、ノリがよくてイベントとか企画《きかく》するのが上手《うま》くて、自然、寮の行事を取り仕切ってるんだけど、考えてみたら三年生でそれってすごくない？

由多先輩がもう立って足踏みしながら言う。

「わたしがいまんとこ星未に聞いてるのはー、モナたん先輩たちが漫才やりたいって言ってたのと〜、毎年、懺悔《ざんげ》コーナーとプレゼント交換《こうかん》はあるじゃん、あとブッシュマンと〜」

「え、クリスマス会でもブッシュマン歌うんですか？」

侑名が驚くと、

「冬休み前のしばしのお別れ会も兼《か》ねてっから」

「離《はな》れてる間の団結を誓《ちか》うのさ」

キキ先輩とララ先輩が張り切って答える。

「そんなおおげさな……」

わたしが言いかける間に、みんなが星末先輩の部屋に行くために立ち上がっちゃった。

「わ、あぶな、すいません！」

星末先輩の三〇三号室を目指して三階に下りたとたん、わたしたち一行は、廊下でポットを持ったまさな先輩に鉢合《はちあ》わせした。

もうちょっとでぶつかりそうになったキキ先輩が慌《あわ》てて謝って、まさな先輩はサラサラのボブを揺らして、わたしたちの団体を不思議そうに見た。

「うるさくしてすみません。わたしたち、ちょっと星末に用がありまして。クリスマス会のことで」

由多先輩が礼儀正《れいぎただ》しく言うと、まさな先輩がポットを持ち直して首をかしげた。

「星末なら、さっき図書館に行くって出ていったけど」

「あ、そうなんですか？　情報ありがとうございまっす」

ユイユイ先輩がまた敬礼して、

「くう、入れ違いか」

「玄関で待ってようぜ」

キキララ先輩がくやしがる。

そばで突っ立ってるわたしたち一年を眺めて、まさな先輩が薄く笑った。

このままここにいてもうるさいからって、とりあえず階段を降りたわたしたちが玄関まで来た時、キキ先輩がララ先輩の肩をつかんでささやいた。

「そうだ、レイコ先輩！」

「ん？」

「レイコ先輩に及川さんが食いつかないはずがないじゃん」

「！　だね！」

「おびき出す材料にしようぜ！」

双子の内緒話を聞きつけて、タミラ先輩がしかる。

「その言い方やめろ！」

「そうだよ、おびき出すとか人聞きの悪い」

由多先輩も注意したけど、ユイユイ先輩と侑名は好奇心《こうきしん》でニヤニヤしてる。

キキ先輩が声をひそめたまま言う。

「まあ、特別ゲストの件はレク神に相談してからだけどさ、吉沢さん経由で、及川さんにコンタクトとれそう？」

「タミラが連絡先《れんらくさき》交換してたよね」

ララ先輩に言われて、タミラ先輩が渋々って感じで答える。

「んー、まあ吉沢さんのＬＩＮＥはゲットしたんだけど」

「ナイス」

「タミラ有能」

由多先輩とキキ先輩に褒められても、浮かない顔のタミラ先輩は、しばらく黙ってから、

「……なんていうか、こう言ったらキキのこと責められないけど、吉沢さんって、なんでも言うこと聞くタイプっぽい。教えてって言ったら、わたしなんかにＬＩＮＥすぐ教えるし」

って言って、ため息をついた。

「タミラ暗いよー、せっかく名案思いついたっつうのに！」

キキ先輩がタミラ先輩の背中を思いっきり叩いて、ララ先輩も、

「絶対上手くいくって！　もうビジョンが見えてるから、わたしたちの中にはっきりと」

とか言ってる。

「キキララはすぐそうやってさ、現実はそんなシナリオ通りにいかないよ」

あきれたみたいに言うタミラ先輩は、たしかにかなり現実主義っぽい。

「そうやってバカにするけど、シナリオのほとんどは現実に基《もと》づいて書かれてるんじゃん」

ララ先輩がタミラ先輩に無理矢理肩を組んで言って、キキ先輩も反対側から肩を組みながら続けた。

「だからたいていの現実もシナリオ通りに進むんだって。人生なんてお約束の連続」

「なにを根拠《こんきょ》に」

両側から長身の双子にガッチリ肩を組まれたタミラ先輩が険しい顔でつぶやいた。

うーん。

まあ、でも、
根拠のない自信がある人って……強いかも。

十二月十七日（火）

今週の学校での掃除《そうじ》場所は、トイレの次に面倒《めんどう》な自分の教室。

面倒なのは、机を運ばなきゃなんないから。

短縮授業で早く帰れる時にかぎってこうなんだよね。

ここが終われば、つぎはラクな格技場ー（なにも物がないから）って自分を励《はげ》まして、さあ終わった帰ろうって時に、担任の竹吉《たけよし》先生に捕まった。

わたしってマジでツイてない。

連行された職員室で、コピー機の前に突っ立って液晶《えきしょう》画面を見つめながら、わたしの顔って「ヒマです」とでも書いてあるのか？　とか思う。まあヒマなんですけど。

セット枚数260ってことは、この資料、二六〇部作んなきゃってことでしょー。

こんなことならジャンケンに負けてゴミ捨てに行っとけばよかった。

うらめしく竹吉先生を横目で見ると、三者面談前の腹ごしらえなのか菓子《かし》パンとか食べながら、二組の後藤《ごとう》先生（美人）としゃべってるし。

もー、早く帰りたいんですけど！　って思ってた時、数納が職員室に入ってきた。

どこかの鍵《かぎ》を返しに来たっぽい。

目が合ったけど、今日は特に話すこともない。

向こうもそうだったみたいで、数納は無言でフックに鍵を戻して出ていこうとしたけど、後藤先生が、

「数納くーん、ちょうどいいところに。明日の配布資料なんだけど、丁合機《ちょうあいき》の調子が悪いから戸田《とだ》さんと一緒にやってってあげて」

と声をかけた。

後藤先生は数納や侑名の担任だから。

数納は、無表情で「はい」って答えたけど、わたしだけに見える角度で眉間にシワを寄せてみせたので、ガッツポーズしてやった。

職員室の隣の会議室に用紙を運ぶのだけは手伝ってくれて、先生二人は三者面談に行ってしまった。

「なに捕まってんだよ。要領悪いな」

「数納だって捕まってるじゃん」

「オレが悪かったのは、タイミング」

「わたしだってそうだよ」

「おまえはいつも使われてるだろうが」

「……そうかも」

「今頃《いまごろ》気づいてんなよ」

資料は二六〇部で、一部あたりの枚数は五枚。丁合機が壊れてるせいで、五枚のプリントを集めながら机のまわりをグルグル回ってたら、あっという間に目が回ってきた。

「バカか、おまえ。回る必要ないだろ。それに一人がまとめて、もう一人が綴《と》じたほうが早い」

「……それはやく言って」

数納がプリントに手を伸ばしたので、わたしがホッチキス係らしい。

って腰かけたとたん、すごいスピードでまとめた五枚を渡《わた》してくるから、綴じるのが間に合わなくて、わたしの前に互《たが》い違《ちが》いのプリントがどんどん積み重なる。

これだから有能な人間ってイヤだ。

「ホッチキスじゃなくて、トントンって揃《そろ》えるのに時間がかかってるんだからね!」

「いちいち言わなくてもわかってる。終わったら、オレも綴じればいいんだろ。ほら、手が止まってる」

ムカついたから黙って作業に没頭《ぼっとう》したけど、精一杯《せいいっぱい》急いでも結局数納のスピードに追いつけず、かなりの部数を並んで座って綴じることになった。

でもなー、これ一人でやったら大変だったな、数納が一緒で助かった。

単純作業は人を冷静にさせる。

ちょっと、歩み寄るか。

「……侑名がふだん聴《き》いてる曲とか教えてあげようか」

「急になんだよ。べつにいい」

「あっそっ」

沈黙《ちんもく》。

「冬休み、侑名に会えなくてさみしいね」

「冬休みなんて短いだろ」

「そうだけどさ」

「寂《さび》しいのは同室のおまえらじゃん、おまえと、ええと、宮本《みやもと》」

「そうかも」

「素直《すなお》だな」

「わたしはいつでも素直だもん」

「たしかにバカは正直だよな」

「ムカつくー」

恭緒は冬休みを、おばあちゃんちで過ごすことになった。

恭子さんとセットじゃない恭緒が泊《と》まるの、おじいちゃんとおばあちゃんは大歓迎《だいかんげい》なんだろうけど、恭緒は、つまんないと思う。近所に知ってる人がいない場所だもん。クリスマスと大晦日《おおみそか》とお正月に友達がいないとこで過ごすなんて悲惨《ひさん》だ。せめて、ド派手な年賀状を送ってあげようと思って、おばあちゃんちの住所を聞いといたけど。

休みの終わりに恭子さんの病院に会いに行けるからいいんだって言ってたけど、恭緒は、いつだって不満を言わないから、本当かどうかわからない。

あの子は、聞き分けが良すぎると思う。

恭緒はなー、テストが終わって、三者面談があって、冬休みまでの間に、吉沢さんの件があって、まだ良かったかも。

誰かのピンチに気を取られてると、あんまし考えなくていいと思うんだ。

家のこととか、自分のいろんなことを。

ふだんの恭緒はそういうモヤモヤを走ることで解消してるっぽいけど、今は三者面談期間で部活もほぼ休みだし、それもできない。

「数納さあ、告白とかしないの」

唐突すぎたから、数納はさすがに作業の手を止めて、あきれた顔をしてわたしを見た。

「するかよ」

「なんで」

まあ、絶対言ってあげないけど、侑名に釣り合《つ　あ》うのは数納くらいしかいない、と思う。顔面とか頭脳で。

「中一じゃな」

「うん？　中一がなに？」

「今だけじゃなくて、最終的に一緒にいたいんだよ」

なんか今、最高に照れることを、さらっと言った、この人。

「ええと、でも小学生から付き合ってて結婚《けっこん》してる三十代の人見たよ。テレビの旦那《だんな》のファッションチェックみたいなコーナーで」

「それが記憶に刻まれてるっていうのは、そんだけめずらしいケースだってことだろ」

「そっか……、そうかも」

「今うまくいったとして、続かねえんじゃ意味ないから」

「ああ、そゆこと」

「つうか、藤枝、そういうの、まったく興味ないだろ、あいつ」

「侑名はねー、恋愛《れんあい》方面、小学生男子みたいなもんだからね……」

冷静なのか情熱的なのか、わからないけど、とりあえず本気なんだな、数納は。

「……なんでわたししか気づいてないのかな」

「ほんと、一生の不覚だよ」

「よりによってわたしとはね」

「だな。こんな要領悪い、ニブい奴に」

……せっかく謙遜《けんそん》してやったのに。


「お、アス、おかえり」

寮に帰ってきてスリッパに履《は》き替《か》えてたら、階段を下りてきたララ先輩が今日もニコニコ顔で声をかけてくれた。

「ただいまかえりましたー」

ララ先輩の後ろでタミラ先輩が眠い顔で、かすかにうなずく。

「今、わたしたちさあ、モナたん先輩にクリスマス会の出し物のこと確認しに行くとこなんだけど、アスも一緒に来ない？　あ、ほかの二人は今日いないの？」

って、ララ先輩にがっちり肩を組まれる。

「侑名は今日三者面談だから、まだ帰ってこないです。先輩たち、三者面談終わったんでしたっけ？」

わたしが言うと、

「キキとわたしは、明後日《あさって》。タミラも明後日だよね。最終日」

ララ先輩が振り返るとタミラ先輩はダルそうに肯定《こうてい》した。

「うん。あと恭緒は？」

「恭緒はクラスの子に誘われて出かけてます。ふだん部活で忙しい子って、部活が休みの期間は引っぱりだこっていうか」

わたしが答えると、ララ先輩が腕組みする。

「わかるー。キキもクラスの子たちとミスド行きやがった」

「じゃあ、アスがお庭番代表して聞いといて、あとで侑名と恭緒に伝えてよ」

タミラ先輩に言われて、わたしは首をかしげた。

「はい……、モナたん先輩に確認って、クリスマス会に漫才だかコントだかで出演するかどうかですか？」

ララ先輩がわたしに思いっきり体重をかけながら説明してくれる。重い……。

「そう。昨日、星末に話しに行くって言ったじゃん、あ、星末捕まえる前に、わたしら冷静になって、まず芳野先輩に、及川さんゲスト案をちゃんと話しといたんだよ。芳野先輩、面白《おもしろ》がってくれた。寮のみんなが、吉沢さんや及川さんと一緒に、なにかするのはいいんじゃないかって」

「あー、よかった！　芳野先輩のオッケー出たんですね」

安心したわたしに、ララ先輩が声のトーンを落とす。

「でもね、やっぱり出し物二つは時間的にどうかなって、芳野先輩も困ってて、ここはレク神・星末に相談してってなったんだけどね。帰ってきた星末に聞いたら！　なんと漫才は、ここに来てドタキャンだって。コンビの仲が上手くいってないとかで！」

え！　ていうか、

「え、モナたん先輩の今の相方、374《みなよ》先輩じゃないですか」

374先輩は、タミラ先輩と同室なのに。

タミラ先輩は、通常でも浮かない顔を、さらに曇《くも》らせた。

「374には聞けない雰囲気」

「……そうなんですか」

同室なのにと思うけど、同室だからっていうのもあるか。ずっと一緒にいるのにヘンな雰囲気になるのヤだもんね。タミラ先輩は自分から踏《ふ》み込《こ》まないタイプだし。

ララ先輩が、やっと体を離してくれたと思ったら、今度は正面から両肩《りょうかた》をつかまれた。

「これってチャンスなのかな？　でも人のピンチを喜んじゃいけないよね。アス、どう思う？」

「えー、どうでしょう？　喜んではないからいいんじゃないですか？」

「そっか、喜ぶのと機会に乗じるのは違うよね、うん、ちがうちがう」

「自分に言い聞かせてますね……」

ごちゃごちゃ話しながらモナたん先輩を探すと、談話室で、同室のオフ子先輩といるとこをすぐに見つけた。

談話室には、なぜか芳野先輩も一緒にいて、わたしたちが入っていくと、すぐになんの話かわかったみたいで手招きしてくれる。

一人で離れてテレビを見てたオフ子先輩が、わたしたちがソファーに座ると電源を消した。

「え、いいですよ、見ててください、テレビ」

タミラ先輩が言ったけど、

「込み入った話でしょーが」

とか言いながら、オフ子先輩もこっちのソファーに移動してきちゃう。

え、来るんだ……。

わたしたちが、どうしようかなって空気を出すと、モナたん先輩が芳野先輩の顔を見てから、

「わたしに用があるんだよね、クリスマス会のことで。レク神からだいたい聞いてる」

って、やけに目をパチパチさせながら言った。

「あー、そうなんですけど、どこから話そ？」

ララ先輩が頭を抱えて、タミラ先輩が横から冷静に、

「順番に」

ってつぶやく。

芳野先輩がいるのは助かるけど、オフ子先輩の圧がすごい。

気を取り直したララ先輩が、芳野先輩に向かって話し出した。

「昨日、芳野先輩にお話しさせてもらったじゃないですか。あれからすぐ吉沢さんとＬＩＮＥしたんです。あ、二人でじゃなくて、とりあえず、タミラと三人のグループＬＩＮＥで」

「素早いね」

芳野先輩が言いながら、にっこりしてくれたから、タミラ先輩もつられて少し笑顔で口を開いた。

「恭緒が昨日、吉沢さんが、わたしたち女子寮に急接近されたことで、家で一人になってから不安になるかもって心配してたから、早く連絡したほうがいいかってなったんです。恭緒が言うならそうするかって」

「あの子やさしいもんね」

芳野先輩が同意して、なんだか、ちょっと自慢に思う。

そう、恭緒はやさしいんです！

ララ先輩が、ジャージのポケットからスマホを出しながら、

「吉沢さん、ＬＩＮＥでは結構普通に話すよね。直《ちょく》で話すより、長文じゃない？」

って言うと、タミラ先輩は眉をひそめる。

「どうだろ、わたしふだんあんまりＬＩＮＥとかしないから標準がわからん」

「タミラはそうだよね。あ、そうだ！　あの聞き捨てならねえ、公立に転校とかいう話についても、どう思ってるか聞いてみたんですけど」

ララ先輩が言って、身を乗り出すと、トーク画面の文章量を見て、

「ほんとだ、最初から結構深く語ってるね」

って、芳野先輩が少し驚いた顔になる。

「それが、先輩！　吉沢さんってば、公立に変われば、おかあさんだってこんなにパートしなくていいし、とかって言ってるんです！」

「なにそれ泣けるー」

モナたん先輩が見えないハンカチで目をこすりながら叫んだ。

目に見えてノリノリになってきたララ先輩が続ける。

「で、そんなこんなで、昨日のＬＩＮＥで吉沢さんに、及川さんとも話してみたかったんだよ

ね、みたいなふうに言って、取り持ってもらったっていうか、あ、及川さんはＬＩＮＥやってないって言うから、今日さっそくリアルで、教室で、四人で話したんです」

「展開早いー」

わたしがびっくりして言うと、ララ先輩は両手でピースした。

「そしたら！　及川さん、怪談マニアなだけあって、うちのレイコ先輩のこと知ってたんですよね」

「防空壕の話だけじゃなくて、レイコ先輩のほうも知ってるんだ。さすがだね」

芳野先輩が妙《みょう》に感心した声を出して、タミラ先輩もうなずきながら言う。

「もちろんレイコ先輩の名前とかは知らなくて、女子寮に女の人の幽霊が出るっていうことだけですけど、すごいですよね。女子寮のみんなは外部ではレイコ先輩の話しないのに」

ララ先輩が腰を浮かせて声を大きくする。

「一時間目のあとに話しかけたんですけど。そしたら、及川さん、そのあとのすべての休み時間にタミラかわたしの机に来て質問《しつもん》攻《ぜ》めですよ！　全部レイコ先輩について！　もうあの熱量！」

「あの人、自分の好きなことなら超しゃべるね」

タミラ先輩がつぶやくと、

「オタクはみんなそうじゃん」

オフ子先輩が断定しながら参加してきた。

ララ先輩が気にせず話し続ける。

「すっごい聞かれるから、修学旅行中のあの、ポルターガイストとかのことは話したけど、タミラもわたしもレイコ先輩のいる三階の住人じゃないから、詳しくないんだよねって逃《に》げて、まあ、それはほんとじゃないですか。でもその逃げで、逆に引っぱれたっていうか、食いついたっていうか、及川さん、自分から寮に来たいって！」

「言ったんですか？　自分で？　及川先輩から？」

わたしが身を乗り出すと、ララ先輩もテーブルに乗り上げてくる。

「うん。『寮って、一般人《いっぱんじん》は入れないんだよね？』とか！　言い出して！　我ながら超うまくいったよね」

タミラ先輩が顔をしかめた。

「ララなんて、その瞬間露骨《しゅんかんろこつ》にニヤリってするから超あやしかった。わたし、こっちの思惑《おもわく》がバレるかと思って焦《あせ》ったよ」

「タミラはマジ、ポーカーフェイスなんだもん、意外に女優だよ、こいつ。すげえよ、あんた今度わたしたちが撮るショートフィルムに出ない？」

脱線しかかったララ先輩に、

「スカウトならあとにしなよ。で、その及川って子、寮に来るって？」

って、オフ子先輩がツッコんだ。

「寮には明日来れたら来てもらおうと思って、もちろん吉沢さんも一緒に。もう日がないし。だから芳野先輩！　寮監先生に二人が寮内に入れるように頼んでください！」

ララ先輩が両手を合わせて拝むと、芳野先輩がうなずく。

「うん、じゃあ、このあと一緒に寮監室に行こう。吉沢さんのおかあさんから相談されたって事情を話せば、今回は特例にしてもらえるんじゃないかな」

「お願いします！　及川さんには寮に入れる機会なんて、めったにないってとこを強調しましょう！」

テンション上がるララ先輩の隣で、タミラ先輩も手を握りしめる。

「うん、最初で最後のチャンスだよって」

「ほんとにレアな心霊スポット扱いだね」

芳野先輩が苦笑《くしょう》して言った。

ソワソワ立ったり座ったりし始めたララ先輩を、オフ子先輩が見上げる。

「つうかクリスマス会の出し物の件はどうなった」

……。

オフ子先輩が同席すると、話は進む。

みんなの視線が、モナたん先輩に集中した。

「あの……」

タミラ先輩が、覚悟《かくご》を決めて言いかけた時、モナたん先輩が、選手宣誓《せんしゅせんせい》みたいに片手を高く上げた。

「うちらには気を使わないで。もう今朝正式に辞退したことだから。やってもらいなよ、クリスマス会で怪談。それで進めて」

「マジでいいんですか？」

「かなり練習してたんじゃ？」

ララ先輩とタミラ先輩が顔を見合わせて、同時に言った。

「だってクリスマス会ってもう明々後日《しあさって》だよ。あきらめた。っていうか今回ネタにも納得いってないんだよ正直」

そう言って、ソファーの背もたれに勢いよくもたれたモナたん先輩を親指でさして、オフ子先輩が平坦《へいたん》な声で言う。

「今、解散の危機だから、ここ」

「え、そうなんですか？　やばいじゃないですか」

思わず、わたしが言っちゃって、

「そこまでっすか？」

って、ララ先輩が親身に顔をゆがめて、タミラ先輩も、

「マジですか？」

って深刻な感じになった。

「タミラあんた、３７４に聞いてないの？」

「あいつ悪口とか言わないので」

「悪口……」

「あ、すいません、悪口は違うな。愚痴《ぐち》？」

「いや、いいんだけど、ちがくないよ、うん、悪いのはいつもわたしさ……それはそういつも」

なんか……いたたまれない。

なにがあったんだ、このコンビに。

芸人志望のミライさんも、尊敬してるコンビなのに。

助けを求めて芳野先輩を見たけど、芳野先輩は黙って見つめ返してくれただけなので、

「あの、クリスマス会は出ないとしても、解散にはならないですよね」

おずおずとわたしが確認すると、オフ子先輩がけろっとした顔で言う。

「どうだろ、今もモナたん、芳野先輩に泣きついてたとこなんだって。あんたたちが来て中断してるけど」

「泣きついてねえし、人生相談だし」

「ちょっと泣いてたじゃん」

「泣いてねえし！　寒くて声が震《ふる》えてただけ！」

芳野先輩は慈悲深《じひぶか》いから、黙って静かに笑ってるだけで肯定も否定もしなかったけど、モナたん先輩、マジで泣いてたなこれは。

あきらかにわたしたちが盛り下がったのを眺めて、モナたん先輩が、「あーもー」ってソファーから身を起こした。

「コンビ続けてれば、こういうこともあるよ。なんつーの？　方向性の違いっていうか、倦怠《けんたい》期《き》っつーか」

「374は、もともとあんたがムリに引き込んだんじゃん」

オフ子先輩にバッサリ言われても、モナたん先輩は同室で慣れてるのか、普通の顔で答える。

「だって374より面白い奴いないじゃん。374を手放すとか、イコール笑いの死。世界は笑顔を失い闇に包まれる」

「はいはい。ならさっさとヨリを戻しな」

松本美奈代《まつもとみなよ》先輩、通称《つうしょう》374先輩は、モナたん先輩がやっと巡《めぐ》り合《あ》った相方なのだ。

ふだんは374って呼び名以外、なんていうか……目立ったとこがない先輩なのに、モナたん先輩と組んでお笑いやると、妙に面白いボケキャラ?になって、シュール系のネタにめちゃめちゃハマるから不思議。いつもはほんと全然天然とかでもないのにな。

わたしはまだ一年だから、そんなに二人のネタを見たことないけど、それでもかなり才能あると思う。

コンビ名の『ドミトリーず』っていうのは改名したほうが売れる気がするけど。

「んー、だからさ、わたしはわたしで374の説得頑張るけど、クリスマス会は、マジもう間に合わない。その怪談ペアに譲《ゆず》る。譲るっつったら偉《えら》そうか」

モナたん先輩の言葉に、タミラ先輩が律儀《りちぎ》に訂正する。

「ペアじゃないんですけどね。吉沢さんは怖い話苦手ですから。もともと、七不思議のせいでこんなことになってるくらいだし」

それを聞いたララ先輩が、腕組みして首をかしげた。

「そう言えば、レイコ先輩の話とか、吉沢さん横で聞いてたけど意外と怖がってなかったよね?」

「もう七不思議は全部知っちゃったからじゃね? 八個からはもういくら聞いても同じだよ」

タミラ先輩が答えたとたん、オフ子先輩が盛大《せいだい》なため息をついた。

「あんたらマジでそれ信じてんの？　七不思議のことで将来を悲観したとか、あきらかに嘘じゃん。そんなのただの言い訳じゃん。だって十五歳で、七不思議とか信じる？　あー、誕生日遅《おそ》かったら十四かもしれないけど」

「オフ子おまえ、マジ容赦《ようしゃ》ねーなー」

モナたん先輩がオフ子先輩の二《に》の腕《うで》をお笑い仕様のツッコミで思いっきりはたいてから付け足した。

「みんなが気づいててもあえて言わないでいることを」

？

「え？　え？　そうなんですか？」

わたしが驚いて裏返った声を出すと、タミラ先輩は黙って目をそらして、ララ先輩はおおげさに両手で顔を覆《おお》ってみせて、芳野先輩は黙ってアゴをなでてる。

そーいうこと？　全然気づいてなかったんですけど。

ほんとに七不思議のことで悩んでると思ってたんですけど。

あとで侑名と恭緒に聞いてみよ……。

「オフ子先輩、それ、面と向かって本人には言わないでくださいよ。吉沢さん繊細《せんさい》そうだから、とどめをさしちゃう」

ララ先輩がおでこに手を当ててよろめいてみせながら言った。

「そうだよ、七不思議のせいじゃないとしても、きっとなにかには悲観してんじゃゃん？」

モナたん先輩がフォローしてくれたのに、

「まあね、三年通ってる学校で友達がいなかったら悲観もするわ」

って、オフ子先輩、ひ、ひど……。

オフ子先輩、芳野先輩がいるとこでも、言うよね。それがオフ子先輩だけど。

「だから、友達なら及川さんが……」

タミラ先輩がしぼり出すように言ったけど、オフ子先輩はあきれた顔でわたしたちを見回した。

「結局さあ、その吉沢さんって子は、その霊感少女のこと友達だと思ってるわけ？」

えー……。

「及川さん霊感ないですけどね」

暗い顔でタミラ先輩が訂正して、

「ないんかい」

モナたん先輩が静かにツッコんだ。

タミラ先輩の横でララ先輩も、

「ないって言ってましたよ。自分には霊感全然ないから、だからこそ心霊現象に興味あるんだって」

って言った。

「あー、それはわかるかも」

わたしがつぶやくと、タミラ先輩はうなずいてから、ゆっくり言葉を選んだ。

「及川さんのこと、改めて観察してみたら、言うほど嫌われてはなかったです。ただ、誰とも特に仲良くないってだけで。あ、吉沢さん以外とは、」

オフ子先輩が口をはさんだ。

「だからその吉沢さんってさー、及川さんっつー子といれば一人にはならないですむから、一緒にいるだけじゃなくて？　ほかにもっとマトモな子が友達になってくれるなら乗《の》りかえたいと思ってんじゃないの？」

「知らないですよ」

ついにタミラ先輩が上級生相手に不機嫌《ふきげん》丸出しな口調になったのに気づいて、モナたん先輩が、

「濃度《のうど》はさておき友情は存在するっていう前提で話を進めるしかないっしょ。この場合」

って明るくとりなした。

モナたん先輩のこういうとこ好きだ。

オフ子先輩と同室でもへっちゃらだし、人を笑わすのが好きなだけあって、なんていうの？

サービス精神がある？

３７４先輩、ヨリを戻してあげてほしい。

十二月十八日（水）

日焼けしてる……。

談話室に入ってきた及川先輩を見て、わたしは隣の恭緒と顔を見合わせた。

想像と違ったな。

なんとなく色白くて黒髪《くろかみ》ロングとかイメージしてたけど、及川先輩は耳が見えるショートカットで色が黒くて、なんていうか、バドミントン部っぽかった。

あと思いのほか背がちっちゃい。

ララ先輩の肩までもない。

ララ先輩が大きいんだけど、百五十五センチのわたしより、目線がかなり下だよ。

マジで霊感少女っぽさゼロ。

あ、霊感はないんだった。

あとから入ってきた吉沢先輩は、写真で見たとおりおとなしそうで、目が合うと下級生のわたしたちにも不安な作り笑いで会釈してくれた。

今日の二人の先輩の招待、恭緒が、どうしてもって、めずらしく自ら志願したから、わたしも一緒についてきたけど、ソファーがぎゅうぎゅうだから、わたしたちは丸イスを持ってきて、はしっこに座った。

ソファーには、緊張気味の吉沢先輩と、部屋の中をキョロキョロ見回してる及川先輩と、ララ先輩とタミラ先輩、あと、レク神の星未先輩は今日三者面談だから、かわりにって同室の由多先輩も来て座ってる。

由多先輩は、今回の件、かなり気にしてたから、参加できてうれしそう。

もともとの発案者だしね、由多先輩。内緒だけど。

寮長《りょうちょう》として、芳野先輩も同席してる。

盟子先輩が来てないのは、怖い話が嫌いだからなのか、来るほどのケースじゃないと思ってるからなのか、どっちだろ、両方かも。

談話室に来る前に、寮の中を案内してさらっと一周してきたってことだけど、まさな先輩も今日が三者面談でまだ帰ってきてないから、及川先輩のお目当ての三〇六号室は見れなかったたって。

「最初に言っとくけど、及川さん、吉沢さん、今日女子寮に来たことは、クラスではなるべく内緒でね。寮生以外が入れるのは、マジ特別だから、ですよね、芳野先輩」

ララ先輩が念押しした。

芳野先輩は、にっこりしてうなずく。

そう、寮監先生は今回だけって強調したけど、結局許可してくれたんだって。

きっと先輩たちの頼み方も上手だったんだろうけど、寮監先生って、ふだんから寮で働いてくれてる人にすごい感謝の気持ち?があるから、吉沢さんのおかあさんに頼まれた件とあっては、断れなかったんだと思う。

まあ、感謝の気持ちは当たり前だけど。

食堂のおばさんたち、朝とか何時に家出てるかとか思えば頭が下がるもんね。

朝食の時、わたしたち眠いけど、その朝食を作る人の眠さってって話!

「ララとタミラに、だいたいの話は聞いてると思うけど、まあ、そういうことだから」

芳野先輩がのんびりした調子で言うと、吉沢先輩は神妙な顔で何回もうなずいてみせたけど、
及川先輩は首を伸ばして声を上げた。

「中田さん、寮ではタミラって呼ばれてんの?」

「うん」

タミラ先輩が短く答えると、及川先輩は不思議そうな顔になって続けて言う。

「だって中田さんって、クォーターだし大人っぽいし、クラスではクール系なのに、タミラってなんか怪獣《かいじゅう》みたいでイメージ違うな」

「及川さん……」

吉沢先輩が気まずそうにつついても、及川先輩は平然としてる。

あー、タミラ先輩って、そういえば、たしかペルー？のクォーターなんだよね、忘れてた。

クラスでは、そんな印象なんだー。

寮では普通扱いっていうか、ほかに個性的な人が多いから、そんな注目されてないし、タミラ先輩も普通にしてるからな。

「タミラ先輩、クラスではなんて呼ばれてるんですか？」

わたしが聞くと、黙ってるタミラ先輩のかわりに吉沢先輩が、

「ミラちゃんとかミラだよね。仲いい人たちからは」

って、教えてくれた。

吉沢先輩、意外と気さくだ。または気遣《きづか》いの人なのか。

ララ先輩が手を叩いた。

「吉沢さんさ、この機会に、わたしら吉沢さんのこと下の名前で呼んでもいい？　吉沢さんだと、おかあさんのほうとかぶってまぎらわしいから」

「え、い、いいよ」

吉沢先輩は答えながら、びっくりしたみたいで急激に顔が赤くなった。

「聡美ちゃん？　それとも聡美って呼び捨てと、どっちがいい？」

「……どうしよ、どっちでも」

真っ赤になったまま、小さい声で吉沢先輩がつぶやく。

年上だけど、なんか、かわいいなとか思っちゃう。

おとなしいって言っても、うちの翼《つばさ》とか、あと涼花《すずか》みたいに、自分から人と関わる気がないっていうタイプじゃないんだな。

「オッケー。聡美か聡美ちゃんね。じゃあ及川さんも下の名前呼びにする？」

ララ先輩が聞くと、

「いい、わたしは遠慮しとく。自分の下の名前より苗字のほうが好きだから」

及川先輩が速攻《そっこう》きっぱり断って、

「そうかー」

って、由多先輩がウケを我慢《がまん》した顔で相づちを打った。

芳野先輩も、ちょっと笑ってる。

及川先輩は平然とした顔で付け足した。

「でも及川って呼び捨てでもいいよ」

「じゃあ、及川、わたしのこともララでいいから。こっちは由多。クラス違うけど顔くらい見たことあるよね」

「由多でも由多加《ゆたか》でもどっちでもいいよ。タミラもタミラでいいよね」

「こんな自己紹介、十二月にしてる奴いなくね。いいけど」

「タミラはなんか妙だから、やめとく。今まで通り中田さんて呼ぶ」

「……好きにして」

どこまでもはっきりしてる及川先輩に、タミラ先輩が力なく答えて、わたしと恭緒はまたこっそり顔を見合わせた。

及川先輩が今度は急に隣の吉沢先輩のほうを向く。

「吉沢さんのおかあさんって名前なんていうの？」

「え、亮子《りょうこ》だけど、なんでそれ今聞くの？」

「聞きたくなったから」

……及川先輩って、自由だ。ちょっとオフ子先輩とかぶる。

なんとなく、ふだんの吉沢先輩と及川先輩の感じが想像できるかも。

あれ、そういえば、吉沢先輩と及川先輩は苗字にさん付けで呼び合ってるんだな、仲良しでもそういう人ってたまにいるから別に普通だけど。

「中田さんのミラって名前、かっこいいなって、クラス替《が》えの時から思ってた」

吉沢先輩が、まだ赤みのひかない顔のまま言い出すと、タミラ先輩が腕組みしてあごでララ先輩を指した。

「ミラのままだと、ここと、キキララとセットみたいでヤだっつってたら、いつの間にかタミラになってたんだよね」

「タミラって寮と教室で、結構キャラ違うよね。校内では女子にちょい人気じゃーん」

ララ先輩がからかったけど、タミラ先輩は芳野先輩の前だからかイラッとしたのを押《お》し殺《ころ》して、

「寮では、ただのダルい人」

って答えて流した。

「あんたの寮でのキャラっつったら、クリーニング屋じゃん」

由多先輩がツッコんで、恭緒が吹《ふ》き出《だ》した。

キョトンとする寮生じゃない二人に、由多先輩が言う。

「タミラって、しみ抜きとアイロンかけがヤバいくらい得意。あと洗剤《せんざい》にも詳しい」

「すごい」

「すごいけど地味」

吉沢先輩と及川先輩がハモった。

わたしも、スカートのプリーツがアイロン失敗してズレちゃった時、タミラ先輩に直してもらったことあったな。

吉沢先輩が、小さくため息をついた。

「寮の人はみんな目立ってるけど。さっき玄関で挨拶してくれた先輩も宝塚《たからづか》みたいだったし……」

「ああ、紺《こん》ちゃん先輩か」

「先輩、かわいい系の下級生となると、すぐそういうことするよね」

ララ先輩と由多先輩が言うと、吉沢先輩は無言でまた顔を赤くした。

「イライザ先輩も知ってる？　あ、イライザじゃわかんないか、北浦沙羅《きたうらさら》先輩」

由多先輩が聞くと、及川先輩が答えた。

「四年の北浦先輩でしょ、縦ロールの。知らない人いないし。超絶《ちょうぜつ》美人じゃん」

「怖い話以外興味ないのかと思った、及川って」

ララ先輩がおおげさに目を丸くして言って、及川先輩があきれた顔になる。

「呼び捨てになったらいきなり失礼なんだけど。一般常識だよ。普通に学校来て生活してれば入ってくる情報」

「まあねまあねーそうだよねー」

ララ先輩は調子いい。

及川先輩が、急に目を細めて、唇をとがらせた。

「つうかさ、吉沢さんと話して不思議がってたんだけど、女子寮の人たち、どうして今日、呼んでくれたの？」

「えー、及川が寮の中、見たいって言ったんじゃん」

「そうだけど、どうしてここまでしてくれんの？」

いきなり追及されて、ララ先輩は、チラッと芳野先輩を横目で見た。

吉沢先輩が顔をふせた。

吉沢先輩は、おかあさんがわたしたちに自分のことを相談したことを、知ってるんだった。

それがなんで、及川先輩のクリスマス会ゲストって話につながったかは理解できないみたいだけど、自分たちに寮生が近づいてきたのが、そのせいだってことはわかってるはず。

だけど、及川先輩はそのことを知らない。丸ごと知らない。

自分が……吉沢家で、なんて言うの？　諸悪の根源？扱いされてることも。

ララ先輩は、あせってるのを極力隠《かく》して普通の調子で言った。

「だからそれは教室で説明したじゃん、クリスマス会で漫才する予定の人が出れなくなって、空きができたって」

「わたし午後の授業中に考えたんだけど、クリスマス会に怪談ってメジャー？」

「全然メジャーじゃないよ」

タミラ先輩が不機嫌顔になって言い返して、吉沢先輩がビクッとした。

タミラ先輩は、たぶん寮でしかしない表情と声を出しちゃったから、ヤバって顔になって、背中をソファーに預けたけど、及川先輩はケロッとしてる。

うーん、ますますオフ子先輩とカブるな、この感じ。

一瞬みんなが黙った中で、芳野先輩が及川先輩に真っすぐ体を向けた。

「及川さんが、怪談が好きで、調べた怪談を人に話すのが好きって聞いたから。好きなんだよね？」

「どうかなー。あ、どうですかね」

かろうじて言い直した及川先輩の袖《そで》を、吉沢先輩が引っぱる。

「好きだよね、わたしに毎日話すじゃん」

「毎日？　毎日か？　少なくとも土日は話してないよ」

「………」

「怪談は好き。もちろん好き。でも人に話すのは好きかなあ？」

「無自覚か……」

由多先輩がつぶやいた時、閉めていた談話室のドアがそろそろと開いた。

「どうもー」

のぞいて挨拶してきたのは、真央だった。

首を伸ばしてみると、後ろに翼と杏奈《あんな》も来てる。

「ごめん、今ちょっと会議中」

ララ先輩が言って、

「テレビ見たいなら、そっちで見ててもいいけど」

由多先輩が指さす。

杏奈が体半分入ってきながら、及川先輩のほうをガン見して言った。

「そうじゃなくて、怖い話してるって聞いたので」

そうだ、杏奈もそっち系好きなんだった。

ふだんの言動からすると意外だけど、心霊特番かぶりつき組。

「わたしたちも怪談まぜてくださーい！」

真央が叫びながら翼の手を引いてなだれ込《こ》んでくる。

タミラ先輩が頭を抱えた。

「はじめまして及川先輩！　ねえねえ、とっておきの心霊写真あるけど見ます？」

「見る」

自己紹介もなしにスマホの画面を突き付けてきた真央に、及川先輩は即答《そくとう》して飛びついた。

「廊下でアイロンかけてる時に撮った写真なんですけど、これ、この右から二番目の、まさな先輩、輪郭《りんかく》が二重になってるの見えます？」

「しかも、ほんとのまさな先輩より、髪ちょっと長く写ってると思うんですよね！」

杏奈が興奮した早口で付け足した。

杏奈って、なんに関しても、あいまいなことが大っ嫌いなくせに、どうして幽霊は好きなわけ？

「これ……こんな心霊写真見たことない……、あんたたち、もしかして三階の人？」

及川先輩が両手でスマホを握ったまま聞く。

「三階の人です！　わたしとこの子、翼は！　杏奈は二階」

「どうしてアイロンかけてる時に写真撮るの？」

「？　写真はいつでも撮りますよね？」

真央がキョトンとした。

うん、どうしてそこ食いつくのかな。

はっ、もしかしてあんまり友達いない人は、あんまり写真撮らないのか……。

どこか行った時とか、記念の時しか撮んないのかも……。

「どうして廊下でアイロンかけてんの？」

「そこがアイロンかける場所だからっすよー」

真央の一般人向けじゃない説明を軽蔑《けいべつ》した顔で見て、杏奈が補足する。

「自室ではアイロン使用禁止って、寮の決まりなんです。廊下の専用机でしかかけられないんです」

「ふーん」

及川先輩は質問しといて生返事しながら、勝手にどんどんスマホの画面をさわって画像を見まくってる。

「あ、先輩、そこもう違う写真、ただの変顔祭り、そのゾーン」

真央に言われて、

「なんでこんなほとんどおんなじ写真全部とっとくの？　必要なのだけ残して消しなよ」

及川先輩がやっとスマホから顔を上げて、あきれた声で言った。

それ、うちのおかあさんも似たようなこと言ってた。

「真央、修学旅行中のも見せなよ。あの外から三〇六の窓撮ったやつ」

杏奈が及川先輩の手ごとスマホの向きを変えながら指示する。

これって写真撮ってるのは、ほぼ真央だけど、ほんとは翼のスマホなのに、翼本人は興味がないみたいで、ソファーのひじ掛《か》けに座って、みんなの騒ぎをぼーっと見てる。

持ち主だから一緒に来ただけなんだ。

「寮って、やっぱ厳しいんだね」

吉沢さんが急にしゃべった。

「アイロンのこと？　そんなの厳しいうちに入んないよ」

由多先輩が答えた。

「そうかな」

って言いながら、いつの間にか吉沢先輩も及川先輩の肩越《かたご》しにスマホの画面をのぞき込んでる。

やっぱりそんな怖がりじゃないのかな？

オフ子先輩の「嘘」ってセリフが浮かんでくる。

及川先輩が、また食い入るように見つめてた画面から顔を上げた。

「これ、この一連の画像、吉沢さんのスマホに送ってよ」

「待って、え、ちょっと待って」

吉沢先輩が超あせった声になる。

「だってわたしは持ってないもん、スマホ」

平然と言う及川先輩に、杏奈が聞く。

「先輩、家にパソコンもないんですか?」

「あるけど、自分のアドレス持ってない。小学生の時やっかいなウイルスに感染《かんせん》させてから家族に信用がない」

「そうなんすかー」

残念そうに言った真央の横に行って、ララ先輩が両手でメガホンを作った。

「ちょっとー、あんたたち盛り上がるのはいいんだけどさ、本題に入らせてくれよ」

それを聞いて、杏奈が及川先輩にキラキラした目を向けた。

「クリスマス会で怪談、七不思議のどれやるんですか? わたし、モーツァルトのが一番好きなんですけど、まだ知らないのが聞けるなら、そっちのほうがいいし……」

「やるって、まだ決めてないよ」

及川先輩が答えたのを眺めて、由多先輩が明るい声を出す。

「でもやっぱ、怪談、需要《じゅよう》あるじゃん、少なくとも女子寮の何人かには」

タミラ先輩も黙って苦笑いした。

及川先輩の目がまた細くなって、真央たちをじっと見る。

「あんたたち、仕込《しこ》みじゃないよね」

「及川さん、すぐそういうこと……」

吉沢先輩が言いかけて、杏奈が抗議《こうぎ》する。

「ひどい、まさかのサクラ扱い。真央はともかく、わたしはそういう不正は絶対しませんから！」

恭緒が及川先輩がまだ持ったままでいるスマホの画面に人さし指をつけた。

「これ、日付を見てください。こんな前から画像集めて仕込みとかしません。ほんとに好きなんです、わたしたち。怖い話が」

恭緒……こういう時だけ、すごいハキハキ言ったな。

キャラ変わってんじゃん。

「あー、うーん、そっか」

恭緒の真剣さにのまれたのか、及川先輩が首をかしげながらも受け入れた。

由多先輩が及川先輩の横に行った。

「及川に寮内を見せてあげるためのさ、名目?としての案で、クリスマス会の特別ゲストって思いついたんだけど、急すぎとか、みんなの前で話すの趣味《しゅみ》じゃないっていうんだったら、断ってもらっても平気だよ、もちろん」

言い方うまい。

由多先輩のしゃべりに感心して、芳野先輩のほうを見たら、目が合った芳野先輩も眉毛《まゆげ》を上げた。ね、うまいですよね。

すかさずララ先輩が便乗する。

「そうそう、クリスマス会って、要はお楽しみ会だし、そんな難しく考えないで。過去のクリスマス会の出し物も、誰とは言わないけど完成度の低いマジックとか、そういうゆるい感じのもあったから。あれはあれで面白かったけど」

そう言われた及川先輩は、品定めするみたいな目でララ先輩を見て、由多先輩を見て、最後にタミラ先輩を見た。タミラ先輩は黙って首をかしげた。

ほっぺたをなでながら時計をチラ見した芳野先輩が、ゆっくり聞いた。

「やってみてもいい感じ?」

及川先輩は口をへの字にして目をぎゅうっと細めたあと、息を吐いた。

「うーん、一回くらい試《ため》しにやってみてもいいかな」

「やったー！　怪談！　超たのしみー！」

真央が飛び上がった。

杏奈がドアから半分出ながら、

「ほんとに決まりですよね？　わたしちょっとほかの子にも言ってきていいですか？　やっぱナシとかならないです？」

って念押しして、及川先輩がうなずくと、走り出ていった。

吉沢先輩がそわそわした感じで、及川先輩の顔をのぞきこむ。

「明後日が本番って大丈夫？」

及川先輩が答える前に、

「だいじょぶだいじょぶ！　これからわたしたちと打ち合わせしよ！　あ、効果音かＢＧＭくらい用意しよっか、キキとわたしで見繕《みつくろ》っとくからまかせて！」

ララ先輩がテキパキ請《う》け合《あ》う。

芳野先輩が立ち上がった。

「じゃあ、あとは三年のみんなでよろしく」

「あ、芳野先輩、お出かけの予定だったんですかー」

由多先輩がちょっと驚いた声で聞くと、芳野先輩はカーディガンの裾《すそ》を引っぱりながら、

「四時から三者面談」

って答えた。

「え、今日だったんですか！」

大声になっちゃったわたしに、にっこり笑ってみせた芳野先輩は、ポケットからメモを出して、ララ先輩に渡しながらドアに向かった。

「それ、盟子からの伝言。あ、寮監先生との約束だから、忙しいと思うけど、二人は六時前には帰ってもらって。また明日も来てもらえば準備は間に合うかな。吉沢さん、時間があったら、おかあさんの働いてる食堂も見て行って」

「あ、ありがとうございます」

吉沢先輩が急いで答えて、芳野先輩は廊下から、わたしたちを見回して付け足した。

「及川さんの怪談、楽しみにしてるから」


「盟子先輩のメモ、なんて？」

真央がララ先輩の手元をジャンプしながらのぞき込んで聞く。

「あー、クリスマス会で怪談やるなら、こういうのはやめてって、指示？だ」

ララ先輩の声に、及川先輩が顔をしかめて近づいた。

由多先輩もメモをのぞいて、腕を組んだ。

「ああ、これはでもわかるよ。そんな怖がりじゃないけど、わたしもこういうの苦手」

「どういうのですか?」

って、わたしもメモを見に行こうとすると、恭緒も腰を浮かせる。

「よくあるじゃん、何歳《なんさい》まで覚えてたら、とか、この話を聞いた人は、みたいな連鎖系《れんさけい》はナシにしてって」

ララ先輩がメモを見ながら言って、タミラ先輩がソファーにだらんと座ったまま、

「たしかに、前フリなしにそういうの話すと嫌われるよ」

ってつぶやくと、及川先輩が勢いよく振り返った。

「そういう種類の話で前フリしたら意味ないじゃん」

「そうだけど、トラウマになる人もいるから」

ララ先輩が、ソファーの端《はし》に座ってる吉沢先輩をチラッと見てから言った。

由多先輩が及川先輩の肩をガシッとつかんで明るく言う。

「及川~レパートリーがたくさんあるなら、そういう系は外せばいいだけじゃん」

「そうだけどー」

及川先輩はちょっと不満そうに語尾《ごび》を伸ばしたけど、ララ先輩はメモをスカートのポケットに入れながら、

「しばりがあるほうが燃えるじゃん！　部活もそうだけど、学園内でやるからにはもちろん、なんでもありなんてことはないんだよ。誰かをイヤな気持ちにさせる可能性があるなら、それはよけとくって話。クリスマス会なんだから、ハッピーに、ね！　よろしく！」

って、監督っぽさ出してまとめた。

「ハッピーねえ」

及川先輩が難しい顔でつぶやいてから、ふと、そばに立ってる真央の顔をじっと見た。

「三階のあんた、名前なんだっけ」

「真央でっす！」

「あんた、体育館のトイレの話知ってる？」

「七不思議の『真ん中の一人が消える』ってやつですよね」

真央が即答したタイトル、たしかリストにあったけど、

「どういう話か知ってる？」

わたしが恭緒に聞いてみると、

「校庭の部活棟《ぶかつとう》の女子トイレに、三人で夜の十二時ぴったりに、三つ並んでる個室に一人ずつ同

時に入ると、真ん中の個室に入った子が消えるってやつ」

またスラスラ答えるな、恭緒。

タミラ先輩が顔をしかめて聞いた。

「消えるとどこに行くの？」

「四次元」

及川先輩が答えて、

「それやだな」

由多先輩が二の腕をさすりながら言った。

及川先輩は真央にさらにジリジリ距離《きょり》をつめた。

「あれ実際にやってみたいんだけど、付き合わない？　人数が一人足りないんだよね」

えー！

「わたしのこと数に入れないで。いやだって言ったよね」

吉沢先輩が悲鳴みたいな声を上げた。

今日イチの声のボリューム。

真央がわたしたちを振り返って、

「すごいお誘い来たー！」

ってウケたら、

「やめときなよ真央」

いつの間にか恭緒の隣に座って、存在を消してた翼が急にしゃべった。

そりゃそうだよ。

翼もしゃべるムリな話だよ。

「もしもし、及川くん、うちの一年を危険なことに誘わないで。あー、ほんとに危険か知らないけど、とりあえず夜の十二時の外のトイレに誘わないで」

由多先輩がやんわり真央を守ったけど、及川先輩は大真面目だ。

「だって、あと一人だれかいないと成立しない」

「ほかをあたってよ、寮生以外で」

タミラ先輩がきっぱり言った。

「あたるようなほかはいない。友達、この人しかいないし」

及川先輩はケロッとした顔で言って、吉沢先輩をアゴで指した。

……。

沈黙。

超沈黙。

「……って、コメントに困る発言するなよ、及川よー」

ララ先輩がツッコんで、固まってた吉沢先輩が、黙ってそばのイスにグニャッと腰を下ろした。

真央が両手をパーンって音を立てて合わせた。

「スカウト光栄ですけど、ごめんなさい！　四次元に消えたくないですもーん」

「消えるのは、わたしだから。真ん中にはわたしが入る。両隣《りょうどなり》に害はないよ」

及川先輩の即答に、

「消えていいんですか？」

真央が目を丸くして聞く。

ほんとだよ。

驚いたみんなの視線が集中すると、及川先輩は肩をすくめたけど、

「べつに、いいかな」

って軽く答えた。

わたしは目を丸くしてる恭緒と顔を見合わせてから、先輩たちを見た。

ララ先輩と由多先輩もポカーンとしてて、タミラ先輩は顔をしかめてる。

吉沢先輩が、下を向いた。

微妙な空気を破って、真央が及川先輩に飛びついて甘《あま》えた声を出した。

「えー、消えるならクリスマス会のあとにしてくださいよー、怪談、超楽しみだから」

こわ！

「ま、真央って結構ゲンキンなやつだったんだね……」

わたしがドン引きして言うと、ひきつってる恭緒の向こう側で、翼が静かな目でうなずいた。

十二月十九日（木）

風が冷たくて、鉄の鎖《くさり》も冷たくて、ブランコが漕《こ》げない。

ただ腰かけて揺れてるだけのわたしの隣で、侑名のブランコは空に飛んでいきそうな勢いで風を切ってる。

三者面談の最終日の今日に、恭子さんが来たのはたぶん偶然《ぐうぜん》。

今日はなんにも用事がなかったから、わたしたちは三人で、及川先輩たちが寮に来るのを出迎《でむか》えようと、玄関前の花壇《かだん》のブロックの上を等間隔《とうかんかく》でグルグル歩き回りながら待っていた。

急に立ち止まった恭緒の背中にぶつかったわたしが、文句を言おうと顔を上げると、恭緒の目線の先には、及川先輩でも吉沢先輩でもなく、恭子さんがいた。

唐突に、出現した。

初めて見た生身の恭子さんは、写真で見たとおり、青白くて細くて、明らかに健康じゃなかったけど、それでもすごく、恭緒に似てた。

現実の恭子さんを見た瞬間、わたしは恭子さんを恨《うら》んでたことに、気づいてしまった。恭緒の、なんていうか、つらさの、人生の大変さの、ほとんど全部は、恭子さんのせいだから。

わたしは恭緒の友達だから、そういうの、許せない。

恭子さんが病《や》んでなかったら、恭緒の家が普通だったら、恭緒と知り合えなかったのも、ほんとだけど、恭緒はいい子だから、普通に家族と住んでてほしかった。

おかあさんを守るんじゃなくて、おかあさんに守られててほしかった。

だけど、今日、わたしは、恭緒が恭子さんを見る顔を見てしまった。

恭子さんが来て、すごくびっくりして、心配して、ちょっと怒って、って、恭緒の表情はくるくる変わった。

でも、その百面相の最後は、笑顔だった。困ったような笑顔だったけど。

勝負するつもりなんてないけど、わたしも侑名も、恭子さんには勝てないんだって思った。

恭子さんのこと怒ってるのは勝手だってわかってるけど、わたしの勝手だとも、思ってる。

だって怒ったって、いいよね。

「やっぱさ、手紙読んだから会いたくなっちゃったのかな、恭子さん」

わたしが思いついて言うと、侑名はブランコが一番高くなったところから、

「え？」

って叫んだ。

聞こえてないのか。

わたしも大声になる。

「送らなきゃよかったのかな？　キーホルダー！」

「そんなわけないよ。イルカかわいいもん」

「そーいう話じゃなくて！」

「そういう話だよ」

侑名はきっぱり言い切って、急激にブランコを止めて、わたしを見た。

「会いたくなるのは悪いことじゃなくない？」

……。

「それに会いに来ちゃったことも、しょうがないよ」

侑名は付け足して、また少し揺れながら、さらに言った。

「恭緒もかわいいもん」

「……うん」

わたしはうなずいて、何回もうなずきながら、氷みたいなブランコの鎖を握った。

「かわいさは人を突き動かすなー」

立ち上がりながら、侑名が大声のまま言った。

はあ……。

にしても震える。

超寒い。

なのに侑名が、豪快《ごうかい》に立ち漕ぎを始めた。

風が突《つ》き刺《さ》さってくるのに耐《た》えて、わたしも地面を蹴った。


侑名は全然いつも通りだけど、わたしは部屋に入る時に恭緒にどういう顔して会えばいいんだろって思って、冷えたほっぺたをグニグニもみながら寮に帰ってきたら、予想外に、恭緒が玄関の前にいた。

花壇の横で、二人で。

さっき恭子さんが立っていた場所には、吉沢先輩が立ってる。

「あ、二人とも帰ってきた」

拍子抜《ひょうしぬ》けするような笑顔で、恭緒がわたしたちに手を振った。

振り返った吉沢先輩も、笑顔だ。

ガラス越しに、玄関でまだ何か話し込んでる三年の先輩たちが見える。

もちろん、及川先輩もいる。

恭緒は見たことないマフラーしてる。

恭子さんにもらったんだ。

……恭緒がマフラーするの好きじゃないの知らないんだな、おかあさんなのに。

恭緒のこと、きっともっといろいろ知らないんだ。

わたしたちのほうが知ってるんじゃないかなって意地悪なこと考える。

「なんか吉沢先輩が、帰る前にお庭番にもって、お礼言ってくれて。わたししかいなかったから、代表してみたいになってたんだけど、ちょうどアスも侑名も帰ってきてよかった」

恭緒が言ったから、わたしはびっくりして吉沢先輩の顔を見た。

「えー！　今回、お庭番はなんにもしてませんよ」

「わたしもそう言ったんだけど」

恭緒が言いながら困った顔で侑名を見たけど、侑名はいつの間にか足元に来ていたミルフィーユ先輩をしゃがんでなでながら、ただニコニコしてる。

吉沢先輩が、

「でも話してくれて、楽しかったから。わたしふだん違う学年の人と話さないし」

って言って、ちょっとビクついてミルフィーユ先輩を眺めて、続けた。

「っていうか、同じ学年の人でも、入学してから、ほとんど三年間、一人しか友達ができなかったのに……。三日間でこんなにいろんな人と仲良くしてもらったの、嘘みたい。嘘みたいっていうか、……夢みたい」

恭緒とわたしは顔を見合わせた。

吉沢先輩って、なんていうか、素直だな。

なんか、なんか吉沢先輩、これから友達、いっぱいできると思う。

そんな上から目線みたいなこと先輩に向かって言えないけど、そう思う。

今までがきっと、間違ってた。タイミングとかが悪かったのだ。

逢沢学園なら、あと三年ある。

今までの三年とこれからの三年は違くなるって思っちゃうのは、早まってるかな。

でも先輩、笑ってるし。

わたしは玄関の中の、及川先輩に目をやった。

及川先輩になにか言われたっぽいタミラ先輩が、無表情に及川先輩の首を絞《し》めるふりしてる。

いや……、ふりじゃないかも。

いつのまにか、吉沢先輩もガラスの向こうを見ていた。

「縛《しば》ってたのは、わたしのほうだったのかも」

吉沢先輩が、小さくつぶやいた時、先輩たちがわたしたちに気づいて玄関からなだれ出てきた。

「アス、侑名、おかえりー。なんで入ってこないのさ」

「ちょっと聞いてよ、及川がさー」

「ねえねえ、副寮監先生が二年生の時、学園で怖い話してた生徒の集団ヒステリー事件があったんだって！」

「あー、それわたしに話させて！」

もみくちゃにされながら、帰ってきてすぐに恭子さんの話にならなくてすんで、ちょっと助かったとか思ってしまう。

いっせいに話し出す先輩たちの真ん中の及川先輩に、ミルフィーユ先輩が駆け寄って匂《にお》いをかいだ。

先輩たちがテンション高くクリスマス会の打ち合わせの話をしてくれて、みんな笑ってるし、楽しくなってきたし、明日すごい楽しみだし、楽しいんだけど。

恭緒の顔が、しばらく外にいて寒かったからかいつもより白くて、どうしても恭子さんの顔が浮かぶ。

「今日……、なんか一日長くなかった？」

学習室から帰ってきて、時計を見ながら、わたしはぼんやり言った。

いつもは早すぎるって思う点呼の時間まで、あと二十分以上あるけど、なんだかもう眠くてしかたない。

「うーん、だね」

自分の机に問題集とか置いて、恭緒が答える。

わたしは思いきって聞いた。

「……恭子さんって、結局三者面談のこと知ってたの？」

「知らなかった」

恭緒は短く答えると、座って膝《ひざ》を抱えた。

「冬休み一緒に過ごせないって知って、……ショックで、来ちゃったみたい。あと手紙？」

「ああ、手紙」

やっぱりって思ってわたしがつぶやくと、侑名が、

「手紙って、会いたくなるよね。まあ、会えない時に出すものだから当たり前だけど」

って明るい声で言った。

恭緒は体育座りのまま、ずるずると後退して壁《かべ》に寄りかかった。

「二人ともごめんね、今日はおかあさんのことで」

恭緒が言ったから、

「え、なにが？」

わたしは侑名と顔を見合わせて聞いた。

「うーん、びっくりさせたかなって」

「びっくりはしたけど」

「恭子さんと会えてよかったじゃん」

わたしと侑名が言うと、恭緒は複雑な顔になって、

「よかったんだけど、あー、うーん、今は違うこと考えたい。七不思議の……及川先輩の怪談のこととか考えて寝ようかな」

って言って、両手で髪の毛をグシャとした。

「それ確実に怖い夢見るからやめなよ」

わたしが言うと、恭緒はぼんやりした顔になってため息をついた。

今日、管理室の中の応接セットで、恭緒と恭子さんと寮監先生たちがどんな話をしたか、まだ聞けないでいる。

侑名と二人で公園でつぶした時間、どれくらいだったっけ。

結構長かった気がするし、そんなでもなかった気もする。

自分の机で頬杖をついていた侑名が、にっこりして恭緒を見た。

「じゃあ、恭緒の気がまぎれる話しようか」

「してして」

恭緒はちょっとだけ笑って、わざと棒読みで答えた。

侑名が、体ごとわたしたちのほうを向いた。

ジャージの上に最近気に入って着てる妙なガウンを羽織ってるけど、かわいいな。

「えっと、このタイミングだから、思いきって話すけど、二人に黙ってたことがあるんだよね」

「ちょっとタイム！　なんだかわかんないけど、心の準備が」

わたしはマグカップに残ってた麦茶を飲みほした。

侑名が前置きなんかするの、やばい。

「いい？　話しても」

「え！　待って、えっと、それ怖い話？」

「ううん。怖くない」

「ヤな話？」

「ヤな話でもないな」

「侑名、話していいよ。アスの心の準備待ってたら、点呼の時間になっちゃう」

恭緒が時計を見ながら言った。

侑名もちょっと時計を見てから、かすかに姿勢をよくして、口を開いた。

「このまえ水族館で、地元の子に会ったよね」

「うん、斉木さんだっけ」

わたしは言いながら、あの時のやけに居心地悪《いごこちわる》いような微妙な空気を思い出した。

あの暗い水槽に囲まれた空間に引《ひ》き戻《もど》される感じが一瞬した。

超くつろげて明るい、自分たちの一〇一にいるのに。

侑名は、もう普通の世間話ってノリになって続ける。

「あの時、おにいちゃんがいるって話が出たでしょ、リョウっていう」

「ああ、文化祭で漫才やったっていう？　お笑いってマジで流行ってるんだね」

恭緒が妙なところで感心してるけど、

「黙ってたことって、家関係？」

わたしがおそるおそる聞くと、侑名は肩をすくめてみせた。

家庭の事情とか、今、恭緒のでいっぱいいっぱいだ。

「うん。二人に隠したいわけじゃなかったんだけど、話して、口止めするのがいやだったから、
まあ、あえて話さなくていっか、って思ってた、ことがある」

かるーく言うけど、わたしは自分の膝をぐっとつかんだ。

侑名が机の上のスマホに手を伸ばしながら言った。

「ブレイヴっているよね」

「は？」

「え？」

わたしと恭緒は、同時に声を上げた。

「なに？　なんで、ここで急にアイドルの話？」

動揺したわたしが言うと、

「え、ブレイヴって……、なんだっけ？」

芸能人にうとい恭緒が、さらに困ってる。

「このあいだ、由多先輩が雑誌見てたじゃん、わたしもそんな詳しくないけど、男の子のグルー

プだよ、読者モデルとかタレントの、最近わりと人気の、歳《とし》が結構バラバラの、えーっと何人グループだっけ」

わたしが下手な説明してると、侑名がスマホで検索《けんさく》した画像を差し出してきた。

ああ、そう、六人か。

のぞきこんだ恭緒とわたしの頭の上で、侑名が言った。

「嘉月《かづき》と千絢と陽葵《ひなた》のほかにも、兄弟がいるって言ってたでしょ、あれってリョウなの。ブレイヴの」

「…………」

「…………」

恭緒とわたしは言葉が出ないまま、侑名とスマホの画面を見くらべた。

「……あー……ええ?」

恭緒が顔をしかめて語尾を上げて、わたしは必死でブレイヴに関する乏《とぼ》しい記憶をたどった。

「えー、だって、このリョウって子、中一なんじゃないの?　誰かがテレビ見てた時に、同い年だって騒いでたよね。ミライさんだっけ?」

「双子って顔じゃないよね……」

恭緒に目を細めて見つめられて、侑名はケロっと答える。

「若旅《わかたび》先輩んちみたいに、双子じゃない同級生なんだよね。先輩のとこと違うのは本当の兄弟じゃないってことなんだけど」

「え……」

「それってどういう……」

恭緒とわたしが顔を見合わせると、侑名は探偵《たんてい》みたいなポーズでアゴに手を当てて見せた。

「不本意ながら、リョウのが誕生日が早いから、おにいちゃんってことになってるんだけど」

「ちょっと待って！　混乱してきた」

言いかけたわたしに構わず、侑名が続ける。

「つまり、あの家族で、わたしだけ他人なの」

「は？」

「なに？　えっと、それは……イトコとかでもなく？」

「うん。今のおかあさんと、わたしを産んだおかあさんが、友達」

「ああ、それは他人だね……」

わたしが思わず普通に同意しちゃうと、侑名は、

「でしょ」

って、平気な顔で言った。

恭緒とわたしは、マジでなんて言ったらいいかわからなくなって、もう一回スマホの画面のブレイヴに目を落とした。

背が小さいからなのか最年少だからなのか、六人の中でもわりと真ん中へん、って位置にいるリョウ、は、すごい美形ってわけじゃないけど、ちょっと離れた目がキラキラしてて笑顔がかわいくて髪の毛がはねてて、誰がどう見ても元気キャラだ。あ、顔、陽葵ちゃんとはわりと似てる。

おにいちゃんっていうより弟って感じだな……え、でも、え?

そう言えば今まで気にしてなかったけど、侑名って嘉月さんとも千絢さんとも陽葵ちゃんとも似てない。みんな美人だけど、個性がバラバラの似てない姉妹なんだと思ってた。

恭緒の家の事情には、慣れてきたつもりだったけど、侑名んちまで、急に複雑化しちゃうとか。

混乱……。

「リョウって、小五の時にスカウトされて、なぜか小学生女子向けの雑誌で読者モデルみたいなことしてたんだけど、読者じゃないのにね。今年になって、ブレイヴってグループでデビューすることになって。アイドル?になったのね。で、うーん、べつに事務所の人にはっきり言われたとかじゃないんだけど、アイドルとしては、血の繫《つな》がらない同い年の女子と一緒に暮らしてるっていうのは、あんまりよくないみたいで、だったら、わたしが家から出ようかなって」

「は？　そういう流れ？」

「うん。そういう流れ」

「まあ……侑名といえども、女子ではあるよね」

「アス、神妙な顔して失礼だな」

わたしと侑名のやりとりを、恭緒はパーカーの首のヒモをかじりながら、黙って見ている。

「でもさ、なんで侑名が家、出ないといけないわけ？」

わたしが聞くと、恭緒もヒモをかじるのをやめて身を乗り出す。

「そうだよ、アイドルって、事務所の寮に入ったりするんじゃないの？　そのおにいさんが……リョウって子が家出れば済むことじゃ」

「恭緒の言うとおりだよ、転校だってさ、あ、侑名は転校したわけじゃないけど、地元の中学に行けなかったわけじゃん？　結果的に」

「そう！　そうだよ！」

「だいたい、デビューするのは、リョウなんだから、自分の夢のため?なんだから、侑名がさびしい思いすることなくない？」

「不公平」

侑名は、ヒートアップするわたしたちに、にっこりした。

「わたしが、養女だからって遠慮するような人間に見える？」

「……悪い、見えない」

「……見えない」

「二人とも正直ですな」

「じゃあ、なんで？」

「どうして逢沢学園に来たの？」

「リョウは、さびしがりやだけど、わたしは、そうじゃないから。まあ、そういう感じのことが、なんとなく今まではぐらかしてた、家が近いのに寮に入った理由」

あまりにもサラッと言って、侑名の性格からして、ほんとにそうなのかも。

でも、そういうもの？

「でも芸能界とか、よく家族が許したよね、おとうさんとか」

恭緒が腕組みして首をかしげた。

なんだかんだ言って侑名は成績いいし、侑名のお姉ちゃん二人だって、かなり頭のいい高校や大学に行ってる。家族そろってみんな優秀《ゆうしゅう》っていうか、学業重視な家だと思ってた。

「それはやっぱり家族会議は開かれたんだけど、あの子の、リョウの、一番の取り柄《とえ》が、人に好かれるってことで、それが最も生かされるのは、その道かもしれんというとこに、落ち着いたんだよね」

「……侑名の家らしいね」

「そういうのも現実的って言うのかもね……」

なんとなく納得した恭緒とわたしにおおげさにため息をついてみせて、侑名は続けた。

「リョウが、ちょっとどうかってくらい勉強ができないっていうのが、また、家族全員の心を決めたね」

「ひでえ」

わたしが畳にひっくり返って、恭緒も、

「ひどすぎ。侑名んちは他の人が賢《かしこ》すぎるんだよ」

って同情しだした。

「まあ、結果オーライってことで。最近結構売れてるみたいだし」

「そうだけどさー」

「リョウがクイズ番組出てるのとか直視できないもん、うちの家族。解答ひどすぎて」

「テレビにはそういう人も必要だよ」

恭緒はやさしいからかばってあげるけど、わたしは今まで、テレビにブレイヴが出てる時、侑名は席を外したりしてたのかなって気になってきた。

そういうの全然気づかなかった。全然思い出せない。

侑名なら、わたしたちに気づかせないのなんか、きっと簡単だ。

侑名は女優だし、わたしたちはちょろい。

「……まあねー、クイズ番組でアイドルに求められるのは正解じゃないよ」

「アスもそう思うよね、面白いこと言ったほうがね、いいよたぶんバラエティって、いや詳しく知らないけど」

「二人ともフォローありがと。あいつは芸能界に行って良かったよ」

「かも」

「だね」

「陽葵なんか、リョウのことカンペキ年下扱いしてるもん」

「陽葵ちゃんは、特別しっかりしてるからねえ……」

「差がつくよね」

わたしたちは急に親戚《しんせき》のおばさんぽい口調になってきた。

侑名が話すと、どんなことでも、たいしたことない話に聞こえるのって、なんなんだろ。

血の繋がらないおにいちゃんがアイドルなんて、ドラマなみにドッキドキな設定だけど、侑名が主役じゃ、盛り上がれない。そりゃあ外見は、めちゃめちゃ主役はれるけど、侑名って、リアルっていうか友達だから。同室じゃない友達だったら、アリかもだけど。

っていうか、侑名だからだ。

そうだ、ショックだったのは、侑名が隠しごとをしてたせいじゃない。

侑名に、マイナスな事情があるなんて、思いもしなかったからだ。

ワケありなのは恭緒で、かわいそうなのは恭緒だけだと思ってた。

侑名ってすごく恵《めぐ》まれた人間だと思ってたし、なんていうか今だって、侑名が泣くとこも悲しむとこも、想像できない。

侑名が寮の生活を嫌いじゃないのは知ってるけど、家族と仲良いのも知ってるから複雑。

「ところで、どう恭緒、気、まぎれた？」

わたしが、ブレイヴの画像をもう一回見ようと黒くなったスマホの画面に手を伸ばすと、侑名が聞いた。

「超まぎれたよ」

恭緒が気の抜けた声で答える。

画像のリョウのまぶしい笑顔を見ながら、

「わたし今夜、侑名がアイドルになった夢見そう」

って言ったら、侑名は、

「なんじゃそれ」

って笑った。

まだ少し戸惑《とまど》ってるわたしたちを、なごませてくれるのは侑名本人で、それってなんか……。

「あ、点呼だ」

そうつぶやいた恭緒は、あやつり人形みたいな変な立ち方をしたけど、それ見ても笑えない。

「今日の一階の点呼、副寮監先生でしょ、前髪切ったの見た？　あれ自分で切ったんだってよー、上手いから見て」

部屋の中で侑名だけが、いつも通りだった。

なんか……。

なんか、わたしはまだまだ、精進《しょうじん》が必要だ。

十二月二十日（金）
クリスマス会のケーキは侑名の根回しが効いたのか、フルーツロールケーキになった。
ケーキのお皿には、一人二枚ずつジンジャーマンクッキーが添《そ》えられてる。
クッキーは今年だけの特製。

吉沢さん（母）と、その仲間たち（食堂のおばさん一同）から、相談に乗ってくれたお礼にって。

顔や服の模様も描《か》いてある力作で超かわいいから、みんなが食べる前に写真を撮りまくった。

そういうのあんまり興味ない侑名のスマホ借りて、わたしも撮った。

「あーわたしもほんとスマホほしい。クリスマスプレゼントにあれだけ頼んだのに却下《きやっか》されたしさ、考えるなら二年生になるタイミングでって、意味わかんない」

「意味わかんなくもないじゃん、キリが良いっていうか」

わたしの嘆きに、お皿を持ち上げて撮影《さつえい》協力してくれてる恭緒が真面目に言う。

「ねー、それよりもう食べていい？」

開会の時に先輩にかぶせられたクラッカーのゴミを頭から垂らしたまま、侑名が急《せ》かした。

ケーキタイムが落ち着いた頃《ころ》、司会のレク神、星末先輩が立ち上がった。

『では、本日の特別ゲスト、三年六組、及川利沙さんの怪談です！　逢沢学園七不思議については諸説あり、数も七つ以上、というか無数に存在しますが、今日及川さんにお話してもらうのは、とりあえず六つまで！　にしてもらったので、みなさん七つ聞いてしまって何かが起こる心配はせず、安心してお聞きください』

そう、六つまでっていうのは、ララ先輩たちが決めたんだって。

クリスマス会にマジな恐怖《きょうふ》、後味良くない系？は良くないって。

それを言ったら、クリスマスのメインイベントが怪談っていうのが、まずどうなんだって話だけど、女子寮のクリスマス会、わたしたちは初めてだけど、始まってみたら、これ忘年会《ぼうねんかい》？　っていうか、なんでもありな感じだったたし。

呼ばれて二階の人たちとお菓子を囲んでた席から立ち上がった及川先輩に、三バカ先輩たちが笛やタンバリンで盛大に盛り上げだしたから、ますます宴会《えんかい》っぽさ出る。

わたしは、盟子先輩をチラ見した。

盟子先輩やワダサクみたいに怖いの苦手な人たちは怪談の間どうする？　って話し合いもあったんだけど、別室待機のほうがなんか怖いわってことで、結局全員そのまま聞くことになった。

盟子先輩は今日も寮にいるとは思えない毛玉一つないきれいなニットを着て、うかない顔で紙コップを唇に当ててるだけだけど、ワダサクは野生動物みたいな油断のない目つきで涼花を羽交《はが》い絞《じ》めにだっこしてスタンバってる。

ステージ、といっても畳にティッシュの花を直貼りして四角く囲ったスペースに、ひょいっと立った及川先輩は、咳《せき》ばらいをしてから、みんなを見回した。

及川先輩は制服で来た。

寮生みんなが部屋着の中では、制服ってだけで異質ーって見えるな、自分もさっきまで同じの着てたくせに。

『ちょっと興味がある人なら、ほとんどの怪談は知ってるだろうし、ただ話してもつまらないから、今日は、わたしが検証してみたものを中心に話します。あ、三年の及川です』

「え、そういうやつ？」

「まさかの実録系」

「やるじゃん」

予想外の展開にどよめく観客を無視して、及川先輩は持ってたA5サイズのノートを開いた。名乗るタイミングとかヘンだったけど、べつに緊張してはないっぽい。

『第一話、「女子寮地下の防空壕」』

いきなり話し始めちゃうから、BGM担当のキキ先輩があわててスピーカーにつないだタブレットを操作する。

それっぽい音楽が流れて、

「お、つかみはご当地ネタですかー」

誰かがうれしそうな声を上げた。

寮生みんなが地下に防空壕なんてないこと知ってるんだけど、学園の怪談よりもさらに自分たちの怪談って親近感で、防空壕の話は人気なんだろうな。

ざわめく客席に向かって、及川先輩が顔をしかめて「シーッ」っと人さし指を立ててみせた。

「なんだよシーッて」

とか、みんながくすくす笑ってるなか、

『夏休み、寮生が完全にいなくなったと思われる八月のお盆《ぼん》、わたしは一人で女子寮の調査にやってきた』

及川先輩はいきなり本題に入った。

「不審者キター」

誰かが冷やかしたけど、及川先輩はそのまま続ける。

『周囲への警戒が必要とされるケースで単独での調査を決行したのは、助手の吉沢さんは祖母の家に帰省中だったからだ』

「え、聡美ちゃんってやっぱ助手させられてんの？」

「おばあちゃんちに行ってて正解ー！」

まわりから口々に同情されて、ララ先輩たちと座ってる吉沢先輩が縮こまる。

『寮の内部に手引きしてくれるほど親しい人間はいない。念のため入り口ドアに触れてみたが施《せ》錠《じょう》されていて、当然かもしれないが開いている窓もなかった』

っていうか、開いててもそれで入ったらマジ不法侵入《ふほうしんにゅう》。

『寮内から防空壕を探《さぐ》ることは不可能だったので、建物のまわりの地面を調べることにした。地下へと続く古い扉《とびら》等がないかどうか、わたしは注意深く地面を調べながら中腰《ちゅうごし》で進んだ。自分の行動を見つかった時のために、休み中にもかかわらず制服を着てきたせいで、むき出しの腕が日差しでヒリヒリした』

「どうでもいいわ」

「日焼け止め塗《ぬ》りなって」

及川先輩、もしかして、ふだんそういうことばっかしてるから日に焼けてるのかな……。

『汗だくで建物の周囲を一周半した頃、わたしは背後に何かの気配を感じた』

「え、なになに？」

「うっそ、寮の裏なんて超せまじゃん、なにも出ないでしょ」

『振り返ると犬だった』

みんなが一斉《いっせい》に脱力《だつりょく》する。

「なんだー、もう」

「ミルフィーユ先輩かい！」

「そこは溜《た》めろって」

「だよねー、あっさりすぎる」

「せめて『生暖かい息が首筋に』、とか入れないと。ミルフィーユ先輩の友情出演が台無しー」

「友情ないだろ」

好き勝手しゃべりだしたみんなを無視して、及川先輩はノートのページをめくった。

『犬はしばらく黙ってわたしの匂いを嗅《か》いでいたが、部外者と判断したようで明らかに警告っぽく吠《ほ》えだしたので、わたしはそれ以上の探索《たんさく》を断念し、逃走《とうそう》した』

「ミルフィーユ先輩グッジョブ」

ほんと頼《たよ》りになる。

『曜日や時間を変えて通ってみたが、犬は敷地内《しきちない》につねにいることがわかったので、しばらく女子寮の探索は保留していたが、先月、お昼の放送で宝田《たからだ》商店のババアのインタビューを見て、ババアの年齢《ねんれい》なら防空壕の時代のことを知っているはずだと思い立った。十一月二十六日、火曜日の放課後、吉沢さんと二人で店に聞きに行ったところ、「そんなものはない」と即答され、追い出された。滞在《たいざい》時間は数分だったが、ババアの態度に不審な点はなく、邪険《じゃけん》な物言いも何かを隠しているというよりは、純粋《じゅんすい》なあきれと感じた。調査は行き詰《づ》まった状態』

宝田さんの困惑が目に浮かぶ。

わたしは、紙皿の中から、ハッピーターンを取って口に入れた。

これって宝田さんからの差し入れ。

クリスマス会にって、お店の商品をミカチュウ先輩に持たせてくれたんだって。

やさしくない？

『今回、こういうことになって寮に入れてもらったチャンスに、寮生や寮監先生と副寮監先生にも確認したが、総合すると、逢沢学園女子寮の地下に防空壕は存在しないという結論に達した。十二月十九日』

「昨日かい！」

「最新だな」

「及川ちゃん、実地調査もいいけど怪談なんだから、もっとオチってもんを研究しなよ」

先輩たちが苦笑してツッコんだけど、及川先輩は全然気にしないで、目をキョロっとさせて言った。

「実際間近で見たところ、現実的に考えて、地下に空間があったら、この四階建ての建物はやばいっすね、耐震的《たいしんてき》に」

「まあね」

副寮監先生が、思わずって感じで言ったので、みんな笑った。

及川先輩が客席に目をやって、あっ、って感じで付け足す。

『それと、念には念を入れて、日野《ひの》まさな先輩経由で、女子寮の幽霊であるレイコ先輩にも防空壕の真偽《しんぎ》を聞いたんだけど、レイコ先輩も「そういうのない」、ってことだった』

そういえば、及川先輩は特別に三〇六にも入れてもらったのに、結局レイコ先輩の気配も感じ取れなかったらしい。

まあ、霊感ないんだしね。

それとも、よそ者だからかな？

『校舎内ではなく、寮の地下に防空壕があるっていうのは興味深いと思ったが、今回の調査で、これもトイレや更衣室《こういしつ》の怪談同様、思春期の女子の集団生活の中で生み出された実体のないものだと推察される』

「おもいっきり厨二《ちゅうに》のおまえがそういうこと言うか」

「つまんなーい」

「差別だよー。共学の学園の怪談なんだから、女子の、女子だけの集団心理とは限らないじゃん」

みんながツッコむと及川先輩はアゴを上げて言い返した。

「男子寮の怪談はないじゃん、っと、ないじゃないですか」

「あれは、だってねえ」

「男子寮なんてただの民家だよ」

「そうそう、怪談が付け入るスペースも歴史もロマンもないっつーの」

一気に先輩たちの男子寮ディスが始まったけど、

「なるほど、それは一理ある」

及川先輩はどこからかペンを取り出して、真剣な顔でノートになにかメモった。

なんなんだ。

ペンをカチカチさせながら、及川先輩は畳に目線を落とした。

「わたしが考えるに、防空壕の怪談はフェイクじゃないかと。外部の人間に地下の防空壕の話に注意を向けさせることで、現実だという、レイコ先輩、がいる三階から目をそらすための。この場合、レイコ先輩が実在するかしないかは関係ない。寮生がその存在を信じているかどうかだけがフェイクの噂を流す動機になるから」

「そうきたか」

「でもそう言われれば、ありえない話じゃなくない？」

「かなー？」

「えっ、むかーしの女子寮の先輩たちが、レイコ先輩を守るために怪談を新しく作ったとかだったら熱いじゃん？」

「……それいい！」

「でもそれ及川ちゃんの想像でしょ」

「推察です」

先輩たちにきっぱり言い返した及川先輩に、よりによって一番前に座ってたオフ子先輩が声をかけた。

「ホラー寄りの不思議ちゃんと思ったら、及川さんってそういう感じかー」

「そういう感じって、どういう感じですか？」

怒ってるふうでもないけど速攻で聞き返した及川先輩に、紺ちゃん先輩が、

「思ってたより民俗学《みんぞくがく》寄りなアプローチなんだねって」

ってフォローした。

フォローだよね？

民俗学……って、なんだ？

及川先輩は少しだけ首をかしげてたけど、すぐに正面を向いて言った。

『第二話行きたいんですけど』

「どうぞどうぞ」

「どんどん行っちゃってー」

発表者の横柄《おうへい》な態度に慣れてきた客席から声が飛ぶ。

『第二話、「四年三組の担任は幽霊」』

「それきますかー」

「大味すぎるやつね」

「わたし去年四年三組だったけど、担任、超生きてたよ」

「トラベラー、あんた現四年三組じゃん、あ、ウキも」

及川先輩がタイトルを言っただけで、みんな騒ぎ出した。

今、四年三組なのは、トラベラー先輩とウキ先輩か。

二人はヤジをとばすタイプじゃないから、こんな時も渋い顔してるだけだけど、元四年三組だった先輩を中心に、めっちゃウケてる。

そういえばトラベラー先輩、先週かなり髪切ったんだけど、ボブっていうよりマジ「おかっぱ」って感じで、斜《なな》め前髪をピンでとめてる効果もあって、戦時中っぽさすごい。

『四年三組の担任は幽霊。逢沢学園七不思議に数えられるのに、このタイトル以外詳細《しょうさい》の語られない怪談について、わたしと吉沢さんは、九月の第三週から、二週間、今年の四年三組担任、猪《いの》熊《くま》先生を調査することにした』

二週間も？　吉沢先輩、付き合わされてんなー。

テストの成績が落ちたの、単純に時間取られてるからじゃない？

「調査って具体的に何したの？」

ウキ先輩が律儀に挙手して質問した。

『中心は尾行《びこう》』

及川先輩はサラッて答えるけど、

「やべえやつじゃん！」

「イノックマ、災難だな」

観客から悲鳴が上がる。

『幽霊かどうかのチェック項目《こうもく》として、わたしたちは、①体温、②鏡に映るか、』

「ちょっと待て、体温？」

「先生さわったの？」

みんなが引くと、吉沢先輩があわてて両手を振って声を上げた。

「背中側から、ギリギリ寄《よ》り添《そ》うだけです。熱を感じるかどうか」

「うっわー！」

「イノックマもだけど、そんなんやらされる聡美ちゃん、不憫《ふびん》すぎ！」

「その行動力、よそで使え」

及川先輩はあびせられる非難を気にせずノートをチラ見しながら続ける。

『③食事をとってるかどうか、④トイレの回数、⑤放課後に立ち寄る場所、それを毎日記録しながら、先生の過去の経歴、先生のマンションの部屋が空室としてネットなどに出ていないかとか、あと、生徒、教師との会話に不自然な点がないかどうか、を調べた。また、可能な状況があれば、近くでお経《きょう》を唱えてみた。お経については二種類を暗記して試してみたが、二種類だけでは万全《ばんぜん》ではなかったかもしれない』

トイレのくだりでまた上がった悲鳴を無視して、及川先輩がしゃべりきった。

すごいな……。

放課後まで使ってそれだけやるの、わたしたち寮生には時間的に無理だと思う。

先輩たちもツッコむとこが多すぎて、苦笑いで顔を見合わせてる。

「で、どうだったの？　ストーキングの結果は」

さっきからツボって笑い転げてた睦先輩が涙《なみだ》を拭きながら声をかけると、及川先輩は、まっすぐ前を向いて答えた。

『二週間調査した結果、猪熊先生は幽霊じゃないですね。生身でした』

「生身」

「そりゃそうだろ」

「及川さんウケる」

はやし立てるみんなの中で、トラベラー先輩が、

「どうして生身って結論出したの？」

って真面目な調子で聞いた。

『根拠は色々あるんですけど、まずスポーツジムの会員だと判明したから。あと昼食後にサプリ飲んでたし』

及川先輩は淡々《たんたん》と答えたけど、え、根拠それなの？ っていうか、ほかに色々あるっていう根拠も気になるぞ。

「運動が好きな幽霊かもしれないじゃーん」

「サプリも健康目的じゃないかもよ。味が好きなのかも、嗜好品《しこうひん》」

「死後もただ生前の習慣を繰《く》り返《かえ》してるとかね」

みんなが言いたい放題ちゃかしたけど、

「……ああ、そういうふうには考えたことなかったな」

素直なのかなんなのか、及川先輩は首をかしげて、またノートになにかメモってる。

「まあでも猪熊先生、生きてるよ。来月結婚するし」

トラベラー先輩が急に断言した。

「だよね、彼女《かのじょ》の人もさすがに幽霊とは結婚しないよね」

離れて座ってたウキ先輩も付け足して、及川先輩はちょっとだけ目を大きくして言った。

「それは初耳。調査段階では浮上《ふじょう》してこなかったデータです。それは確かに幽霊じゃない根拠の一番目になるかも」

そうかな？　って思ってたら、隣で恭緒が小さい声で、「幽霊と結婚する女の人もいるかもしれないよね」って、めずらしくロマンチック？なことを言った。

及川先輩が、咳ばらいをして続ける。

『ただこの件に関しては来年度、新たに四年三組の担任が決まり次第《しだい》、調査を再開するつもり。自分が四年になるので、調査しやすいし。三組になれたら万々歳《ばんばんざい》』

「やべー！」

「こいつほんとやべーわ」

またヘンな悲鳴と嘆きがあふれたけど、なんかみんな、引きながらも面白がってる感じ。

せっかくのBGMが意味なくなってるくらい怪談らしさないけど、

『第三話、「ドッペルゲンガー鯉《こい》」。この怪談は、学園の池に鯉がたくさんいるために、過去に流行した人面魚の話の影響を受けてできたものだと考えられるが、朝まだ誰も登校して来ていない学園で、中庭の池をのぞくと、自分に似た顔の鯉が水面に浮上してきて見つめてくるっていう話』

及川先輩は、自分のペースで次の話に移っちゃうし。

「中庭って、アスの落ちた池じゃん、人面魚いた?」

オフ子先輩が忘れたい過去を持ち出してきて、

「そんなん見る余裕なかったです」

って、しょうがなく答えたけど、落ちたの朝じゃないしね!

『吉沢さんとわたしは、十月七日、月曜日、午前六時半に中庭に集合し、池をのぞいてみた。一匹《ぴき》で浮上してくる鯉はおらず、自分、または吉沢さんに似た顔の鯉も見つからなかったため、池のすべての鯉を画像に収めることにした。吉沢さんのスマホで一匹ずつ撮影したが、なんの変哲《へんてつ》もない黒い鯉と、色付きでも似た模様の鯉が多すぎるため、作業は困難を極《きわ》め、全部の鯉を撮影するのは、翌日と翌々日、計三日かかった』

「及川ちゃん、とりあえずスマホ買ってもらえよー」

「人のスマホでやることじゃねえよ」

「マジ聡美ちゃんに迷惑だって」

「聡美ちゃん、かわいそすぎ!」

みんながヤジって、同情された吉沢先輩がまわりに座ってる人たちから次々肩を抱かれたりハグされたりお菓子を与えられたりしてる。吉沢先輩は黙ってうれしそうにもみくちゃにされてたけど、紺ちゃん先輩にハグされた時は真っ赤になった。

及川先輩がまた咳ばらいして、話を続ける。

『撮影した鯉の画像を拡大したり向きを変えたりして何回も見たが、わたしの顔をした鯉も、吉沢さんに似ている鯉も存在しなかった。じつは調査する前から、わたしには鯉の顔の造形で人に似るのは難しいのではという疑問もあった。吉沢さんは三日間凝視《ぎょうし》したことにより中庭の鯉たちに愛着がわいて、たまにエサをやるようになったりしたが、わたしとしては、この怪談についての調査は、これで終了《しゅうりょう》でもいい気がした』

……吉沢先輩、やっぱいい人っぽいな。

「ただ、女子寮に来て気づいたけど、朝でも寮生は学園の敷地内に存在するわけで、冬休み、年末年始とかに本当に学園が無人になった状態で再検証する必要があるのかも」

そう言って、またメモろうとする及川先輩に、しおりん先輩が手を上げる。

「及川さん、残念ながら年末年始でも無人にはならないよ、まず男子寮の能條《のうじょう》先生とコーちゃんは、寮が自宅だから絶対いるもん」

「だよねー」

「でも初詣《はつもうで》にくらいは出るんじゃない」

「そっか」

「その数時間にかけるしかないわけ？　子連れでそんな早く出かけないと思うけど」

「マジかー、及川さん、がんばんな」

「がんばります」

って普通に答えた心が強い及川先輩は、そのまま続ける。

『じゃあ、次、第四話、「本棚の三段目右から十四冊目」。この話はあんまりメジャーじゃなくて、ええと、知ってる人？』

及川先輩が観客に話しかけるなんて今日初めてじゃん？

四分の一くらいしか手が上がらなくて、及川先輩は満足そうにうなずいて説明する。

『これは図書館の資料室、あの、普通の本が並んでるとこじゃなくて、学園の資料が並んでる部屋、ありますよね。卒アルとか校誌とか、卒業生の著作とか置いてある小部屋。あの資料室の棚の一番北側の棚の、三段目の右から十四冊目の本を抜いて向こう側を見ると、向こうからのぞいてる人と目が合うって話。それが、「本棚の三段目右から十四冊目」。逢沢学園の図書館は、独立した別棟《べつむね》だし、校舎よりずいぶんあとに建てられた比較的《ひかくてき》新しいもので、資料室自体もなんというか、古めかしくもなくクリーンで、怪談の舞台《ぶたい》としては不似合いなのが、七不思議が語られる時にランクインしない理由だと考えられる』

そうなんだ、わたしも知らなかったしな。

「恭緒、知ってた?」

小声で聞くと、恭緒はこっちも見ないで黙ってうなずいた。

超集中してんな、こいつ。

『ただ、調査するにあたっては、本棚の三段目の右から十四冊目の本を抜いて向こう側をのぞくだけっていう実践《じっせん》しやすいものだから、わたしたちは当然、図書館資料室に向かった。十一月十一日のことだ。その日を選んだのは、詳しく調べると、逢沢学園では、ぞろ目の日は怪異《かいい》が起こりやすいという説があったから。放課後、図書館に向かい、資料室に誰もいないことを確かめて、吉沢さんが所定の位置の本を抜いて、』

「ちょっと待った、なんで聡美ちゃんにやらせたの?」

睦先輩がツッコんだけど、及川先輩は平然と答える。

『わたしは後ろからスマホで撮影してたからです』

「吉沢さんのスマホでな」

タミラ先輩があきれた声で言った。

『吉沢さんが本を抜いて、空いたスペースの暗がりにわたしがスマホを近づけた時、いきなり後ろから声をかけられ、驚いた吉沢さんは本を落として、わたしの撮っていた動画もブレてしまった。振《ふ》り向《む》くと、男子三人がいて、声を出したのは、一年生と思われる一番小さい男だった。そいつは続けて、図書館の本を撮影するのは犯罪だとか一方的にまくし立ててきた』

「森岡斗真《もりおかとうま》だ！」

珠理《じゅり》がすかさず立ち上がって叫んで、杏奈も興奮して大声で質問する。

「三人組って、そのチビ、顔だけかわいいおしゃべり男と、すかした眼鏡と一緒にいました？」

及川先輩がうなずいてみせる。

「あの三人、そんな有名なんだ？　そのおしゃべりな男がチビを制止したんだけど、『もしかして、先輩たちも怪談について調べてるのか』とか聞いてきて、めちゃウザかったから、わたしは『図書館で騒ぐな』と言い置いて、硬直《こうちょく》してる吉沢さんを引っぱって退散した」

「あー、ミナミっち好きそう。七不思議とか」

「いかにもだよね」

ほんとミナミ先輩、そういうの好きそう。

数納は全然信じなそうっていうか、興味なさそうだけど、相変わらず付き合いいいやつ。

『外に出て、わたしたちはスマホの動画を確認したが、当然ブレてしまって、何も映ってはいなかった。男子グループの妨害《ぼうがい》もあり、これは後日再検証だ、と思ったが、吉沢さんが、その日の夜から連続して悪夢を見るようになる』

えええ！

「聡美ちゃん、マジ？」

ララ先輩が吉沢先輩の肩をつかむ。

「実害出てたんじゃん」

「呪《のろ》いだー！」

「吉沢先輩かわいそう！」

いっせいにみんなが騒ぎ出す中、また珠理が立ち上がる。

「その悪夢って、霊とかのせいじゃなくて絶対森岡斗真のせいですよ！　あいつと関わったあと、わたしも悪夢見ましたもん！」

「珠理、あんたが森岡斗真に恨《うら》みがあるのはわかるけど、あいつにそんな力ないよ」

杏奈が口をはさむ。

「はあ？　絶対そうだし！　霊障《れいしょう》があるなら人間障もあるでしょうよ！」

珠理がまたキレだして、ブッチが、珠理のジャージを引っぱりながら、

「普通そっちのほうが多いんじゃない？」

って言った。ブッチが言うと説得力ある。

「人間障って……、人疲《ひとづか》れとか対人ストレスって言葉知ってる？　普通にそれじゃん」

杏奈がバカにした言い方した時、キキ先輩が手を上げて、

「だいたい、及川、どうしてつねに聡美ちゃんのこと引っぱりこむわけ？」

って、素朴《そぼく》な疑問を口にした。

及川先輩は一瞬キョトンとした顔をして、つぎに吉沢先輩のことを見た。

『中一の時、小学校の時の同級生の三回忌《さんかいき》で、吉沢さんに会ったから』

「は？　なにそれ」

「どゆこと？　わかるように説明してよ」

わたしたちの戸惑いに、及川先輩は顔をしかめて、記憶をたどる感じに話し始めた。

『小五の時、吉沢さんとわたしは同じクラスだったんだけど、クラスに、四月からのほとんどを入院してた女の子がいて、顔も忘れちゃうくらいの頃、十月の合唱祭の日、その子が急に登校してきたんだよね。わたしは話したことない子だったから、病気が良くなったのかなって思って、本番に一緒のステージで歌ってる間も、練習参加しなかったのに、よく歌詞覚えてるよなって感心して見てたんだけど、その子、その日の朝に病院で亡《な》くなってた』

「え、サラッと言ってるけど、それほんとの話？」

「マジの怪談じゃん」

「今日イチ怖いんですけど」

みんながどよめいて、わたしもゾワって鳥肌《とりはだ》が立って恭緒の腕をつかんだ。

『わたしはその一件から、心霊現象に興味を持つようになったけど、当時は合唱祭の話を人にしても嘘つきって言われたし、友達が死んだのを自分に注目を集めるネタにした女って、めちゃくちゃ嫌われた。だけど、あの子を見たのは本当だし、あれがなんだったのか調べようと思った。それでずっと心霊現象を調べてる。今年、吉沢さんと同じクラスになった時に、なんとなく、三回忌で会ったよねって話しかけた。吉沢さんとも話したことなかったけど、三回忌、ほとんどの同級生が部活とか言って来なかったなか、吉沢さん来てたの印象に残ってたから。それで、話してるうちに吉沢さんも小五の合唱祭のあの日、死んだあの子を見たってわかって』

ちょっ、衝撃《しょうげき》発言！

「うっそ、寒気したんですけど！」

「聡美ちゃん、ほんとに見たの？」

「幽霊ってどんなだった？」

みんな吉沢先輩に詰《つ》め寄《よ》る。

「普通でした。色も……顔色も普通だったし、透《す》けてもなかったし、わたしも、その日は体調がよくなって戻って来たんだと思ってました」

マジか！　わたしはなぜか恭緒と抱き合った。

「それにしては、まわりが歓迎《かんげい》してないなー、って？　クラスで二人しか気づかなかったのかな？」

「普通の子は気づいたら、その場で騒ぐんじゃん？」

「そんな二人が普通じゃないみたいな言い方ー」

「でも、わたしだったら騒ぐよ。あんたも騒ぐでしょ」

「超騒ぐね。えー、それで言ったら及川さんも吉沢さんも変わってるよ」

みんな好き勝手言う中で、吉沢先輩の腰に手を回してたララ先輩が、

「うーん、それはコンビ組むしかないね」

って言って、キキ先輩が腕組みして、

「かわいそうだけど運命だな」

って言った。

第……えっと、四話？にして、初めて本当の怪談、出てきた。

期せずして出てきた。

興奮する観客をよそに、及川先輩が話し出す。

『じゃ、第五話行きます、「モーツァルトの陰口」。学園には、音楽室だけでなく、なぜか正面玄関にもモーツァルトの絵が飾《かざ》られている。その額縁《がくぶち》に、嫌いな生徒のクラスと名前を書いた付箋

を貼ると、モーツァルトの口が動いて、彼が校内で聞いたその生徒についての悪口の数々を教えてくれるというもの。実際にやったという噂の人が同学年にいたので、わたしたちは結果がどうだったか聞きにいった。名は伏《ふ》せろとララたちに言われたので、仮にA子として、彼女は部活の先輩と揉《も》めごとがあったため、ふだんから折り合いの悪かった相手の先輩の名前の付箋を、モーツァルトに貼ったという』

「わたしその件知ってる。女《じょ》バスの大川と園部《そのべ》さんの話でしょ。『ビンタしたか手が当たっただけか事件』の」

「オフ子先輩、名を伏せた意味がない！」

「つうかみんな知ってるよ、その話」

「事件名が長いしマヌケすぎるよね。結局手が当たっただけに落ち着いたんだっけ」

「で、どしたの、そんなこと真正面から聞きに行って、蒸《む》し返《かえ》されたA子さんは」

オフ子先輩がさらに聞くと、及川先輩は、

「キレられました。すごい剣幕《けんまく》で」

とだけ答えた。

「だろうね。もう収束した事件をほじくり返した及川ちゃんが悪いよ。そん時も聡美ちゃん連れてったの？」

モナたん先輩が言うと、

「はい」

及川先輩は悪びれずにうなずく。

睦先輩が声を上げる。

「かわいそうだよ、それで一緒に女バスに恨まれるなんて。あれはさ、あの話はさ、ほんとにモーツァルトから悪口聞きたいってより、あの絵に自分の名前の付箋貼られてるってダメージを本人に与える目的じゃん、実際は」

「えっ！　そうなんですか？」

恭緒が驚いて、めずらしく大声を出した。

「だよねー。まあ、ほんとの怪談と思ってる人もいるかもだけど」

「こっわ！」

「性格悪い人がやることだよー」

「だいたいさ、嫌いなやつの悪口なら、まわりくどくモーツァルトに言わせないで、自分でバンバン言えばいいじゃん」

えー、知らなかった、そうなのか……。

「昔よく、ユリアの名前の付箋貼られてたよね」

「最近はあいつ周辺、平和だけどね。あのカップル落ち着いてるから」

「ユリア、今回テストで順位すごい上がったじゃん、あれ、市川《いちかわ》との結婚式に、男子寮と女子寮の全員を呼びたいから、給料のいい職業に就《つ》くためにって、勉強頑張ることにした結果なんだよ、どういう思考回路なの、あいつ」

ウキ先輩が思い出したように言うと、三バカ先輩たちが、超かばう。

「それで順位上がるんだから、すごいですよ」

「乙女力学習法《おとめりょくがくしゅうほう》か……あなどれん」

「結婚式の余興、すっごいの考えとかなきゃ。あ、わたしとしたことが、女子寮の余興と言ったらブッシュマンに決まっとろうが！」

「迷惑だよ、結婚式でブッシュマンは」

トラベラー先輩が冷静にツッコんだ。

ユリア先輩は、あれから時々、手作りのお菓子を寮に差し入れてくれるから、わたしたちはすっかり餌付《えづ》けされてる。

「あ、なんの話だっけ」

「モーツァルト。ごめん、及川さん、脱線して。話戻して」

ウキ先輩が律儀にとりなしたけど、及川先輩は、顔をしかめて言った。

「今のみんなの話聞いてたら、この怪談は七不思議から削《けず》っていい気がする。調査の価値なしだな」

「ほらー、睦のせいだよ」

「謎と不思議の世界に汚《きたな》い現実を持《も》ち込《こ》むなよ」

先輩たちに責められた睦先輩は、

「ごめん、夢を壊して」

って、おおげさに両手を合わせてみせた。

『いいです。わたしは怪談に夢を見てるわけじゃなくて、ただ研究してるだけなので。だいたいうちの学園の七不思議は数が多すぎるんだし、不必要な作り話は淘汰《とうた》されていくべきです。じゃ、次の、最後の、第六話行きます』

及川先輩はクールだ。

『第六話、「真ん中の一人が消える」。これは、校庭の部活棟の三つ並んだトイレの個室に、真夜中、零時《れいじ》ぴったりに三人同時に入ると、真ん中の個室に入った人間が四次元に消えるというもの。部活棟は、調べると二十六年前に作られていた』

「怪談って、トイレが好きすぎだよねー」

「ありがちなやつだ」

及川さんは、声のしたほうに、うなずいた。

『類似《るいじ》した怪談は確かに色々あって、ネットなどで調べると、真ん中の一人が血だるまになるとか、取《と》り憑《つ》かれるとか、あと、三人の人格が入れ替わるっていうのもあった。だけど、わたしが学園七不思議で一番興味を持ったのは、この話で、血に染まったり死んだりせず、消えた一人はどこへ行くのか。ほかの結末よりうちの学園の四次元に消えるっていうのが一番地味だけど、シンプルなだけに気になった』

言われてみれば地味な話だよな……。

オチとしてイマイチ怖くないっていうか。血だるまとかのが絵的に映《は》えるよね。

『あと、ほかの怪談には、何年生の、とか、男子とか女子とか、だいたいの主人公の情報があるものが多いのに、この『真ん中の一人が消える』には、そういう描写《びょうしゃ》がなくて、それも気になる。消えるっていうのが、女子トイレなのか男子トイレなのかも不明だし。だいたい、部活棟のトイレ、わたしが運動部じゃないから勝手がわからないのかもしれないけど、三個もいるのか？一個でよくない？』

「そこひっかかる？　そうかもだけど、トイレは多いに越《こ》したことはないよ」

キキ先輩が言ったけど、及川先輩はスルーした。

『とにかく、まずは過去に消えた人間がいるのかを、学園の生徒で行方不明《ゆくえふめい》になった人物がいるのかを調べた。表立って事件になった生徒はいなかったけど、失踪《しっそう》を急な引《ひ》っ越《こ》し等で取《と》り繕《つくろ》うこともあるかもしれない。これは「四年三組の担任は幽霊」にも当てはまることだが』

うーん、そっか、怪奇現象《かいきげんしょう》?で行方不明になったとか、ニュースでやらないもんな。

わたしが納得してると、及川先輩は淡々と続けた。

『これは実際に、校庭のトイレに三人で入ってみるのが一番いい。わたしは消えてもいい人間だから、真ん中のトイレに入るのに適役だと思った』

「えっ!」

思わず声出たよ。

みんなもざわついた。

「及川さん、さらっとリアクションに困ること言わんでよー」

後ろに座ってる誰かが言うと、及川先輩はちょっとだけ首をかしげた。

『家族は、娘が失踪したとなったら多少は困るだろうけど、兄二人はわたしより優秀だから、まあ将来的にはいいとして、悲しむ友達も特にいないし』

「聡美ちゃんがいるじゃん」

由多先輩があわてて言うと、及川先輩はさらに首をかしげる。

『吉沢さんは、友達というより助手だから』

「友達じゃなかったら、心霊探偵の助手なんかやってくんないって！」

急いで由多先輩がフォローすると、

『心霊探偵ってなに？　そんなの名乗ってないけど』

及川先輩は違うポイントに食いついちゃった。

吉沢先輩を見ると、微妙な表情で黙ってる。

そんな吉沢先輩を見つめながら、及川先輩が言った。

『吉沢さんには、トイレの実験だけは拒否《きょひ》されてる。消えるっていうのは真ん中だけだから、真ん中にはわたしが入るんだから、被害《ひがい》は及《およ》ばないはずで、一緒にやってくれてもいいのに』

最後のところ、及川先輩にはめずらしく、駄々《だだ》をこねるみたいに語気が強くなった。

みんなの視線が吉沢先輩に集中した時、

「四次元に行ってしまえと思われるほどは、嫌われてないのか」

オフ子先輩がひどいこと言って、吉沢先輩が目を見開いた。

及川先輩はそれには無反応で、怪談ノートの表紙をパタンと閉じて、観客を見回した。

『だから、これは切実に三人組の両サイドのメンバー募集中《ぼしゅうちゅう》。一緒に校庭の部活棟のトイレに入ってもいいって人がいたら、』

「そういうのほんとやめたほうがいいから。みんな、女子寮からは誰も参加しないように」

突然、盟子先輩が及川先輩の言葉を遮《さえぎ》った。

えっ、あの盟子先輩がだよ？

『けん制するっていうことは、先輩はこの怪談を信じてるってことですか？』

怖いものなしの及川先輩が、まっすぐ盟子先輩に言い放つ。

ふだんの盟子先輩を知らないとしたって、今の眉をひそめた氷の女王っぷりだけでどんな人かわかるじゃん？　面と向かって言い返すなんてすごすぎる。

「わたしは存在しないものなんて怖《おそ》れないし、怪談なんて馬鹿《ばか》らしい」

盟子先輩は冷たい声で答えた。

『じゃあ先輩の、存在する怖いものって、なんですか？』

「どうしてそれをあなたに話さないといけないの？」

『まあそうですけど。あー、では、たとえば、レイコ先輩は実在すると思います？』

及川先輩の急な質問に、盟子先輩の表情が凍《こお》った。

眉を吊《つ》り上《あ》げたまま、完全に動かない。

気まずい沈黙の中、芳野先輩が腰を浮かせた時、

「盟子先輩にレイコ先輩の話は禁句だよ。トラウマだから」

オフ子先輩が言った。

トラウマ？

えっ、なにそれ、そんなの初耳だけど、オフ子先輩の発言がマズかったことは、まわりの先輩たちの顔に浮かんだ表情でわかる。

きっと先輩たちは、全員その話知ってるんだ。

いつもならすぐにちゃかすメンバーも、相手が盟子先輩だから黙ってる。

こ、ここはなにも知らない一年である、わたしとかが、空気を変えるべく、無邪気な発言をするべき？

でも怖い……そういうの得意なのは、侑名じゃん！

横目で侑名を見ると、視線は盟子先輩と及川先輩にやりながらも、口におかきを入れた瞬間だった。

だめだ、こいつ！

その時、まぬけに流しっぱなしだった、おどろおどろしいＢＧＭが唐突に止まった。

？？？

みんなの視線がタブレットに集中した。

「わたし、操作してない。さわってないよ！」

タブレットの一番近くにいたキキ先輩が無罪を証明するために両手を上げてみせた時、

――タンタンタン、タンタン、タタタタ、タンタンタン、タンタン、タタタタ
超聞き覚えのある前奏が聞こえてきた。

えっ、これ、この曲は、

「ブッシュマン！」

「なぜに今！」

突然流れたなじみの曲に、みんながざわついた。

マナティ先輩が超ナチュラルに曲にあわせて踊り出す。

しおりん先輩も加わって、ユイユイ先輩も立ち上がりながら、

「これってＤＪレイコなの？　あ、ＤＪレイコ先輩ですか？」

って言って、まさな先輩を見た。

「たぶん」

まさな先輩が答えて、

「レイコちゃん、自分の話が苦手だからって、話題の変え方が強引《ごういん》」

ってつぶやいた。

盟子先輩が、ささっと移動して、芳野先輩に抱きついた。

「ほらー！　だから及川先輩、レイコ先輩は本当にいるんですってば！　わたしたち三階の住人

がいくらでも証明しますって！」

　真央が大声で言って、及川先輩に手を振る。

　ブッシュマンの陽気な曲調に、みんながさっきの一瞬の緊張から立ち直ってくる。

「まあまあ、ここはみなさん、プログラムは多少変更してでも、ＤＪレイコ先輩が踊れと言うなら踊ろうじゃないですか！」

　マナティ先輩が踊りながらタブレットに近づいて、勝手にボリュームを上げた。

Shout out Bushman　誰もがそう呼ぶ　Only one
2キロ先を見る千里眼　鋭《するど》く冴《さ》える　野生のカン
食うか食われるか　Simple ルール
生《い》き抜《ぬ》く　ドラマがビューティフル
オーバーラップするのがラップ

　条件反射みたいに、みんな一緒に歌い出す。

　しおりん先輩が踊りながら素早く操作したミラーボールが回り出して、歓声《かんせい》が上がった。

　昔、地域インタビューで行ったお店からもらってきたやつらしいけど、超イイ！

あれが部屋にあったら、電気を壊して罰日くらうこともなかったのになー、まだ明るいのが残念、これ、ほんとに暗い部屋で点けたら、すっごいアガるだろうな。

その瞳《ひとみ》の奥《おく》にどうして　燃える闘志《とうし》を押し殺して
いるかなんて悩んでる奴尻目《しりめ》に
目の前は広大な大自然
Shout out Bushman　Super type human　その勇士
谷間に写る瞬間に　Shout out Bushman

大声で歌いながらジャンプしてると、十二月なのに、クリスマスなのに、汗出てきた。

特別高く飛《と》び跳《は》ねたついでに及川先輩と吉沢先輩のほうを見たら、二人は完璧に面食らった顔してて笑う。

みんなが自分の（たぶん）知らない曲で、いっせいに歌って踊り出したんだから、当然の反応だけど。

特に、前のスペースに躍《おど》り出《で》た三バカ先輩たちは、前にはなかった新しい呪術的《じゅじゅってき》？　民族的？な振《ふ》り付《つ》けを取り入れていてただ者じゃなさ、ヤバい。

お庭番にダンスが必須《ひっす》じゃなくてよかったよ、あんなの絶対できない！

部屋の中を見回すと、こういう時、激しく踊るのは踊りたい人だけだけど、歌ってるのは寮監先生と副寮監先生以外、全員じゃないかな。二人は手拍子《てびょうし》してる。寮監先生の手拍子は全然あってない。

Bushman　相当いいよ　Eyes　いくぜ　オールライチョー
Bushman　相当いいよ　Eyes　いくぜ　オールナイト　ロング

いつのまにか及川先輩と吉沢先輩は先輩たちにもみくちゃにされて、それぞれ肩組まれて強制的にジャンプさせられてた。

ブッシュマンの曲の余韻《よいん》の音が消える直前に、星末先輩がゼーゼーしながらマイクを握った。

『では、順番が前後しましたが、本日のスペシャルゲスト、及川利沙さん、興味深い怪談、の考察？の発表、ありがとうございました！　みんな拍手ー！』

あ、そうだった怪談終わったんだ！

わたしたちは全員おもいっきり拍手して、及川先輩を称《たた》えた。

星末先輩が自分も拍手しながらにこやかに煽《あお》る。

『いやー、クリスマスに七不思議って新しすぎと思ったけど、意外に盛り上がりましたね！　学園内に住んでるわたしたちでさえ、今日から、逢沢学園を見る目がちょっと変わるようなお話の数々、及川さんには感謝感謝です！　聡美ちゃんもお疲れさま！　ほんと普通の怪談より面白かったよ。二人とも、機会作るから、ぜひまたゲストで来てね』

星末先輩のセリフに、みんなの拍手も強くなる。

及川先輩は、そんなにうれしそうな感じでもなく、さっき引っぱられて乱れた制服の襟《えり》を直しながら、黙って浅い礼をした。

吉沢先輩は自分も拍手しながら、忙しくいろんな方向に頭を下げまくってる。

『はい、では、みなさん！　ここで毎年恒例《こうれい》懺悔コーナー行っちゃいます！』

星末先輩の号令に、わたしはドスンって座りこんだ。

まだ立ってる人たちも肩で息してるなか、星末先輩が続ける。

『この一年間、自分の犯《おか》した罪に震えたことがある人、誰かにあやまりたいことがある人は、この機会にどんどん懺悔してください。みなさん、すがすがしく冬休みに突入しようじゃないか！　景気づけに、まずわたしから懺悔しまーす！　先月、消灯後の他室訪問で現行犯くらった時、わたしだけ寮監先生の死角にいて、罰日逃れたのごめん！　寮監先生も黙っててすみません！　明日、帰省する前にゴミ置き場の最後の片づけ、わたしやります！　はー、これ言うつもりなかったけど、体温上がったらテンションも上がって白状しちゃった。ブッシュマンのあとに懺悔、ガード緩《ゆる》んでいいかもね、レイコ先輩、ナイス采配《さいはい》ですな！』

一気にしゃべり終えた星末先輩は、見えないレイコ先輩に拍手して、みんなもつられて謎に拍手した。

もう拍手しすぎで手がかゆい！

そのあと、冷凍庫《れいとうこ》のアイスに歯形つけたの自分です、とか、寮に入る前彼氏いたっていうの嘘でした、とか、懺悔っていうにはたわいないことを、数人が次々発表して、ブーイングや許しの拍手が起きたりするなか、急に、吉沢さんが手を上げた。

『あれ？　吉沢聡美さん、どうぞ』

星末先輩がすかさず指名する。

「あの、……寮生じゃなくても、懺悔していいんですか？」

『もちろん大歓迎！』

言い切った星末先輩に渡されたマイクを両手で持って、吉沢先輩は、さっきとくらべて妙に白くなった顔で下を向いた。

『……この流れだから言います。懺悔させてください。わたしじつは、……モーツァルトに付箋貼りました！　ほんと性格悪いです！　あの時は、……あの時はほんとどうかしてた……』

吉沢先輩の声は小さかったけど、マイクがあるから部屋の中の全員にちゃんと聞こえたと思う。

「そりゃどうかしてただろうね、絵がしゃべると思うくらいだもん」

オフ子先輩がまたいらんこと言って、

「付箋に誰の名前書いたの？」

ってキキ先輩が聞くと、

「及川さんしかいないじゃん」

って、タミラ先輩がつぶやいた。

吉沢先輩は、それには答えずにマイクをぎゅうっと握って、泣きそうになった。

『言い訳だけど、だって、すごい怖かったから。バスケ部の三年女子全員に呼び出されて文句言われて、……どうしてわたしだけって』

げっ、吉沢先輩だけ、詰められたんじゃん、こわ！

及川先輩が怪訝《けげん》な顔で声を上げた。

「え、いつ？　っていうか、どうして吉沢さんだけ文句言われたの？　モーツァルトの件で園部さんに質問してたのはわたしだけで、あの時、吉沢さんは横に立ってただけじゃん」

「決まってんじゃん、あんたはやばい人間だから。関わりたくないと思われてんの！」

タミラ先輩があきれて直球で言った。

「でもさ、及川さんは付箋貼られたくらいで怒んなそう」

しおりん先輩が能天気な調子で言うと、ユイユイ先輩がさきイカを食べながら、

「そうなー」

って同意する。

マナティ先輩もわざとらしく首をかしげた。

「怒るとすれば、どうしてそれ実行する時、自分を呼ばないかだよね」

それを聞いた及川先輩は、高速で吉沢先輩のほうに顔を回した。

「ほんと、吉沢さん、なんで一人で付箋貼ったの？　そんな貴重な瞬間に、呼んでよ」

予想通りの及川先輩の反応に、みんなが、

「ほらー」

「及川のことなんか気づかうだけソンだよ」

「ノーダメージ！」

って口々にあきれた。

及川先輩は、マジでモーツァルトに自分の名前の付箋貼られるのも、バスケ部の同学年女子全員に責められるのも、怖くないいんだろうな。

そういうとこ、たしかにやばいって思うけど、ちょっとうらやましい。

「聡美ちゃんさ、今度からはモーツァルトなんかより先に、うちらに頼りなよ」

ララ先輩が、吉沢先輩の手からマイクを取りながらやさしく言った。

「そうそう、付箋貼りたいなら、お庭番に貼ればいいじゃん」

紺ちゃん先輩がそう言いながら、吉沢先輩の肩を叩いたから、役職を出されたわたしはあわててブンブンうなずいてみせたけど、吉沢先輩はほっぺたを赤くしてうつむいてるから、全然見てない。

吉沢先輩のそばにいた由多先輩が、明るい声を出す。

「聡美ちゃん、すっきりした？　及川ちゃんはもともと無傷だし、モーツァルトの件は、この懺悔でチャラ！　ってことでいいよね」

「いいねいいね仲直りだね友情だね！　じゃあわたしもこの流れに乗っとく！」

モナたん先輩が突然大声でわりこんで、ララ先輩からマイクを奪《うば》った。

みんなの視線が集まるのを待ってから、モナたん先輩は、マイクを持ってないほうの手の人差し指をビシッと一人に向けた。

『わたしの相方は、やっぱ374しかいません！　オーディション受けたいとか、養成所入りたいとか、先走りすぎた、ごめん！　そういうの全部もっとあとにする。だから、一生ついて行くから、一生ついてきてください！』

　誰かが口笛を吹いた。

「それ罪の告白じゃなくて、愛の告白じゃん」

　紺ちゃん先輩が言って、隣でイライザ先輩がめずらしくちょっと笑った。

　星未先輩が、モナたん先輩からマイクを受け取って、

『374ちゃーん、どうなの？』

　って、374先輩ににじり寄る。

　374先輩は、いつも通りのあっさりしたポーカーフェイスでマイクを受け取ると、軽く咳ばらいしてから、

『学業優先なら、いいですよ』

　って普通に言った。

　すごい温度差……。

　でもいいな、こういうの。

　全部チャラっていう、こういう感じ、ほんとクリスマスっていうより、忘年会だ。

　忘年会って、じつは出たことないんだけど。

「で、どうだった？」

ララ先輩が、もうスイッチの入ってないマイクを、及川先輩に向けた。

「なにが？」

スペシャルゲストなのにクリスマス会の後片づけにも参加させられてる及川先輩が、机を拭いてた手を止めて、眉を上げる。ほんとにわからないみたいだから、

「初めて人前で怪談を披露《ひろう》しての感想だよ」

タミラ先輩が、紙皿をまとめてゴミ袋《ぶくろ》に入れながら、ぶっきらぼうに補足する。

「ああ、なんかイマイチだった」

及川先輩は、あっさり答えた。

「ズコー」

由多先輩がふざけてみせたけど、隣で吉沢先輩の顔がひきつる。

「及川ー、おまえそういうとこな！」

キキ先輩が言いながら及川先輩の肩をつかんで揺さぶって、

「これだけおぜん立てしてやってそれかよ」

ララ先輩がわざとらしくマイクをポトリと落とす。

転がっていったマイクを恭緒が拾って、行事箱にしまった。

及川先輩はまだ揺さぶられたまま、

「イマイチっていうのは、自分のことだよ。もうちょっと上手く話せると思った」

って言った。

「及川、全然緊張してなかったじゃん、めちゃスラスラ話してたし」

タミラ先輩が言うと、及川先輩はちょっと顔をしかめて、考えた。

「そーいうことじゃなくて、ええと、人に話すなら、もっと人を知らなきゃかって。一番ウケると思った話が、思ったより反応薄くて、自分ではそうでもない話のほうが広がったり」

ああ、そゆこと？

わたしが胸をなでおろすと、恭緒も横に座ってにっこりした。

侑名も及川先輩が放り出したままのふきんを手に取って、続きを拭きながら、笑顔。

「っていうか、なにあれ、ブッシュマン？　とか、あんたら、女子寮、謎すぎる。日常で謎で上行かれたらさ。同《おな》い歳《どし》らへんなんて、みんなつまんないやつばっかかって思ってたけど、寮生って……寮って、……変な場所」

「あんたに変とか言われたくないわ！」

キキ先輩がさらに激しく肩を揺さぶったけど、及川先輩は、

「もう寮内に入る機会がないのが惜しすぎる」

って、無表情に続けた。

そのセリフに、キキララ先輩の目が光る。

「及川さあ、寮生になっちゃえばいいじゃん」

「ムリだよ。家、学園まで徒歩十五分だもん」

「っかー！　いいとこ住んでますなあ！　じゃあ、寮はムリでも映像部入んなよ」

「えー、団体行動って苦手なんだよな」

「得意なやつのほうが少ないよ、映像部メン」

「あ、もちろん聡美ちゃんも入って！　及川の助手なんかよりは確実に待遇《たいぐう》いいからさあ」

キキララ先輩が、ここぞとばかりに勧誘《かんゆう》し始めて、映像部の魔の手が吉沢先輩にも伸びた。

「あー、まあ、映像部は、人数多ければ多いほどいいだろね」

由多先輩が無責任に加勢して、タミラ先輩まで、

「やべー奴ばっかだし、あそこなら案外及川もまぎれるんじゃない？」

って苦笑いした。

「マジそれいーんじゃない？　映像部の実態を知らなければ、親は部活に入っただけで喜ぶっしょ」

由多先輩が、ちょっと真剣な顔になって言うと、及川先輩も、

「入部したとして、何すればいいの？」

って、少し声のトーンが変わった。

「及川あんだけ怪談まとめて文章書いてるんだから、シナリオとか。いきなり一本書くのが難しかったら、シナリオ協力でもいいよ、えっとネタ出しってかたち？」

「さっきみたいな実録風ホラーって最近流行ってるよね」

「ホラーは一定の人気があるジャンルだし。あと演劇部の子たちが最近、悲鳴上げる練習するのにハマってるし、共同でそういうの撮ろうって思ってたとこだったんだよね」

意気込《いきご》むキキララ先輩に、

「なにそのわけわからんブーム」

タミラ先輩がため息をついたけど、及川先輩は首をかしげながらもつぶやいた。

「あー、それくらいならね」

「やる？　やっちゃう？」

「オッケー！　じゃあ聡美ちゃんもやっちゃう？」

キキララ先輩のノリに、吉沢先輩が口ごもる。

「わたしは入部しても特技とか……手伝えることないし……」

「やってほしいことなら無限にあるって！　スタッフ全然足りないもん！　聡美ちゃんにはそのナチュラルな自己犠牲《ぎせい》の精神をうちで存分に発揮してもらって、」

キキ先輩がウキウキと言いかけると、タミラ先輩が、

「搾取《さくしゅ》の予感」

と厳しい顔になる。

ララ先輩が、ポンッて手のひらを打った。

「それで作った作品を来年のクリスマス会で上映すれば、二人ともまたゲストで呼んであげられるよ」

「それいい！」

由多先輩が同意して、いきなり恭緒が、

「ぜひそうしてください！」

って大きい声を出して参加したから、及川先輩もちょっと驚いた顔になる。

部活かー、部活ね。

わたしたちには寮があるからそう思うのかもしれないけど、もしかしたら学校に、クラスのほかにもう一個、居場所があるっていうのは、ラクなのかもしれない。

とか、考えてたら、わたしは自分がこの学園に入ったのが、部活がイヤだったからだったのを

思い出した。唐突に。

あー、イヤだったたっていうのは違うな。

違う。そんなイヤじゃなかった。

ただちょっと疲れてたのかも。

あの時はただ、そういうモードだったのかも。

今だったら、部活に全然抵抗《ていこう》ないもん。

まあ、お庭番との両立は難しいから、今からどこかに入部する気はないけど。

「ほら、そこー、話し込んでないで座布団まとめてよ！」

「パーティーは終わっちまったんだよ！　もう撤収《てっしゅう》撤収！」

先輩たちに急かされて、わたしたちはドタバタと片づけを再開した。


今日も、なんかいろいろしてるうちに、お風呂の時間が遅くなってしまった。

やっと侑名と恭緒と湯船に入って、わたしはポンポコになったお腹《なか》をなでた。

クリスマス会であんなに食べたのに、夕食を普通に食べれるんだから我ながら不思議だよ。

さっき食堂で、吉沢さん（母）に感謝された。

寮生みんなが、食堂のおばさんたちに、かわるがわるケーキとクッキーのお礼を言ってて、わたしたちも言いに行って、わたしも、「いつもおいしいご飯ありがとうございます。来年もお世話になります、あ、あ、まだ、あと一食、明日の朝食も作っていただくけど」とかって、ぐだぐだに挨拶したんだけど、吉沢さんは、そんなことより、娘さんの、吉沢先輩の話をしたがった。

今回お庭番は何もしてないんだけどなって思ったけど、吉沢さん（母）、吉沢先輩が、クリスマス会に参加したっていうのが、女子寮で友達ができたっていうのが、もううれしくて誰かれ構わず話したくてしょうがなかったみたい。

吉沢さん（母）は、及川先輩のことも言ってた。

「今まではどうしても、いい印象がなかったんだけど、聡美がクリスマス会での及川さんの活躍《かつやく》を、あの子にはめずらしく興奮して話してくれるの見たら、やっぱりあの子にとって大切な友達なんだと思ったから、これからはあの子のこと、見方を変えてみるつもり」

だって。

吉沢先輩が正直なのって、おかあさんに似たんだなって思った。

湯船の中で、侑名が急に笑い出した。

「なに、思い出し笑いとか、やらしい」

わたしが言うと、

「夕食の時、吉沢先輩のおかあさんにアスがさあ、『寮歌《りょうか》みたいなものです』って言ったの思い出した」

って答えて、また笑う。

恭緒も笑いだした。

そう、吉沢さん（母）が、「そういえば、クリスマス会から帰ってきてからずっと、あの子が、ブッシュマンとかって歌ってるんだけど、あれ一体なに？」って聞いてきたから、とっさに、「うちの寮歌みたいなものです」って答えたんだけど。

今考えると、なにそれって思われたよね。

わたしも今さらウケてきて三人で笑ってると、三バカ先輩たちが湯船に入ってきた。

「なになに幸せそうじゃん」

しおりん先輩が自分もニコニコ顔で近寄ってきた。

「いやいや、食堂の吉沢さんが幸せそうで良かったって話です」

侑名が言って、わたしが、

「わたしたちなんにもしてないのに、めちゃめちゃお礼言われちゃいましたよ」

って報告すると、ユイユイ先輩が、

「わたしたちも言われたー」

って手を上げた。

マナティ先輩は今日も向こうの端っこで潜水《せんすい》を始めてる。

あれを明日からの冬休みの間、家のお風呂でもやるのかな。家だとせまくて大変そう。

しおりん先輩が長くなった髪を頭のてっぺんでお団子にしたのにさわりながら、首をかしげた。

「今回の件、話聞くの、お庭番に行かせなかったのが、計算だったらすごいよね、芳野先輩」

「えっ、どういう意味ですか?」

恭緒があわてて聞く。

しおりん先輩は髪の毛から手を離して、アゴまでお湯につかった。

「うーん、予想だけどさ、三年に声かけさせることで、同学年との交流を図《はか》ったのかなって。吉沢さん、と、及川さんと、うちの寮の三年のさ。ユイユイもそう思わん?」

「芳野先輩の作戦? あるかも。『三年と友達作戦』……、詳細に言えば、『同級生と知り合い、あわよくば友達作戦』! ありえる! 芳野先輩ならありえる!」

「ほわー」

恭緒が気の抜けた感嘆《かんたん》の声を上げた。

「そうなんですかね?」

わたしはそんなの思いつきもしなかったから、侑名を見たけど、侑名はもう眠い目になってる。

……クリスマス会が終わって帰っていく時の、吉沢先輩と及川先輩の並んだ後ろ姿を思い出してみる。

そういえば、わたしたちの最初の目的って、なんだったんだっけ？

二人を、どういうふうにしたかったんだっけ？

そういうの、いつのまにか忘れてた。

超……流れにまかせてた。

わたしは気づくと口までブクブクと湯船に沈んでた。

「お庭番って、」

急に恭緒が言った。

しおりん先輩が「ん？」って顔で先をうながす。

恭緒は、おでこの汗をぬぐった手を片目に当てたまま話し出した。

「お庭番って、っていうか他の誰でもですけど、人を助けるのに必要なのは、助けたいっていう強い気持ちなのかと思ってたんですけど、違うのかなって」

え、なに恭緒、深い話？

わたしが意味がわからず何も言えないでいるうちに、恭緒は早口になる。

「わたしは、人が困ってる時は、一番近くにいる、一番親しい人が助けるべきだって、今まで思ってたかも。でも……、でも吉沢先輩と及川先輩を見てたら、助けになるのが一番近くの一番親しい人だとは限らないのかもしれない。キキララ先輩や由多先輩みたいに、それまで無関心でも、タミラ先輩みたいに、べつにその人を好きじゃなくても……タイミング?が合った人が、助けちゃうのかもしれないって……。あ……なに言ってんのかわかんなくなってきました。……でも、たぶん、大切なのは誰かが、助けが必要な人に気づくかどうかで、あと、さっきしおりん先輩が言ったのが本当だったとしたら、芳野先輩は、誰がその人の助けになるかわかるって、すごいなって」

「いまさらー！　芳野先輩のすごさに気づくの遅すぎ」

しおりん先輩が言いながら、恭緒の神妙な赤い顔に頭から両手でお湯をかけた。

先輩にやり返すわけにもいかないから、前髪をはらった恭緒は照れ笑いしながら、わたしと半目になってる侑名にお湯をパシャパシャかけてきた。

「うちらのボスは神！　それでお庭番はただの駒《こま》だかんね。深く考えず行動あるのみ！」

ユイユイ先輩が、謎のガッツポーズで宣言すると、

「っっっそうっ！　手となり足となりっ！」

浮上してきたマナティ先輩がお風呂中に反響《はんきょう》する声で叫んだ。

っていうか、また水中で聞こえてたんだ？


お風呂を終えて別棟から出ると、乾《かわ》かし方が甘かった髪が一瞬で凍る感じがした。

さっむい。

「今何時くらい？」

なぜかグラウンドのほうを振り返って、恭緒が言った。

「脱衣所《だついじょ》の時計は七時二十八分だったよ」

侑名が答える。

「時間がなに？」

わたしが聞くと、恭緒はスニーカーのつま先をトントンしながら首をかしげて答えた。

「なんか夜、よく寝られるように、ちょっと走ってこようかなって」

「今から？　真っ暗だよ」

声、裏返りながらわたしが言うと、侑名も、

「寒いし」

って、グラウンドに目をやって、首を縮めた。

「うーん……見つかんないように、ひとっ走りして戻ってくるから、二人とも先に部屋戻ってて」

マジか。

わたしは侑名と顔を見合わせた。

「学習時間までには戻る」

恭緒にしては強引に話を切り上げて背中を向けたから、わたしは思わず言っちゃう。

「わたしも走る！」

「えっ、なんで？」

「なんででも！　侑名も付き合いなよ」

「えー」

侑名はタコみたいに脱力してみせる。

「アス、いいよ。侑名はムリだよ。今ランニングなんかしたら、このあと学習室で爆睡《ばくすい》でしょ」

「いいの、付き合いたいの！　ね、侑名！」

わたしが肩を抱いても、侑名はグニャグニャのまま唇をとがらせて嘆く。

「なんなの君たち、青春か」

「ほんとに、やめときなよ、寒いなか急に動くとケガするし」

「ケガするほど全力で走んないから平気」

「寒いし」

「知ってるよ！　つうか今まさに寒いよ」

わたしは寒さで飛び跳ねながら言い張った。

いつもお風呂出たら部屋に直行するから、ジャージいっちょだし！

衣装持《いしょうも》ちな侑名だけはジャージじゃなくてパーカー着てるけど、防寒的には差がないみたいで、寮の明かりをうらめしそうに見つめてる。

わたしが譲らないから恭緒は困った顔で、そわそわした小声になった。

「見つかったら、怒られるし」

「見つかんないから、怒られないよ」

わたしが力を込めて断言すると、侑名が死んだ目で口はさんでくる。

「どうかな、また罰日とか」

「夜、グラウンドを走っちゃいけないって寮則、ないじゃん」

言い返したわたしに、

「だれもそんなことしたくないからなー」

足元の小石を蹴りながら、眠さと寒さでダルさ全開になった侑名がごちゃごちゃ言う。

恭緒が眉毛を下げて、わたしを見つめた。

「なんで？」

「明日から冬休みだし」

「理由になってないよ」

「だって青春ぽいじゃん」

「青春にいい季節は夏だよ」

「ぶは」

大真面目な恭緒のセリフにおもわずわたしが吹き出したら、恭緒もちょっと笑った。

夜のグラウンドには、月明かりで白いラインが３Ｄみたく浮き上がって見えて、なんだかプールに似てる。

わたしは大きく息を吐いた。

ゆっくり走り出した恭緒の姿が、わたしの吐いた白い息の向こうで水の中にいるみたいに見える。

プールの水なんかよりずっと冷たい空気を吸い込んで、わたしは身震《みぶる》いした。

暗闇の中から、ミルフィーユ先輩が走ってきた。

警察犬みたいに一直線に恭緒を追いかけたけど、もちろん飛びかかったりしないで、うれしそうに並走《へいそう》し出した。

ジャージの首元のファスナーを、もうこれ以上は上げらんないけど一応引っぱり上げてから、わたしも走り出す。

寒くて、じっとしてられないし。

朝礼台に寄りかかってぼんやりしてる侑名は放置することにした。

ぐんぐんスピードを上げてく恭緒のフォームはキレイで、あんな風に走れたらほんとに、自分の中の、もやもやしたものを、振《ふ》り切《き》って、風に飛ばせちゃうのかもしれない。

そうだったらいいって思う。

今日だから、とくに思う。

走り出してみたら、そんな早く走ってないのに急に酸素が必要になって、自分の中にどんどん冷たい空気が入ってくる。

瞬間冷凍される勢い。

凍死《とうし》しそうだけど、反対に細胞《さいぼう》が生まれ変わる感じもある。

わたしたちは友達で、同じ部屋に住んでて、だけど恭緒のつらさは、侑名もわたしも、さわれないとこにある。

どんなに一緒にいる時間が長くても、わたしたちは恭子さんのかわりにはなれない。

だけど、じゃなくて、だから、恭緒が恭子さんじゃなくて、わたしたちのほうを向いてる時は、いつだって、笑わせたい。悲しい気持ちとか忘れさせたい。

突然、フードをぴっちりかぶってスケート選手みたいな姿になった侑名が、けたたましい笑い声を上げながら、猛スピードで、わたしを追《お》い越《こ》して行った。

あいつ寒さでおかしくなったな。

「侑名ー!!! あんたうるさい! 何時だと思ってんのー!!!」

叫んだわたしの声も、校舎に反響したのか予想外に響いて、遠くを走ってた恭緒が振り返って唇に人さし指を立ててる。唇の形はよく見えないけど、姿勢からしてたぶん笑ってる。

笑ってる。

冬休み明けのわたしたちは、きっと一瞬ぎこちない。

だってこんなに毎日一緒だったのが、二週間も会わなかったんだから。

それで冬休み明けのわたしたちはきっと、一瞬あとには、いつも通りだ。

だって二週間会わなかったとしても、こんなに毎日一緒だったんだから。

有沢佳映・ありさわかえ

1974年生まれ。昭和女子大学短期大学部卒業。群馬県在住。『アナザー修学旅行』で第50回講談社児童文学新人賞を受賞。『かさねちゃんにきいてみな』で第24回椋鳩十児童文学賞、第47回日本児童文学者協会新人賞を受賞。

お庭《にわ》番《ばん》デイズ　逢沢《あいざわ》学園《がくえん》女子《じょし》寮《りょう》日記《にっき》　下《げ》

2020年7月14日　第1刷発行

著者――――――有沢《ありさわ》佳映《かえ》
装丁――――――岡本歌織（next door design）
装画――――――Yunosuke
発行者―――――渡瀬昌彦
発行所―――――株式会社講談社
〒112-8001
東京都文京区音羽2-12-21
電話　編集　03-5395-3535
　　　販売　03-5395-3625
　　　業務　03-5395-3615
印刷所―――――株式会社新藤慶昌堂
製本所―――――株式会社若林製本工場
本文データ制作――講談社デジタル製作

N.D.C. 913　378p　20cm　ISBN978-4-06-519701-1
JASRAC　出　2003858-001
定価はカバーに表示してあります。
落丁本・乱丁本は、購入書店名を明記のうえ、小社業務あてにお送りください。送料小社負担にておとりかえいたします。なお、この本についてのお問い合わせは、児童図書編集あてにお願いいたします。

ONIWABAN DAYS

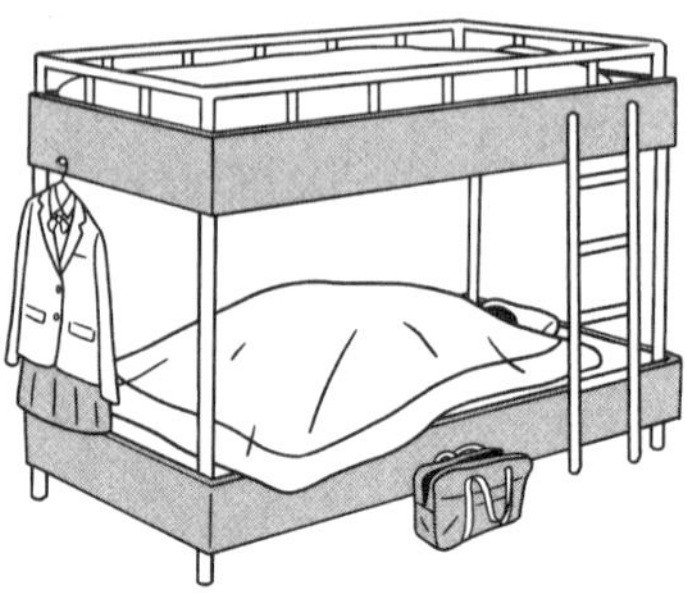

ONIWABAN DAYS

ONIWABAN DAYS

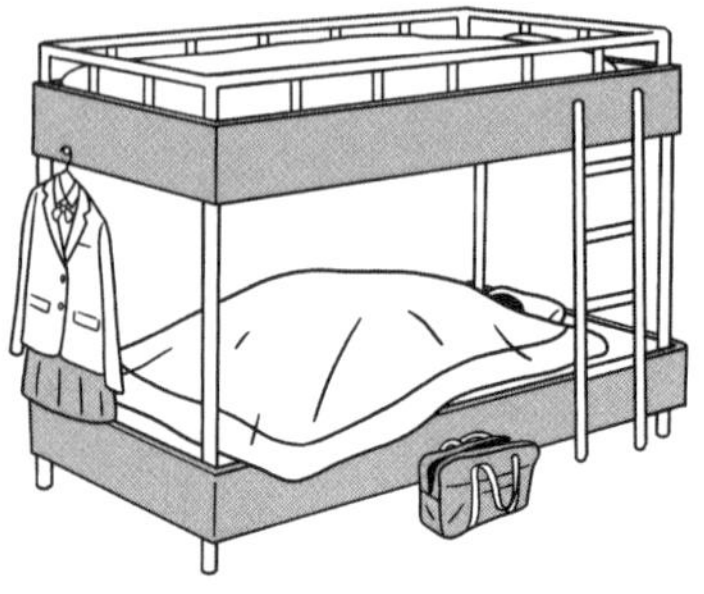

ONIWABAN DAYS

ONIWABAN DAYS

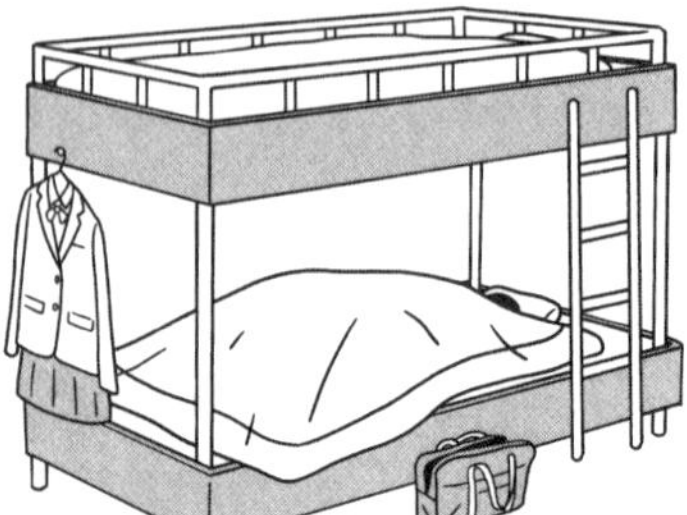